徳間文庫

疾風の義賊㈡

叛《そむ》き者

辻堂魁

徳間書店

目次

おもな登場人物

斎《いっきらん》　乱之介《のすけ》　捨て子であったが、育ての父である小人目付・斎権兵衛《ごんべえ》の薫陶を受け、隠密術・武術を身につける。権兵衛は当時中奥番役であった鳥居耀蔵の策謀で一揆の首謀者とされ刑死。鳥居への復讐を心に誓った乱之介は仲間らとともに、天保世直党を名乗る。二十八歳。

代助《だいすけ》　乱之介の浮浪児時代からの仲間で、石飛礫を得意とする。三十歳。

羊太《ようた》　乱之介の浮浪児時代からの仲間で、代助の弟。二十七歳。

惣吉《そうきち》　元房総の鯨捕りで怪力の持ち主。小伝馬町の牢で乱之介の命を救った縁から仲間に。二十七歳。

三和《みわ》　乱之介同様、鳥居耀蔵に父を殺された娘。十八歳。

お杉　元・吉原の遣り手で人買い。浮浪児であった乱之介を買い、斎権兵衛に売ったことで乱之介の運命を変える。

甘粕孝康《あまかすたかやす》　目付。鳥居耀蔵の命で天保世直党を追うが、乱之介の生き様に強く惹かれ、自ら捕縛を誓う。乱之介の好敵手。二十八歳。

甘粕克衛《あまかすかつもり》　孝康の父。かつて筆頭目付であったが、部下である斎権兵衛が一揆の首謀者とされたことから隠居。六十三歳。

森安郷《もりやすさと》　孝康に仕える小人目付。かつて権兵衛の部下だった。五十歳。

大江勘句郎《おおえかんくろう》　北御番所隠密廻り方同心。鳥居の腰巾着。四十五歳。

文彦《ふみひこ》　大江の手先。乱之介、代助、羊太の浮浪児時代を知っている。四十五歳。

鳥居耀蔵《とりいようぞう》　筆頭目付。策謀に長け、権力を濫用することから妖怪ともあだ名される。朱子学の大家・林家が生家であることから陽明学や蘭学に異様な敵意を燃やしている。四十三歳。

緒　六文銭

一

「いいか。人の一生なんぞ夢の間だ。でもな、惨《みじ》めったらしい一生を背負わされちゃあ、たとえ夢の間でも長すぎだ。男なら、そんな一生はご免だぜ」

梅田村《うめだむら》貸元・民弥《たみや》が、渡良瀬川《わたらせがわ》の河原へ響かせた野太い声に、
おおおっ……

と、居並ぶ男らは威勢よく呼応した。

足尾の山並を黒く隈どった朝焼けが渡良瀬川の水面《みなも》を赤色に染め、男らの昂《たか》ぶった吐息が肌を刺す寒気の中に白く乱れていた。

河原のすすき野原に、不穏な気配を察した水鳥たちが騒いでいた。

男らは、桐生川《きりゅうがわ》上流や足尾山麓《さんろく》の村々から今朝の出入りのためにかき集められた荒くれ三十人ばかりに、十人を越える無宿渡世の助っ人。それに一家の手下十数人と、六十名近い総勢だった。

朝焼けを浴びて竹槍《たけやり》が林立し、一家の目印に揃《そろ》えた赤襷《あかだすき》と赤鉢巻、手甲脚絆草鞋《てっこうきゃはんわらじ》がけが勇ましい拵《こしら》えだった。

「どうせ一生が夢の間に終わるなら、面白おかしく生きてやろうじゃねえか。みな、男を見せろ。得物《えもの》を鳴らせ。邪魔立てするやつらに容赦はいらねえ。ひとり残らず地獄へ送ってやれ」

民弥が続け、男らはまた喚声を上げた。

「よおし、いくぜ」

右翼に付いた代貸が長どすを抜き放ち、高くかざして合図を送った。

男らの踏み締める草鞋が、河原の小石を低く不気味に鳴らした。

先陣は命を的に金を稼ぐ助っ人だった。在の荒くれら三十人が左右を固める横隊の隊形で、すすき野をかき分け一斉に進んでいく。

後詰《ごづめ》に展開する一家の手下らが、金で雇った助っ人や在のあらくれを励ましつつ、男らが臆病風に吹かれて逃げ出さぬよう見張り役も務めた。

民弥は数名の手下に守られ、最後尾を進んでゆく。

対する広沢村《ひろさわむら》の貸元の一家は四十人ばかりがやはり横隊を組み、寄せる梅田村の連中を川下で待ち受けていた。

桐生の東縁を流れる桐生川が渡良瀬川に合流し、そこより数町下った広沢村手前の河原だった。

「老いぼれが。集めてきやがったじゃねえか」

広沢村の貸元・圭助《けいすけ》が寄せる黒い群れを睨《にら》み、不敵な笑みを浮かべて言った。

「どうせ素人《しろうと》の寄せ集めでさあ。ちょいと脅《おど》してやりゃあ、すぐ散りぢりになりやす」

隣の代貸が首から吊るした呼び笛を玩《もてあそ》び、余裕たっぷりに応えた。それから、

「豪太《ごうた》、民弥のじじいは相変わらずの一本調子だ。手筈《てはず》通りにやれ」

と、左翼に陣取った若頭に声をかけた。

豪太と呼ばれた若頭は、手甲の腕を突き上げ頷《うなず》いた。

若頭は隊列より数歩前へ歩み出て、長どすを抜き放った。

「いいな。進退は笛が知らせる。合図を間違えるんじゃねえぞ。やつら、虚仮《こけ》おどしに頭数は揃えやがったが、大《て》えした相手じゃねえ。ひと泡吹かせてやれ」

ええいっ……

声が揃うのを確かめ、若頭はくるりと川上へ向き直った。

そうして、長どすの鏡のような刃《やいば》を朝焼けの中に垂らした。

民弥一家の隊列は、双方の顔が見分けられるほどに近付いていた。

互いに見知った顔が雑《ま》じっている。

足音が河原に低く鳴り、鳥たちが朝焼けの空に飛び廻っている。

「圭助、てめえのような礼儀知らずに今日は灸《きゆう》を据《す》えてやるぜ。覚悟しな」

隊列の後方より民弥が喚《わめ》いた。

「老いぼれの出る幕はねえんだ。さっさと桐生から消えろ」

圭助一家の貸元がやりかえした。

「いけいけえ」

民弥一家の代貸が河原のなだらかな下りの前で叫んだ。

わあああ、という喚声とともに助っ人が真っ先に仕かけ、右翼と左翼の在のあらくれらが誘われるように駆け始める。

長どすを抜いた者はそれぞれにかざし、竹槍は槍衾《やりぶすま》を作って地を轟《とどろ》かした。

だが圭助一家は動かなかった。

圭助と並んだ代貸は、呼び笛をくわえ双方との間を計っていた。
民弥一家は突進するうちに槍衾を乱し、遮二無二《しゃにむに》突き進んでくる。
双方が十間《けん》を切るまで接近した。
押し寄せる足音や大喚声が、河原の寒気を一気に沸騰させた。
そのとき、圭助一家の代貸が呼び笛を鋭く短く吹いた。
笛を合図に待ち受ける横隊が素早く四隊に分かれた。
すると、四隊の間より片膝《かたひざ》ついて鉄砲を構えた三人の男らが現れた。
三つの銃口が突進する民弥一家の先頭へ狙《ねら》いを定めていた。
「火縄だあっ」
誰かが叫んだ途端、三つの鉄砲がいきなり火を吹いた。
轟音《ごうおん》が朝焼けの渡良瀬川の河原に響き渡り、白い煙が舞い上がった。
先頭を切っていた助っ人二人と竹槍のひとりが、前につんのめって横転した。
横転したひとりが若頭の豪太の足元まで転がり、豪太はそれを蹴《け》りかえした。
民弥の助っ人と竹槍の荒くれらは、出鼻をくじかれた。
突進が鈍ったところへ、長い呼び笛が続く。
と、真っ先に飛び出したのが豪太だった。

先頭の三人が鉄砲で倒され怯《ひる》んだ民弥一家の前衛へ、男らが一斉に雄叫《おたけ》びを上げて突っこんでいく。

三人が倒れても数は民弥一家の方がずっと優《まさ》っていた。優っているはずだった。にもかかわらず、鉄砲に励まされた側と怯まされた側の差が最初の衝突で早くも現れた。

突くよりも叩き合う竹槍同士が打ち鳴り、割れ、折れ、勢いの鈍った民弥一家は、四人五人とたちまち打ち倒されていった。夥《おびただ》しい喚き声の中に倒された男らの悲鳴が雑《ま》じった。倒れた中にはぐったりと動かぬ者や身体《からだ》をよじってのた打つ者もいる。

先に仕かけたのは民弥一家だったが、圭助一家の反撃に守勢に廻らされた。じりじりと後退し、崩れかける。

だが、右翼で指図していた民弥の代貸と後詰の手下らの怒声と罵声《ばせい》が、崩れかけた助っ人や荒くれらの前衛を持ち堪えさせ、押し戻した。

豪太は長どすを上段に構え、正面の代貸へ斬《き》りかかった。

代貸はそれを横に払い、逆に袈裟懸《けさがけ》に二撃三撃と見舞う。

豪太は代貸の必死の逆襲を躱《かわ》すのに、たちまち後退させられた。

代貸の奮戦が民弥一家に勢いを取り戻させた。

激しく叩き合い押し合うさ中、呼び笛が今度は短く連続して鳴らされた。

それを合図に圭助一家は一斉に退《ひ》き始めた。

民弥側の男らが、ここぞ、と追いすがる。

「押し潰《つぶ》せえ……」

喚声が渦巻き、退いてゆく圭助一家を追いかけた。

しかし圭助側の退き方は、後退しながらも統制が取れていた。

民弥一家を誘うように四手に分かれて退いた間より、再び銃口が顔をのぞかせた。

あ、と思う間もなく銃口は火を吹いた。

轟音とともに先頭が崩れ落ちる。

もうもうと舞い上がる煙と崩れた男ののた打つ様が、民弥一家の追撃を止めた。

その隙《すき》に長い呼び笛が吹き鳴り、圭助一家は反転し、煙の中から怒濤《どとう》のごとく攻めかかってくる。

両者は激しく衝突し、火花が散り、喚声が交錯した。

しかし、勢いを削《そ》がれた民弥側は一度目よりもひどい打撃を受けた。

それでも民弥の代貸は一歩も退かぬ構えだった。

ここで退いたら出入りは終わる。民弥一家は散りぢりになる。そんなことはおれがさせねえ――と、一家をまとめてきた代貸の心意気だった。

と、乱戦の中でまたしても呼び笛が短く連続して吹き鳴らされた。

押し気味にもかかわらず、圭助一家は素早く退いて前と同じ展開を見せた。

民弥一家はその動きに誘われなかった。

退いた男らの間より三丁の銃がのぞいていたのだ。

銃口から逃れようと先頭が混乱する中、ひとり、代貸が斬りこんでいった。

代貸の雄叫びを鳴り響く銃声がかき消した。

三丁の銃が代貸ひとりを狙って容赦なく火を吹き、河原のすすき野に代貸の身体が吹き飛んだ。

それを契機に、民弥側は総崩れになった。

「退くな。男を見せろっ」

貸元の民弥が喚く傍《かたわ》らを、生き残った助っ人、寄せ集めた荒くれら、一家の手下までが怖気《おじけ》付いて逃げ散っていくのをもう止めることはできなかった。

民弥ひとりが逃げ遅れた。

民弥は五十半ばとはいえ梅田村と近在を縄張りにする意気盛んな親分だったが、それがかえって仇《あだ》になった。多勢にたったひとり、取り残された。

ああ？――気付いたときはすでに手遅れだった。

逃げ遅れた民弥を若頭の豪太らが取り囲んだ。

豪太らは大物の老いた猪に群がる山犬の群れのように、執拗《しつよう》に襲いかかり猪の肉を食い破った。

河原の水辺まで追いつめられたとき、民弥は己の血で汚れた長どすを杖に跪《ひざまず》き、激しく喘《あえ》いだ。

「老いぼれが、親分に逆らうからだ。てめえでまいた種だ。覚悟しな」

豪太が刀を突き付けた。

「年寄りに、情けをかける気は、ねえのか」

「ふん。未練たらしい。今さら何をほざく」

豪太は無雑作に民弥のうなじに刃を滑らせた。

あっ――とひと声、首をよじって仰向《あおむ》けに崩れた貸元の疵付《きずつ》いた身体を、折りしも山の端《は》より顔を出した冬の朝日がくるんだ。

二

近在の百姓や、朝早く桐生を立って偶然いき合わせた旅の商人らが渡良瀬川の東堤に足を止め、河原で繰り広げられている出入りの顚末《てんまつ》を眺めていた。

一方の一家が総崩れで逃げ去る様に見物人がざわめき、その親分らしき男が川縁《かわべり》で斬《き》られると「ああ」とどよめいた。

「おいおい、こっちの親分がやられちゃったよ。人数は揃えてたのに、案外呆気《あっけ》ないもんだね。鉄砲が相手じゃ、仕方がないか」

「二、三人がやられたからって怯んでるんじゃ勝てる戦《いくさ》も勝てないさ。鉄砲に玉を籠《こ》める隙を突かなきゃだめだ。ありゃあ戦術が間違っているね。あんなんじゃあ鉄砲に敵《かな》うわけがない」

「簡単にはいかないのさ。戦術たって鉄砲に睨まれりゃ誰だって怖気付くんだよ。それにしても上州のやくざは凄《すご》いね。やくざが鉄砲を三丁も揃えてさ。お武家も吃驚《びっくり》だね。しかも双方手加減なしときた」

堤の草むらに腰を屈《かが》めた二人の旅の商人が菅笠の下で煙管《キセル》を吹かしつつ、相撲談義のように言い合っていた。話し振りで江戸の者らしいのがわかった。

二人の少し後方の草むらに、野良仕事に出かける途中の百姓がやはり屈んで鍬《くわ》を抱え、河原の様子を眺めていた。

「これは一体、どういう出入りなんでしょうね」

商人のひとりが煙管の吸殻を朝霜の下りた草むらへ落としつつ、後方の百姓へさりげなく顔を向け、聞くとはなしに聞いた。

「ありゃあ広沢村の圭助んとこと、梅田村の民弥のもんだ」

百姓は手拭《てぬぐい》で頬《ほお》かむりをした日に焼けた顔を河原の方へぼうっと投げたまま、同じく応えるとはなしに応えた。

「出入りになったわけは、なんなんです？」

「んだ。桐生のどこの旅籠《はたご》も飯盛《めしもり》を沢山《たくさん》欲しがっているだでよ。そういう旅籠に圭助と民弥が手下にやらせて在の女子《おなご》を世話するんだ。世話代を取ってよ。圭助にも民弥にも縄張りがあって、互いの縄張りには手を出さねえもんだった。けど、圭助が民弥の縄張りを荒し始めて、ここんとこ手下らのいざこざがつきなかった。両方とも助っ人を集めているという噂が立っていたで、今に出入りになるのは目に見えてた」

「桐生は上州一の絹織物の町ですから飯盛もさぞかし景気がいいでしょう。で、あそこで倒れたのは圭助親分と民弥親分のどっちなんです」

「ありゃあ、圭助に縄張りを荒されていた梅田村の民弥だ。おそらく、民弥の方が出入りを仕かけたに違《ちげ》えねえが」

「出入りを仕かけた方が、逆に負けちゃったんですね。陣屋のお役人は何をしているんですか。鉄砲まで持ち出した出入りを取り締まらないんですか」

「陣屋のお役人方は百姓から年貢を取り立てることが務めだ。出入りの取り締まりなんぞやりはしねえ。だいたいお役人方が親分衆を手先に使ってよそ者に目を光らせているくらいだでな。それによ、親分衆らの開く賭場《とば》の上がりやら飯盛の世話賃の冥加《みょうが》金《きん》とやらが、お役人方の懐《ふところ》へ袖《そで》の下から上納されているだで」

　百姓は、よっこらしょ、と立ち上がった。そして、

「だからあの親分衆らは、みな好き勝手に十手を持って物騒な手下を大勢抱えているんだ。お役人方はそれを咎《とが》めねえし、多少の出入りには目をつぶるだ」

　と、言って鍬を肩に担いだ。

「するとここら辺じゃあ、裏街道に生きるやくざがお役人に袖の下を渡して大手を振って歩いている、ってえわけですか。ひどいな。それじゃあご政道も何もあったもんじゃありませんね」

「あんたら、江戸の人かね」

「わたしらは、江戸は日本橋の呉服屋に勤めております。江戸ではこんな物騒な出入りが許されるはずがありません。ねえ」

旅人が、江戸の日本橋、というところを強調して胸を幾ぶん反らし、もうひとりが相槌《あいづち》を打った。

「けど、江戸でもご公儀のお役人方とつるんだあくどい商人が米の買占めをやって大《おお》儲《もう》けし、それがために世直党《よなおしとう》とかいう賊にかどわかされて大層な身代金を取られたそうじゃねえか。世直党はまだ捕まらねえとここら辺でも評判だ。ご公儀の役人方は袖の下をつかまされて悪徳商人らが悪さするのに目をつぶるわ、世直党に面目は潰されるわじゃあ、天下の江戸もここら辺もさして違いはねえだでよ。ははは……」

百姓は笑いながら歩き去っていった。

二人の旅人は、少々具合いの悪そうな顔付きになって百姓を見送った。

確かにこの夏、天保世直党を名乗る賊が米河岸界隈《こめがしかいわい》の三人の米仲買商をかどわかし、六千両もの身代金を町方が包囲する真っただ中で大胆にも奪い去るという騒ぎが起こり、賊の手際に江戸中が度肝《どぎも》を抜かれた。

しかも米仲買商らはご公儀目付《めつけ》の役人と結んでいて、ご公儀の力を後ろ盾に流通を操って米を不当な高値に導き大儲けを企んだ悪徳商人らで、世直党に鉄槌《てっつい》を下されて当然と、江戸庶民の間では世直党が正義の味方のごとき評判だった。

むろん江戸の手代《てだい》らは、世直党が正義の味方などと下層な庶民の愚かな評判に惑わされはしないものの、こんな田舎の百姓にまで笑われて少々気分を害した。

面白くない、さあ急ごう——と、二人が煙管を仕舞って立った渡良瀬川の堤道の先に、旅芸人の一座と思《おぼ》しき籐《とう》の行李《こうり》や葛籠《つづら》を積んだ荷車が、車軸を軋《きし》らせつつ道を足利《あしかが》の方へたどっていくのが見えた。

荷車に立てられた《大江戸天下一座》の白い幟《のぼり》が、山の端より昇った朝日を浴びてゆらめき、焦げ茶の引き廻し合羽の男が一行の先頭に立っていた。

続いて布子の半纏《はんてん》に下は紺縞《こんじま》を裾端折《すそはしょ》りの大男が荷車を引いている。

その荷車の傍らを、編笠を着けて山吹色に三つ葉模様の上着を重ねた女の、ほっそりとした後ろ姿が歩んでいた。

女は背中に青い袋でくるんだ三味線をくくり付けていた。

そして縦縞の引き廻し合羽にこれは鉦《かね》と太鼓を背負った男と、紺の合羽に荷車に立てたのと同じ《大江戸天下一座》の幟を肩に担いだ男が荷車の後ろをゆく、たった五人の旅芸人の一行だった。

編笠の女以外は、四人ともが真新しい饅頭笠《まんじゅうがさ》をかぶっていた。

旅芸人らは、江戸から桐生に商用できた二人の手代と同じく、今しがたまで河原の出入りの様子を眺めていた。

「大江戸天下一座、か。天下の江戸にあんな一座があったかな。知っているかい」

「知らない。ありゃあ旅芸人だよ。江戸の名さえかぶせりゃ、江戸の芸人に違いねえと勘違いする間抜けな田舎者の気を引く魂胆さ」

「そうだな。どうせそんな魂胆だな。江戸なんか、いったことはないんだろうな」

「さもなくば、江戸の場末の宮地《みやち》で大道芸ぐらいはやっていたかもしれないけどね。江戸で食いつめ、江戸者の名を騙《かた》って旅廻りを始めたとか」

ふふ……と、二人の手代はどうでもよさそうに鼻先で笑い合った。

手代らは、取るに足らぬ旅芸人への関心をすぐになくし、昨日までの桐生の機屋《はたや》との商談の成果へ関心が移っていった。

《大江戸天下一座》の幟を荷車に立てた旅芸人の一座は、渡良瀬川の堤よりはずれた田野の道をたどっていた。

道の南方《みなみかた》は、黒い地肌を剝《む》き出した田圃《たんぼ》が重なる彼方《かなた》に葱畑《ねぎばたけ》が青色をくすんだ風景に添え、冬枯れた栗林も見えた。

北方《きたかた》にも黒い田圃や野菜畑が続き、茅葺屋根《かやぶきやね》の百姓家が樹林を背に数軒が固まっていた。一軒の百姓家の庭先に高い杉木立《すぎこだち》があり、住人がもみ殻でも焼いているのか、白い煙が朝の青空の中に立ち上っていた。

空の果てに足尾の山並が青く連《つら》なり、薄い雲が天空にたなびいている。

野良で遊んでいた四、五人の子供らが、わいわいと賑やかについてくるのを、鉦《かね》と太鼓を背負った男がそれを胸に抱え直して子供らへ向き、後ろ歩きに歩きながら、かんかん、どどん、と叩いて笑顔を振りまいた。

大江戸天下一座の幟を背中に差した隣の男も子供らへ振りかえり、おどけてびんざさらを鳴らして「与作思えば照る日も曇る……」と唄《うた》い囃《はや》した。

かんかん、どどん……

村の子供らがそれを面白がって村境までついてきたが、そのうちにいなくなった。

それから四半刻《しはんとき》を廻ったころ、旅芸人の荷車は足利へ向かう寂しい間道に車軸を軋ませていた。

天気は上々だし、冬にしては暖かい。

一行は急ぎ旅ではなく、日暮れまでに足利に着けば、という腹積もりだった。

田面《たづら》の中をすぎ、やがて間道は竹林の中をくねって続いた。

先頭の引き廻し合羽の男が、ふと、立ち止まったのは竹林の道へ入ってほどなくだった。

続いて荷車が止まり、間道に静寂と鳥ののどかなさえずりが漂った。

男は饅頭笠の縁を持ち上げ、竹林の上の空をゆるやかな仕種《しぐさ》で仰いだ。

荷車を引く大男がそれを、訝《いぶか》って見ている。

編笠の女が男の傍らにきて言った。

「乱《らん》さん、どうしたの」

「うん……」

乱之介《らんのすけ》は小さく頷いて、仰いだ顔を道脇の竹林へ転じた。

代助《だいすけ》と羊太《ようた》が近付き、「どうしたんだい」「何があったんだい」と、乱之介を質《ただ》した。

乱之介は竹林へ向いたまま唇に長い人差し指を当て、しっ、と示した。そして、

「人の声が聞こえないか」

と、短い間を置いて言った。

四人が乱之介が顔を向ける竹林の奥へ目を凝らした。

「あ、呻《うめ》き声が聞こえる」

編笠の下で三和《みわ》が声を忍ばせた。

「ここで待て」

四人に言った乱之介の後ろ姿が、竹林の細道へ落ち葉を鳴らして進んでいった。

街道をはずれた間道に、通りかかる人の姿はなかった。

やがて、乱之介が戻ってきて、

「みな、きてくれ。惣吉《そうきち》、荷車が要《い》る」

と、手招いた。

乱之介に従って四人が竹林の細道をゆくと、木漏《こも》れ日が白い斑模様《まだらもよう》をくすんだ落ち葉が覆う地面に描く先に、冬空に垢染《あかじ》みた薄茶の木綿の単《ひとえ》を纏《まと》った男が、竹の根元に凭《もた》れうずくまっているのが見えた。

「まあ……」

三和が声を上げた。

裾端折りはしていないものの黒の手甲脚絆に草鞋履きの旅人《たびにん》姿で、足を投げ出し、両腕で腹を抱えていた。傍らに黒鞘《くろさや》の長どすが一本転がっている。

腹を抱えた両手と前身ごろが黒ずんだ血で濡《ぬ》れていて、伸びた月代《さかやき》の下の頰のこけた顔は、生気を失いすでに土色に沈んでいた。

乱之介が男の傍らに屈んだ。

「兄さん、旅の者だ。疵《きず》を負っていなさるね。見せてもらうよ」

「ああ……旅の人……」

応えた男の声は、力はなくともまだ聞き取れた。

薄っすらと開いた目が乱之介を見上げた。

男の片腕を取ると、明らかに銃創とわかる腹の疵から血が流れ出ていた。

単の下の腹に巻いた晒《さらし》が真っ赤だった。

「乱さん、この疵はさっきの出入りで使った鉄砲のじゃ……」

代助が乱之介の隣に屈んで言った。

乱之介は頷き、男の腕を疵の上へそっと戻した。

「渡良瀬川から逃れてきたんだろう。この疵でよくここまでこれたものだ」

銃創は手の施しようがなく、もう長くないのは明らかだった。

「水を、水をくれ、ねえか」

男が言った。

乱之介は束《つか》の間考え、振りかえって「お三和」と声をかけた。

はい――と、三和は乱之介の意図を察し、竹の小筒をつかんで男の傍らに跪いた。

「水ですよ。お飲みなさい」

三和は男のうなじへ腕を廻し、うな垂れた顔をわずかにもたげた。

小筒を唇へあてがい、少しずつ傾けた。

男は乱之介らと同じ三十前後に見えた。

三和は小筒を傾けながら、目を潤ませた。

「末期《まつご》の水だ。美味《うめ》えな」

男もわかっているのか、小さく呟《つぶや》いた。

「もういいの」

三和が男の顔を腕に抱えたまま訊《き》いた。

「あ、ああ、すまねえ……」

男はうつろな眼差《まなざ》しを乱之介に向けた。そして、こみ上げるものを飲みこんで途切れ途切れに言った。

「旅の人、お、おら、余瀬村の、しし、周蔵《しゅうぞう》と、言いやす。国を捨てて、渡世人になって、男を上げて国に帰るつもりだったが、このざまだ。国で、余瀬村で、親父《おやじ》とお袋と、妹がおらの帰りを、待っているのに、けど、もう帰ってやれねえ」

周蔵は血まみれの手で懐を探り、巾着《きんちゃく》をつかみ出した。

巾着も、血に染まって真っ赤だった。

「中に、ぜ、銭が入《へえ》ってる。六文、六文銭だ。これしか持ち合わせが、ねえ。あ、後は博奕《ばくち》ですっちまった。助っ人の前金も、有り金全部……おら、救いようのないろくでなしだからよ」

ろくでなし、と周蔵は己を苛《さいな》み、苦渋のにじむ声を絞った。

「旅の人、こんなろくでなしでも、哀れと思ってくれるなら、すまねえ、本当にすまねえが、これで、た、頼みたい」

巾着を握り締める指の間から、ひと筋の血が伝わった。

乱之介は巾着をつかんだ周蔵の手を掌《てのひら》に包み、低く声を響かせた。

「周蔵さん。何をすればいいんだ」

「江戸に、秋五《しゅうご》という弟がいる。おらなんぞとできの違う、頭のいい弟だった……江戸の芝《しば》という町で医者を、まつい、ばんあん先生の診療所で医者をやって……」

「芝の松井万庵《まついばんあん》先生の診療所で医師をしている秋五さん、だな。秋五さんに託《ことづ》けがあるのだな」

周蔵は、こくこくと震えるように頷いた。

「おらの親父は、余瀬村の、貸元だった。十年前、秋五はわけあって親父と仲たがいし、家を捨てたんだ。秋五は江戸に出て、学問の道に進んだ。な、な、長崎へも、いったことが、あるんだぜ。親父が、会いたがってる。帰ってやってくれ。そう伝えてくれ……」

「秋五さんに、余瀬村の親父さんに会いに帰れと？」

「親父は、卒中で倒れ、今じゃひとりで何もできねえ身体に、なっちまった。お袋と、妹が面倒を見ている。みな、こ、心細い思いをしている。帰ってやれ。親父が一番会いたがっているのは、本当は秋五なんだ。親父は秋五にやくざ稼業を、させたくなかった。だから、秋五を追い出したんだ。おらが秋五に持たせた金は、親父がおめえから渡せと、おらが預かった金なんだ。それから……」

周蔵はまばたきひとつせずに乱之介を見つめ、

「馬鹿な兄ちゃんを、許してくれと……」

と、そこまで言って巾着を乱之介に握らせた。

「わかった、周蔵さん。伝えよう」

周蔵は唇を震わせ、ありがてえ、と涙をあふれさせた。

「どちらさんか知らねえが、旅の方、ありがてえ。恩に着やす。梅田村の民弥親分は、親父と古い仲で、おらによくしてくださったのに、民弥親分がやられちまうのを、おら、ただ見殺しにして逃げ出しちまった。なんて一生だ。つまらねえ。ああ、つまらねえ……」

と、己を激しくなじり、身悶《みもだ》えた。

「姉さん、すまねえ。姉さん、きれ……」

三和に言いかけたが、後の言葉は聞き取れなかった。

目の光が急速に失《う》せていくのがわかった。

乱之介の握った周蔵の手も、力は消えていた。

二度、咳《せ》きこみ、血を吐いた。

血飛沫《ちしぶき》が乱之介と三和の顔に散ったが、二人は顔をそむけなかった。

息苦しげに口を喘がせ、かすかに呻くと、やがて眠るように静かになった。

安らかな顔に見えた。

小鳥がさえずり、竹林の中はのどかな静寂が包んだ。

「お三和、これまでだ」

乱之介は三和に目配せをした。

「もう苦しまずにすむのね」

三和が血飛沫の散った頬に涙を伝わらせつつ周蔵を落ち葉の上に横たえた。

五人は亡骸《なきがら》を取り囲み、掌を合わせた。

「乱さん、仏をどうする」

代助が訊いた。羊太と惣吉と三和も乱之介を見つめて返事を待った。

「これも何かの縁だ。どこかの寺で葬ってやろう」

「それはいいが、おれたちのことを少々訊かれることになるぜ」

「なんとか、切り抜ける」

「乱さん、江戸へ戻るのかい」

羊太が嬉《うれ》しそうな顔付きになった。

乱之介は血に汚れた巾着から六枚の銭を取り出した。

「ああ、この六文銭で仏の弟に伝えると約束をした。それを果たしにゆく」

すると代助が幾ぶん反っ歯の唇を尖《とが》らせた。

「ほとぼりが冷めるまで三年は戻らないのじゃなかったのかい。江戸は、今はまだ危険だろう。確かに仏には気の毒だが、おれたちには縁もゆかりもないんだ。約束と言ったって、六文銭じゃないか。乱さん、たった六文銭のために危険を冒すのかい」

乱之介は掌の上で手垢に黒ずんだ六文銭を、ちゃ、と鳴らした。

「代助兄さん、仏は有り金を全部博奕ですった。なのにたった六文だけを残した。なんでだと思う？」

　四人が乱之介を見つめた。

「これは三途《さんず》の川の渡し賃だ。命を的に助っ人稼業を渡世にする無宿者は、出入りの際には何があっても三途の川の渡し賃だけは懐にしていくそうだ。仏にとってはただの六文銭じゃない。冥土《めいど》へいけるかいけないかの大事な金だ。それをおれたちに差し出し、自分はたとえ三途の川が渡れなくても弟に伝えて欲しかったんだ」

　代助がゆっくりと黙って頷いた。

「けど、江戸へいくのはおれひとりだ。みなは先に那須《なす》へ向かってくれ。せいぜいひと月ほどで落ち合えるだろう。手筈通り、正月をみなで那須の湯治場で迎える」

「乱さん、わたしも一緒にいきます。この人はわたしの腕の中で、江戸へと言い残して死んだんです。ゆきずりの人なのに、わたしには偶然とは思えない。江戸へ戻り、父の仇《かたき》を討てと、誰かがこの人をわたしのところへ遣わしたと、思うんです」

　三和が、血飛沫とこぼれる涙を手拭で拭いながら言った。

「おらも江戸へいく。おらはくるなと言われても乱さんから離れねえ」

　大男の惣吉が言った。

「当然よ。おれと兄貴だって一緒さ。おれたち兄弟と乱さんは永代寺の床下で食い物を分け合った仲なんだ。そうだろう」

羊太がくりくりした目を輝かせた。

「生きるも死ぬも乱さんに預けたこの命、乱さんがいくならひとりでいかせないよ」

代助がわけ知りな笑みを見せた。

乱之助は、竹林の上に広がる青空を見上げ、

「そうか……」

と呟いた。だが、それ以上は言わなかった。

竹林の静寂が乱之介たちと横たわるひとつの亡骸を包み、小鳥のさえずりはどこまでものどかだった。

乱之介は、荷物の中から真新しい帷子《かたびら》を出して周蔵の亡骸をくるんだ。

それから四人を順々に見廻し、

「江戸へ、戻ろう」

と、静寂の彼方へ声を響かせた。

一之章　明《あ》き場《ば》の原

一

神田川《かんだがわ》に架かる筋違橋《すじかいばし》御門外から東へ、河岸《かし》通りは和泉橋《いずみばし》が架かる佐久間町《さくまちょう》二丁目辺りまで、広い火除《ひよ》け地の明《あ》き場《ば》が設けられていた。

筋違橋から河岸場が続き、相生町《あいおいちょう》は上野御用の宮様河岸、佐久間町の河岸場、通《つう》船《せん》屋敷の船繋場、花房町《はなぶさちょう》の物置場と筋違橋の間の河岸場、仲町《なかちょう》一丁目の物揚《ものあげ》場《ば》と物置場など、神田川北堤と周辺の町地は神田川河岸と呼ばれていた。

神田川沿いに東西に長い佐久間町は、材木屋渡世や薪屋の店が四丁目まで町家を連ね、高さを五尺に限るものの、河岸場から上がった商《あきな》い物が河岸地にずらりと積み並べられている。

外神田とも呼ばれ火除け地に定められたその一帯は、河岸地の物揚場のみならず、各町内のそこかしこに明き場が散在し、そこは物置場や石置場に使われていた。

かなり以前から、それらの明き場と町地との境に掘っ立て小屋が何軒かずつ肩を寄せ合い固まって立ち並び、小屋には物乞いが住み着いていた。

町内の地主や名主は、明き場に住み着いた物乞いらが町の塵芥《じんかい》を片付けるし、石置場や物置場を人気《ひとけ》のない場所にしておくよりはまだ用心がいいというので、物乞いの住む掘っ立て小屋を障《さわ》りがない限り町内雇い同然に放っておいた。

そういう気ままな気配が、物乞いのほかにも門付《かどづ》け芸人や、ねぐら定まらぬ大道芸人をも町に呼び寄せ、風雨や雪の日以外は、昼間は火除け地の河岸地や明き場、町内の辻々《つじつじ》で様々な大道芸人たちの芸が見られるようになっていた。

そして、それが物珍しいと評判を呼んで、よその町からも大勢の見物人が明き場に集まり始め、外神田の火除け地周辺は、雑然とはしていても一種独特な賑《にぎ》わいに包まれた町の様相を呈していた。

門付け芸人や大道芸人らは、芸を演じわずかな銭を稼ぎつつ、おのれの芸を磨きもするこの火除け地一帯を、物揚場の原、あるいは明き場の原、と呼んだ。

花房町と藁店《わらだな》の通りを境にした仲町一丁目中通りは、河岸通りを北へ折れて筋違御門よりの御成道《おなりみち》につながっている。

町内北側、神田旅籠町《はたごちょう》と向き合う東西へ続く御成道に面した表店は、茶屋町とも呼ばれ、御成道が北へ折れた先は下谷広小路《したやひろこうじ》、そして上野寛永寺である。

仲町一丁目を南北に分ける中通りの一角に、南北六間、東西八間ばかりの石置場と四間十八間の物置場があった。

その石置場と物置場の境に、路地と言うより、入り組んだ隙間の両側に数戸の芸人小屋が固まっていて、物置場の方には葭簀《よしず》囲いに縁台を並べるだけの、屋根も舞台もない土間で芸人が演技を見せる小屋掛《こやがけ》ができていた。

そういう小屋掛は界隈《かいわい》に幾つか組まれ、雨天でなければ大抵は朝五ツより夕暮れまで、出替わりに芸人の演技が続いて、木戸銭は取らなかった。

気ままに出入りのできる見物人は、初めの小屋に飽きたら別の小屋へと、好き勝手に移ってゆけばよいのだ。

演技者の方は見物人の去来の機をうかがい、投げ銭を乞《こ》い、あるいは扇子《せんす》を持って縁台の間を廻るのである。芸人らはそれを、扇子を廻す、と言った。

何ほどくれろというのではなく、普通は銭一文。もし気前のいい見物人が十銭でも扇子にのせれば、扇子を廻す演技者が、

「十せえんっ」

と声をかけ、残りの演技者は、

「おありがとうござい」

と、一同礼、をするのである。

夕暮れになると、縁台を片隅へ積み上げ、囲った葭簀を巻いて取り除《の》けた跡には丸太の柱が立っているばかりになる。

その年、天保九年の十一月半ばすぎ、仲町の石置場に肩を寄せ合う芸人小屋の一戸に旅芸人が住み着いた。

抜刀木太郎《ばっとうきたろう》を座長に、曲独楽火助《きょくごまかすけ》、輪《わ》くぐり土平《つちへい》、怪童金吉《かいどうきんきち》、そして白魚《しらうお》の水江《みずえ》と名乗る、男四人に女ひとりの一座だった。

むろん界隈には乞胸《ごうむね》や門付け芸人を仕切る乞胸古太夫《こだゆう》という頭《かしら》がいて、名主や家主の町役人ではなく、その頭の配下に五人の一座もあったのは言うまでもない。

板葺屋根の小屋は、板壁を囲った土間に筵《むしろ》を敷き詰めただけの狭いねぐらだった。

男四人がそこで身体を縮めて寝起きし、土間から中二階へ上がる梯子《はしご》が架かっていて、そこは白魚の水江の寝場所に決まっていた。

中二階と言っても部屋ではなく、畳一枚ほどの広さの板を渡しただけの屋根裏との隙間で、屋根裏までは大男の金吉が立ち上がれば月代の伸びた頭が届くほどの高さしかなかった。

座長の抜刀木太郎は、こけた頬に冷めた笑みをうかべたふうな、唇とわずかな鷲鼻《わしばな》のひと筋が陰影を作って、愁いを湛《たた》えた大きな目が老成した光を宿していながら、年のころは三十前後に見える男だった。

ただその風貌《ふうぼう》は、小僧が大きくなって無理やり大人振って意気がったふうに見えなくもなく、どこかしらに残した幼さが木太郎の聞かん気な気性を表していた。

伸びきらぬ総髪にきりりと一文字髷《まげ》を結い、広い肩幅と五尺八寸余の痩軀《そうく》に着けた黒ずくめの小袖と細袴《ほそばかま》、大道芸を始める折りはさっと脱ぎ捨て見物人の目を引く臙《えん》脂《じ》に蝶模様《ちょうもよう》の袖なし羽織が、芸人小屋の女たちですら顔を赤らめさせるほど似合っていた。木太郎の芸は、五尺（約一五〇センチ）の長刀を抜いて見せる居合い抜刀術であった。

「さてみなの衆、人の世は恐ろしい。一寸先は闇《やみ》なのだ……」

と、剣の奥義を究めたすぎし日の長い前口上の後、一本足駄《あしだ》で二段重ねにした三方《さんぼう》の上に立ち、見物人が固唾《かたず》を呑むその機を計って、気合いもろとも目にも止まらぬ速さで五尺の刀を抜いて見せる。

抜刀しても木太郎は三方の上に一本足駄で平然と立っている。

それから「前の方々、首を落とされぬように気を付けられよ」と微笑《ほほえ》んで、ふわっと宙にまかれた赤青黄の折紙を再び気合いもろとも三方より高々と飛び上がって、ひゅんひゅんひゅんひゅん、と三枚とも真っ二つにして鮮やかに地へ下り立つのである。

曲独楽火助は、小柄で色黒にやや反っ歯《そっぱ》で、曲独楽を芸にしている。衣紋《えもん》流し、扇止め、羽子板、風車と、お囃子《はやし》に合わせて自由自在に曲独楽を操る。

同じ小柄でも瓜実顔《うりざねがお》に色白で優男《やさおとこ》の輪くぐり土平は、木竹や煙管を使って丼、皿を廻す皿廻しである。糸巻留、絹巻留のほかに、頭に棒を立てた皿廻しが至芸である。

六尺四寸の大男の怪童金吉は、名と身体が表す通り力業《ちからわざ》である。

掌にあまりそうな大きさの石を三つ同時に、軽々と手玉にして見せたり、江戸市中の力自慢と相撲、腕押し、綱引き、脛《すね》押し、と大人の男らが三、四人が束にかかっての力競べでも負けたことはなかった。

白魚の水江は、二上がり調子の三味線で、四人の芸の演目や、投げ銭を乞うたり扇子を廻すとき、あるいは芸が跳《は》ねる際に木太郎が唄うように語る、

「……色めきわたる四方の空、のどけき国こそ久しけれ」

の声に揃え、土平の鉦と太鼓、火助のびんざさらとともに囃すのが役回りだった。

その小屋を定宿に、四人の男は饅頭笠を目深《まぶか》にかぶり、女は編笠の下に五彩の布の頬当頭巾《ほおあてずきん》を着け、あるときは明き場の原の小屋掛で、またあるときは江戸市中の辻々を廻り、大道芸を見世物に投げ銭を乞う方便を始めたのであった。

その日一座は、愛宕下広小路《あたごしたひろこうじ》より愛宕山の男坂を上って愛宕権現に参詣《さんけい》してから、崖《がけ》通りの掛茶屋《かけぢゃや》の軒暖簾《のきのれん》をくぐり、毛氈《もうせん》を敷いた入れ床に腰を下ろした。

松柏の木々の間に、武家屋敷地の千門万戸の甍《いらか》が眼下に連なり、芝の町の彼方に千里の風光を薄靄《うすもや》のかかった冬空の下に繰り広げる海が見渡せた。

かたかたと、愛宕山の石段に下駄を鳴らして、お杉《すぎ》が掛茶屋の暖簾をゆらした。

「ああ、疲れた。愛宕の石段はきついよ。年だね」

と、お杉は、六十近い年には見えない厚化粧に、気味の悪い鉄漿《おはぐろ》を光らせた。

「いいんですか、こんなに早く。旦那」

床にかけたお杉は、五人をぐるりと見廻してから声を潜めて乱之介を、《乱さん》ではなく《旦那》と呼んだ。

「三年は置くつもりだったが、よんどころのない用が江戸にできてね。手筈《てはず》が変わった。お杉さんの手を借りにきたのさ」

「ようござんすとも。たとえ火の中水の中。なんでも言ってくださいな」

お杉は胸に手を当てて、また薄気味悪く鉄漿を光らせた。

「あっしもね、三年は長いと、思っていたんです。だってね、三年たったらあっしは六十すぎ。生きているかどうかもわかりゃしない」

けけけ……

と、お杉の笑い声が掛茶屋にはじけた。それから十八の三和を、

「お嬢さん、旅暮らしはいかがですか。日焼けもせず相変わらず色白で。七軒町《しちけんちょう》一の女郎だってお嬢さんの前に出たら形なしですよ」

と、妙な褒め方をして三和をはにかませた。

お杉の住む芝神明《しばしんめい》の神前町である七軒町は、岡場所で知られていた。

「兄さん、たった三、四ヵ月なのに、また太ったんじゃないかい」

大男の惣吉の決まり悪そうに縮めた背中をどやして言い、代助・羊太兄弟には、

「やんちゃ坊主の兄弟も変わらずに元気そうなので、あっしゃあ嬉しいよ」

と、からかいながらも息災を喜ぶところは年の功である。

襷《たすき》がけの茶汲《ちゃく》み女がお杉に茶を運んできた。

「お杉さん、何か食うかい」

「じゃあ姉さん、梅かえでんぶは置いているかい」

「はい、ございます。三島町《みしまちょう》の文字屋《もじや》さんから仕入れています」

「ああ、三島町の文字屋さんね。文字屋さんの梅かえでんぶはお酒にもお茶にも合うんですよ」

お杉は乱之介に応え、「それをお願いね」と茶汲み女に頼んだ。

「酒にも合うなら、おれたちもそれをもらって酒にしよう」

思えば乱之介とお杉とは、奇妙な縁だった。

恩であれ仇であれ、そんな縁もあるのが人の世の習いなのだ、と父ならそう言って笑うだろうと思った。

あれは中川を越えた小岩村《こいわむら》辺りだったと、今の乱之介は思い出すことができた。

乱之介はその小岩村辺りの、どこかの納屋で物心が付いた捨て子だった。名と年はなかった。むろん親などおらず、自分が誰かも知らなかった。

ある日、乱之介は人買に売られてその納屋を出た。

中川の堤を手を引かれていく途中、漠とした思いに突き動かされて中川に飛びこんだときの、頭上の水面に見えた青空と日の光が、今でも乱之介の脳裡《のうり》に焼き付いている。

当てどなく逃げた先の深川永代寺《ふかがわえいたいじ》の床下で、浮浪児の代助と羊太に出会った。

代助と羊太は、かっぱらいやら芥捨て場《ごみすば》あさりやらでようやく手に入れた食物を分けあった、乱之介の初めての仲間だった。

そのころお杉は、深川の岡場所で遣り手《やりて》の傍ら、子供を売り買いする裏稼業で稼いでいた。

ある年の雪の日、ひょんなきっかけから人買のお杉に拾われた。

乱之介の名と六歳の年は、そうしておき、とお杉に与えられたのである。

お杉は名と年のみならず、乱之介が死にかけたところをせっかくの売り物を死なせたら大損と欲にかられて救い、さらにあのころすでに四十をすぎていた小人目付《こびとめつけ》・斎《いつき》権兵衛《ごんべえ》に五両で売った。

その斎権兵衛こそが、乱之介の慈愛あふれる父親となり、乱之介の心身に大きな情感と深い思念を刻み、強靭《きょうじん》に闘い抜く武人の意志と技を授けた師になった。

乱之介の根幹は父であり師でもある斎権兵衛によって育まれたのであり、ある意味で、乱之介の名と年と同様、お杉がその父を与えてくれたとも言えた。

乱之介が、江戸に戻ってきたよんどころない用について語ると、

「おやまあ、そんなことで江戸に。旦那らしい」

お杉は呆《あき》れたという口振りで言ってから、けけけ……とけたたましく笑った。

「みんなも恐い物なんてありゃしないのかい。でも、その恐い物知らずが、若さというものなんだろうけどね」

と、紅をこってり塗った唇を舐《な》め廻し、若い五人を見廻した。

「松井万庵先生の診療所は、知っています。あっしはこの通り、頭は弱くても身体は丈夫だから診ていただいたことはありませんけど、とても立派なお医者さまと、芝では評判ですよ」

「松井万庵先生は、蘭医なのかい」

乱之介が訊いた。

「らんい？　なんです、それ」

「おらんだ医術を施す医師だ」

「はあ、らん医。そうかもしれません。よう学の先生だって、聞いたことはあります」

「万庵先生の診療所で働く秋五という医者の名前は？」

「秋五？　万庵先生以外のお医者さまの名前は知りません。万庵先生の診療所とか露《ろう》月《げっ》町《ちょう》の診療所とか、みんなそんなふうにしか言いませんから」

「露月町の診療所、と呼ばれているのか」

「裏店《うらだな》の小さな二階家ですよ。一階が診療所になっていて、二階に先生が住んでいらっしゃるとか。万庵先生に脈を取ってもらいたいって患者が引きも切らず。そういう先生らしいです」

「そんなに忙しい診療所なら、訪ねるのは診療を終える夜の方がいいだろう。お杉さん、明日の夕刻、出直してくるので案内を頼む」

「承知しやした。旦那が、ひとりで？」

「念のための用心だ。おれもいくよ」

傍らの代助が言った。すると、羊太と惣吉と三和が、「おれたちもいくぜ」「わたしも」と言い出した。

「おや、みんなで押しかけるのかい」

お杉が子供みたいな真顔の三人を笑った。

「大勢でいけば相手も迷惑だ。人の目にも付く。難しい用じゃない。秋五さんに会って、周蔵さんの伝言と形見を渡すだけさ。六文銭もかえしてやりたい。あの六文銭は遺族が持つ方が相応《ふさわ》しい。代助兄さん、おれたち二人で」

代助が、こくりと首を振った。

難しい用じゃない。そのときはまだそう思っていた。

それよりも鳥居耀蔵《とりいようぞう》のことが……と、乱之介は思っていた。

二

公儀目付・甘粕孝康《あまかすたかやす》は小伝馬町《こでんまちょう》牢屋敷の表門をくぐるとき、縹色《はなだいろ》の裃《かみしも》の袴の小さな塵《ちり》を払った。

五尺七寸何がしの痩軀を速やかに、しかし落ち着き払って歩ませた。

改番所への石畳が乾いた音をたてた。

黒羽織と呼ばれる小人目付・森安郷《もりやすさと》を従えている。

孝康の黒鞘の二本が、薄靄《うすもや》を透した白くぼんやりした午後の日差しに艶《なま》めいて光っていた。

侍にしてはいささかひ弱な、と見えるほどにほのかな朱が差した色白だった。

しかし、涼しげな切れ長の目に伸びた鼻筋や燃える唇が役者絵より抜け出たようなと、甘粕家千二百石の屋敷がある三年坂界隈のお女中らが胸ときめかす孝康の相貌は、牢屋敷の武骨な同心や番人の目さえ引いた。

従う森安郷は五十歳。若き目付・甘粕孝康の配下にあり、小人目付衆百二十八人を指図する四人の小人頭のひとりである。

背丈は孝康よりわずかに低いが、黒羽織の下に頑丈な身体付きがうかがえた。

二人は改番所のある埋門を通り、大牢や二間牢のある張番所へ平番に案内された。

張番所は西牢と東牢の中央に設けられ、東西の牢を監視している。

張番所には当番の同心と看板姿の張番人らが身振りを正して迎え、当番の同心が、

「ただ今連れてまいりますので、あちらでお待ちください」

と、鉄製の火鉢に鉄瓶《てつびん》が湯気をくゆらせている奥の長腰掛へ孝康と森を導いた。

鞘土間へ入る鞘口を、張番がくぐるのが見えた。

張番が長腰掛にかけた孝康と後ろに控える森へ、

「お役目ご苦労さまでございます」

と、温かな茶を供《きょう》した。

鞘土間の方より、「小岩村の江次郎《こうじろう》、出よ」と、張番の声が聞こえ、内鞘の留め口の戸が鈍い音をたてて開く音が聞こえた。

「森、隣へ座れ。おぬしの方からも気付いたことがあれば訊《たず》ねよ」

孝康はそう言って、温かい茶を含んだ。

「畏《おそ》れ入ります」

森は躊躇《ためら》わず、長刀をはずして孝康の隣にかける。

ほどなく、鞘口から牢着の小柄な男がくぐり出てきた。

当番の同心に「いけ」と促された囚人は、身を縮めて孝康の前へ歩み、顔を上げずに孝康と森へ一瞥《いちべつ》を投げ小腰を屈めた。

伸びた月代《さかやき》や乱れた髷《まげ》、髭《ひげ》にも白い物が目立ち、頰はこけて、初老の年以上に老けて見えた。牢暮らしの苦労が江次郎をやつれさせているようだった。

「小岩村の江次郎でございます」

当番が言った。

「江次郎、座れ」

孝康が長腰掛を指した。

江次郎はおずおずと長腰掛にかけ、火鉢を挟んで孝康と森に向き合った。

たるんだ牢着の腹の辺りで、重ねた手の甲が染みだらけだった。

そうして、火の熾《おこ》った張番所の暖かさにほっとするかのような溜息《ためいき》を吐《つ》いた。

当番と張番が江次郎の後ろに用心のために立った。

「牢は寒そうだな。暖かいか。牢暮らしは辛《つら》いだろうな」

江次郎はわずかにうな垂れた。

「わたしたちを覚えているか」

孝康の若く張りのある声に江次郎は口元を歪《ゆが》め、目の周りに深い皺《しわ》を寄せた。

「構わぬから、しっかり見よ」

江次郎は瞼《まぶた》が重そうにたるんだ目を、弱々しく開いた。

目が濁って、目尻に目やにが付いていた。

小岩村の江次郎の住まいの庭でこの男を問い質《ただ》したときのふてぶてしさは、跡形もなかった。

「九月の、あのときのお役目のお役人さまで……」

か細い声でようやく応えた。

「思い出したか。おまえの納屋から助け出した子供らの多くは、親元へ無事かえした。だがおまえが言ったことは嘘《うそ》ばかりではなかった。親に捨てられたかはぐれたか、孤児や捨て子も何人かはいた。そういう子らには、里親を探している。おまえが可哀想な子らにつくしていると言うのは詭弁《きべん》だが、そういう子らを生んだ世の中にも責任がないとは言わぬ。おまえひとりを責めるつもりはない」

自分を捕えた目付の言葉が意外らしく、江次郎はぼんやりした目を孝康へ向けた。

「今日きたのは、おまえの罪科《つみとが》の調べではない。おまえに訊ねたいことがあるのだ」

孝康は凜《りん》とした眼差しに、穏やかな笑みを作った。

下総《しもうさ》小岩村の江次郎は、流れ者やよそ者から四十年近く村を守ってきた番太《ばんた》だった。陣屋より十手を持つことを許された近在の目明しをも務め、得体の知れない子分らを抱え、裏の顔は土地のやくざらを牛耳《ぎゅうじ》ってきた貸元であることは知られていた。

だがその貸元のもうひとつ裏に、村のはずれに構えた相応な住まいの納屋に孤児やどこかから連れてこられた子らを買い取って住まわせ、その子らを里親と称する者らに売る稼業にも手を染めていた。

奉行所の吟味場で本人の白状したところによれば、始まりは三十年ほど前、村の野《の》面《づら》にいき倒れた逃散《ちょうさん》流民《るみん》の捨て子を拾ったことだった。
三、四歳の童子だった。
子供を助けるつもりで里親探しをし、近在に稀《まれ》に現れる顔見知りの女衒《ぜげん》に子供を託した。女衒から謝礼を渡されたとき、五、六歳までなら童女のみならず、童子も引き受けると言われた。

それぐらいの童子は、陰間茶屋《かげまぢゃや》の子供に売られることは察しが付いた。

それでも、子供を野垂れ死にさせるよりはましだろうと考えた。

「始まりはそれだけだったんでごぜえやす。善行のつもりだったんでごぜえやす」

江次郎は奉行所の吟味でそう弁明したと、孝康は牢屋敷にくるにあたって事前に報告を受けている。

陣屋の手代らは江次郎がやっていた子供の売り買いに気付いていたが、近在の治安を維持する江次郎の裏の稼業に目をつむっていた。

江次郎は手代らへの付け届けや供応を欠かさなかった。

事情を訊かれた手代らは、

「親を失った孤児や捨て子らを善意により助けておると聞いており、殊勝な心がけであると思っておりました。女衒に売り払うなどと、思いも寄らぬことです」

と、言い逃れたし、江次郎から子供を引き受けた女衒らも、

「まさか、人さらいから買った子供などと、知るわけがございません」

と、白を切った。

「おまえの身柄は奉行所に委《ゆだ》ねた。おまえひとりを責めてすむことではないと伝えてある。心穏やかに裁きを待つのだ。わたしが訊ねたいのは……」

孝康は繰りかえした。

孝康はある男から頼まれていた。

中川を越えた川沿いのどこかの村に、昔、人買がいた。おれは物心付いたときから

その人買の納屋で暮らしていた。ほかにも子供が大勢いた。みな小さな子供ばかりだった。その納屋が、おれの故郷だ。人買は今もいるかも知れぬ。おぬしの力で探索し人買を見付け出し、子供らを救うてやれ。子供らの故郷を探し、子供らに親をかえしてやれ。

男は孝康にそう言って去った。

二月半前《ふたつきはん》の九月、孝康は支配の参政に直訴し自ら森安郷ら小人目付衆を率い、陣屋の手代らも従えて、下総小岩村の江次郎の住まいへ踏みこんだ。

中川より東の小岩村は、町奉行所支配の及ばない朱引《しゅびき》の外だった。

孝康は、番太の江次郎、年若い女房、倅《せがれ》と倅の女房、十数人の手下らを捕え、納屋で暮らしていた四、五歳の童子や童女らのほかに、よちよち歩きもいる子供らを救い出した。男の頼み事を、自ら小岩村へいって果たした。

そして孝康は今日、自分にそれを頼んだ男、天保世直党首領・斎乱之介が何者かを探る手がかりをつかむために、牢屋敷の江次郎を訪ねた。

「どのようなことでも、今さら隠し立てはいたしやせん。なんなりと……」

江次郎の口振りは、日溜《ひだま》りの縁側にぽつねんとうずくまる老爺《ろうや》を思わせた。

裏街道の顔利きの面影はなく、今は火鉢に熾る炭火のぬくもりに早すぎる老残を暖めているかのようであった。

「二十数年前のことだ。定かな月日はわからぬ。おまえが買った子供らの中で、おまえの納屋から逃げ出した童子がいなかったか。その童子は、おまえの納屋で物心が付き、己の親も本当の名も年も知らぬ。たぶんおまえの納屋から逃げ出した後、深川で浮浪児暮らしをしていた、と思われる」

江次郎は膝へ目を落とし、聞いていた。

「しかしその童子はどういう経緯でか、深川の誰かの手によってある侍に売られた。それから侍に育てられ二十二年がたち、今は二十八かそれぐらいになっている。おまえの納屋には四、五歳ほどの童子や童女が多かった。その年あたりまでに子供はみな売り払われるのだな」

「……あまり大きくなると、可愛げがなくなり、売りにくくなりやす」

江次郎が躊躇《ためら》いがちな小声で応えた。

売りにくく――と、孝康は胸の内で反復した。

「ゆえに、おまえの納屋から逃げたのも四、五歳ごろと思われる。浮浪児暮らしをしていても色白の大きな目をした可愛い顔立ちで、浮浪児の中で目立っていたそうだ。

小さいなりながら、界隈の大人たちをてこずらせるしたたかな小僧だったらしい」

江次郎は眉間《みけん》に皺を寄せ、目を閉じた。首を傾げ、すぎた日々の覚えをたどっているふうだった。それから目を開き、眉間の皺を残したままかすかに微笑んだ。

「お役人さま、つまんねえ世の中でごぜえやす。あっという間に、何もかもがすぎてしまいやした。けど、こんなに老いぼれても命が惜しいと思うから、不思議だ」

「まだ六十に届かぬではないか。老いをかこつ年ではあるまい」

「そうでやすか。ふふ……」

自嘲を思わせる笑い声を立てた。

「おらも親なし子でね。小岩村の番太をしていた伯父《おじ》きに育てられたんでやす。伯父きの後を継いで番太になったのは十九の年でごぜいやした。もうすぐおらの命も終わるかと思うと、すぎ去ったときのひとつひとつが懐かしく思い出されやす」

江次郎の裁断はまだ出ていない。かどわかしは死罪、人の売り買いはよくて重追放である。

「あれは二十五年、いやもっと前だった。江戸の大伝馬町《おおでんまちょう》のなんだったか、名前は忘れやしたが町飛脚の角八《かくはち》という飛脚が、どっかからの飛脚旅の戻りに小岩村の家を訪ねてきやした。そいつがまだ生まれて一年にもならねえ赤ん坊を抱いておりやして、道端に捨てられていたのを可哀想だから拾ってきたと言いやす。拾ってはみたが自分じゃ育てられねえ。なんとかならねえかと相談にきたんでございやす」

　孝康は背中にかすかなざわめきを覚えた。

「絹地の上等な産衣《うぶぎ》にくるまれていて、色の白い目のくりくりした可愛い男の子でございやした。この産衣からすると身分の高い家柄に違えねえが、何があったんだろうと考えたのを覚えておりやす。小さすぎるのは育てるのが厄介だで困るんだが、あんまり可愛いんで、角八に足代を払って引き取りやした。妙に大人しい赤ん坊でございやしてね。あんまり泣かなかったし、育てるのに苦労はしなかった気がしやす。そうそう……」

　江次郎は、物憂げな思い出し笑いをした。

「まだ泣くことしかできねえ赤ん坊のくせに、おらの顔色をうかがうんでございやす。で、おらの機嫌を損ねねえように愛想笑いなんぞしやがってね。本当のことでございやすよ。あれは愛想笑いに間違えございやせん。だで、あの赤ん坊のことは忘れられねえんでございやす」

　孝康は隣の森と顔を見合わせた。

　江次郎の後ろに立つ張番と当番の同心が、薄ら笑いになっていた。

「おら、妙にその子のことが可愛くなっちまった。売ろうと思えば売れたんでござい
やすが、こいつが陰間茶屋にと思うと妙に可哀想になって、そのうちにその子だけは
ついつい二年と半年ばかり納屋で暮らさせることになりやした」
「二年と半年？　そんなに長くか。普通はどれぐらいあの納屋に置いておくのだ」
「三月ぐらい。早い子は十日ほどで買い手が見付かりやす。長くて半年、でござい
やすかね。半年も置いたら、飯代の方がかさんで、足が出るんでございやす。売り易《やす》い
のはやっぱり、男の子より女の子でございやすかね」
「ずっと納屋に閉じこめておくのか」
「まさか。天気のいい日は庭ぐらいなら外へ出してやりやす。あんまり騒いじゃなら
ねえと言い付けてありやすから、みな大人しく遊んでおりやす」
「それにしても近所の目があるだろう。使用人やら子分らにはどう言っていた」
「同じでございやす。孤児やら捨て子を引き受けて、そういう可哀想な子らに里親を
見付けてやるんだと」
「それでみなおまえの言葉を信じていたのか」
「へえ。陣屋のお役人さまや名主さま方は、信じておられた様子でございやす。信じ
ていただくのに、金は少々かかりやしたが。へへ……子分や使用人には、子供を買う

のも売るのも、おらがやらねば別の者がやるだけだと、言っておりやした。誰かがやらねば、孤児や捨て子は浮浪児になっていずれは野垂れ死にだ。それよりはましじゃねえか、おれのやっていることはこれでも人助けなんだと」

「さらってきた子を買っていることも、教えたのか」

「お役人さま、さらってきた子も食いつめた親が売りにきた実の子も区別はごぜえやせん。初めはおらも、人さらいだとは思わなかった。そうだと分かったころには、子供の売り買いにどっぷりと浸かっておりやした。けど、おらの方からさらってこいと言ったことは決してごぜえやせんよ」

「しかし、子をさらわれた親は泣いているだろう」

へえ——江次郎は頭《こうべ》を垂れた。

「その償いは、おらのこの首で」

と、手刀をうなじに当て、首を落とすような仕種をした。

「実の親もわが子を売りにきたのか」

それは森が訊いた。

江次郎は森へ向いて頷いた。

「天保四年と一昨年《おととし》の飢饉《ききん》のときは多かったことでごぜえやす。逃散して流民になった百姓らが、物乞いに身を落とす前に子供を売りにくるんでごぜえやす。子供もそんな親の元にいるより、おらが買ってやった方がましだと、思っておりやした」

「おまえが買って、売れなかった子供はどうなった」

森がさらに訊いた。

「犬や猫のように、野っ原へ捨てるわけにはめえりやせん。だから、半年も売れずに納屋にいた子もおったんでごぜえやす。そんな子は売れた子の値引きをするので一緒に引き受けてくれと、旅役者の一座なんぞに引き取らせるんでごぜえやす」

ひと呼吸置き、孝康は話を戻した。

「二十数年前のおまえが可愛く思ったその子のことを話せ。その子はどうなった」

「二年と半年がすぎて、その子が四歳になったころでごぜえやした。このままのわけにはいかねえから、女衒に引き取らせたんでごぜえやす。小せえ子が二人とその子の三人一緒で、二人を両天秤《りょうてんびん》の笊籠《ざるかご》の前と後ろに乗せ、その子の手を引いていったんでごぜえやす。ところが、その子が途中の中川堤で、女衒の隙を狙って逃げ出し、中川へ飛びこんだと聞かされやしてね。驚いたと言うか呆れたと言うか……」

「四歳の子が中川へ飛びこんだのか。それで逃げ果《おお》せたのか」

「へえ。川に沈んで死んじまったかと思っていたら、向こう岸にぽっかり浮かんで、岸に這《は》い上がって走り去ったということでごぜえやす」

張番と当番の同心が今度は、ほお、という顔付きをした。

「お役人さまがお訊ねの、納屋にいた逃げ出した子供で思い当たるのは、その子しか覚えがごぜえやせん」

孝康は唇を真一文字に結んでいる森に言った。

「間違いない。あの男だな」

「御意。間違いございますまい。斎乱之介です」

森は声を低く絞り出した。

三

市ケ谷《いちがや》御門外の土手三番町から六番町へ上る三年坂。目付・甘粕孝康の屋敷は幅二間三尺、五十間ほどの三年坂を上り切る手前の坂道に長屋門を構えている。

日の落ちた夕刻、隠居の甘粕克衛《かつもり》の居室に、六十三歳の克衛、弱冠十八で甘粕家の家督を継いで今は目付の役目にある孝康、小人目付の森安郷が銘々膳《めいめいぜん》を囲んでいた。

「日が落ちるのが早い。呑みながら昼間の首尾を聞こう」

付き合え――と、克衛が昼間の報告にいった孝康と森に言った。

膳の肴《さかな》は、克衛が目付役を退いて隠居の身になってより、邸内裏庭を四ツ目垣で囲って菜園に作り替え農夫のように収穫を始めた春夏秋冬の菜の、大根の海苔酢和《のりずあ》え、生姜《しょうが》の天ぷら、焼きかまぼこに卵焼き、牛蒡《ごぼう》と人参《にんじん》の糠漬《ぬかづ》けなどだった。

一基の丸行灯《まるあんどん》が居室をほの明るく包んでいた。

克衛と森の間に置いた火鉢には、日暮れてから入れた炭火の火が熾《おこ》って、部屋をやわらかく暖めている。

黒い漆塗りの提子《ひさげ》が膳に触れて、ささやくように鳴り、三人の酒が進む中、孝康が話を続けていた。

「北ご番所同心・大江勘句郎《おおえかんくろう》の文彦《ふみひこ》という手先が最初に、二十年以上前、永代寺の床下に寝起きしていた浮浪児の兄弟を思い出したのです。文彦は大江の手先を始める前は赤鼬《あかいたち》の文彦と呼ばれる深川のいかがわしい地廻りでした。兄弟のほかにもうひとり、同じ年ごろの、妙にすばしっこい小僧が兄弟と一緒だったことも覚えております」

「ふむ、永代寺の床下に棲《す》み付いた三人の浮浪児か」

「とにかく、性質《たち》の悪い三人の浮浪児だったと文彦は言っておるそうです」

森が言い添え、

「地廻りに言わせるのだから、ずいぶんな浮浪児だったのだろうな」

と、克衛がおかしそうに盃《さかずき》を傾けた。

「弟の方と深川の摩利支天《まりしてん》横町の岡場所で偶然いき合い、兄弟が深川へ帰ってきたらしいと知ったその後、ふと、大江と自分をかどわかしたお女中役が浮浪児の弟だった、御高祖頭巾《おこそずきん》に顔は隠していたけれども、あの目はそうだと気付いたのだそうです」

「ふふ……浮浪児の弟が女中姿に変えて大江らに色目を使ったわけだな」

「お女中が男とも知らず大江と文彦は、怪しい、取り調べるぞ、とつけていき、逆にあえなくかどわかされたのです」

孝康と森もそこで堪《こら》え切れず、くつくつと笑い声をこぼした。

「無念だが、世直党がわれらの上をいっておるのだ。仕方あるまい」

克衛は無念そうでもなく、飄々《ひょうひょう》と言った。

世直党のその一件は、夏に起こった。

米河岸の河岸八町《かしはっちょう》仲買商仲間《なかがいしょうなかま》の元締め並びに行事役の三人の仲買商が、天保世直党を名乗る一味に誘拐され、ひとり二千両ずつ六千両の身代金の要求があった。

北町奉行所定町廻《じょうまちまわ》り方・大江勘句郎の指揮の下、町方は、金と人質の交換の場に指示された真夜中の隅田川の、吾妻橋《あづまばし》から上流へ竹屋の渡し一帯を厳重に固め、人質と金の交換がすんだ直後、世直党を捕える手筈を整えた。

ところが前日、とんでもないことに町方の指揮を執る大江本人と手先の文彦が世直党に密《ひそ》かにかどわかされた。

町方の不覚は、大江らの失踪《しっそう》に気付かず、あまつさえ大江の姿がないことに不審を抱《いだ》かず、翌日真夜中の交換の場に臨み、待ち構えたことだった。

暗闇の隅田川の川中で人質と六千両の交換が行われ、町方が一斉に夥しい御用提灯《ごようちょうちん》を川面へ照らしたとき、世直党に捕えられた大江と文彦の姿が映し出された。

手を引け、さもなくばおまえたち町方の朋輩《ほうばい》の命はないぞ、と突き付けられた予期せぬ展開に町方は手が出せなかった。

そうして翌朝、日本橋の大高札場に畚《もっこ》に入れられた大江と文彦が見付かった。

高札場に晒《さら》し者になった二人の畚には触書と記した戯《ざ》れ文が張られてあり、御目付鳥居耀蔵さまのお陰をもち、買占め売り控えをほしいままにし米の値段を操り暴利を貪《むさぼ》る……

と、三人の米仲買商と米仲買商の相談役という後ろ盾だった目付・鳥居耀蔵を名指しで揶揄《やゆ》していた。

天保四年、七年の大飢饉が起こり、多くの流民と死者を出していた。去年の八年には大坂で大塩平八郎《おおしおへいはちろう》の事件があった。にもかかわらず米商人らは米の流通を操作し、値段を吊り上げ暴利を貪る行状を恥とも思わなかった。

「わたしどもの商いは法度《はっと》に何も触れてはおりません。法に基づいて粛々《しゅくしゅく》と行うのみでございます」

商人らは、そう嘯《うそぶ》いてはばからなかった。

商人らにとって飢饉のときこそ、大きく儲ける機会だった。

しかも、幕府の高官がそんな米商人らと癒着し、商人らの後ろ盾になっている。

「われらは、ご政道を行う身分高き有能な人材である」

高官らは高官らで自らに呪文のように言い聞かせ、自らを有能と思いこんでいた。

天保世直党は、翁《おきな》、鬼、烏《からす》、猿の面をかぶってどこからともなく現れ、そんな輩《やから》に天罰を下し、疾風のように去っていった。

「なんと見事じゃねえか。おら、胸がすっとしたぜ」

「そうよ。世直党は天に代わって悪を懲《こ》らしめる疾風《はやて》の義賊《ぎぞく》さ」

と、米の高騰に苦しんでいた江戸の庶民は口々に快哉《かいさい》を上げた。

克衛に言わせれば、

「顔見世狂言ならば、前評判を上回るでき栄えが大向こうをうならせた」

と、言わしめる結果となった。

けれども、廻り方の大江勘句郎と手先の文彦は、悪徳商人と腐れ役人の片棒を担がされ、とんだ恥曝《はじさら》しだった。

くそ、面白くねえ、とふて腐れていた矢先、偶然、二十年以上前に永代寺の床下にいた浮浪児兄弟の弟に出くわした。

そうしてその弟と世直党の人相覚えのひとりがつながった。

人相覚えは似顔絵ではない。

目鼻、口元の形、髪形に髷、顔色、背格好、そのほかの相貌の目立つ徴《しるし》を箇条書きに並べただけの触書である。

そんな人相覚えでも、世直党のお女中の目が二十年以上前の浮浪児兄弟の弟の目と重なったとき、もしかしたら世直党の四人のうちの二人は永代寺床下のあの兄弟ではねえか、そうにちがいねえ、と文彦には思えたのだった。

いや、待てよ。あの兄弟ともうひとり小僧がいたはずだ。どんな小僧だったかと考えたが、思い出せない。

それ以上考えると、文彦の頭は混乱した。

文彦は、深川摩利支天横町の岡場所に「あの野郎がまた現れるのではねえか」と睨んだ。岡場所出入り口の番所で張りこみをしていたところへ、文彦の睨み通り、弟が仲間の大男とともに現れた。

やった。世直党の尻尾《しっぽ》をつかんだぜ……と、そこまでは文彦の手柄だった。

「間違いなく文彦の手柄だ。それも天の仕組んだ顔見世狂言の、演目かもしれぬ」

克衛が提子《ひさげ》の柄を取って、自らの盃に酌をしながら楽しそうに言った。

「その浮浪児の兄弟が世直党の一味として、もうひとりの浮浪児のことが気になる。文彦はもうひとりの浮浪児についてはおらぬのか」

「色白で目鼻立ちの整った、浮浪児にしては目立つ小僧だったと言っております。一度、気に入らないことがあって痛め付けた覚えがあるそうです。それ以外は思い出せない、いつの間にか深川からいなくなったと」

「隠居さま……」

と、森が言った。

「斎権兵衛どのが乱之介を買った相手は、深川の人買でした。世直党がねぐらにしていた深川洲崎《すざき》の弁天《べんてん》には元・深川の人買お杉が雇われておりました。これはまったくの偶然でしょうか」

「怪しい、とは思う。だが、権兵衛は誰から乱之介を買ったか、一切言わなかった。町方はお杉に世直党とのかかわりを厳しく問い質したが、お杉は知らぬと言い通した。厳しく問い質したとて証拠があってのことではない。お杉が乱之介を権兵衛に売った人買なら、どのような経緯だったのか、お杉から訊いてみたいとは思うが」

「斎乱之介がどこで誰の子として生まれ、なぜ孤児だったのか、わたしは知りたい」

孝康が盃を呷《あお》り、提子を傾け新たに酒をついだ。

わたくしも同感です、と森が同調するかのように頷いた。

冬の夜は静かに深まり、行灯の明かりが、縁側を仕切る腰障子の側《そば》の文机《ふづくえ》に積んだ克衛の書物を、宵《よい》のころより薄白く浮かび上がらせている。

台所の方から、若い女中の軽やかな笑い声が聞こえてきた。

克衛は人参の糠漬けを小気味よく咀嚼《そしゃく》し、盃を持ち上げ言った。

「それで、昼間の首尾を聞かしてくれ」

「はい」

孝康が盃を置いた。

「概《おおむ》ね、父上の推量の通りです。小岩村の江次郎の元を逃げ出し、消え去った子供の話が聞けました。乱之介と思われる四、五歳の童子です」

その童子は――と孝康は、昼間、小伝馬町牢屋敷の張番所で小岩村の江次郎から訊き出した、子供が中川堤より逃げ去った顚末を語った。

「わたくしも森も、その子こそが斎乱之介に違いないという思いを抱いております」

「ほお。泣くことしか知らぬ赤ん坊が、育てる親もおらぬ納屋で二年半を生き延び、女衒の隙を狙って中川へ飛びこんで、溺れ死ぬことなく逃げ切る胆力を持っておったわけだな」

克衛は盃を空《あ》けた。

「作り事ではないかと疑いが湧くが、その童子が間違いなく乱之介ならやりかねんと思えるところがすごいな、森」

「まことに。権兵衛どのは乱之介の育ての親でありながら、神より授かった子のように敬《うやも》うておったのがわかる気がいたします。乱之介の力は、権兵衛どのが鍛えたのではなく、持って生まれた素質、神より授かったものなのでしょう」

「それを引き出したのが権兵衛か」

「そう思います。乱之介が子供のころ、優れた子とは思っておりましたが、わたしはどうやら乱之介の半分しか見ておりませんでしたな」

と森は神妙な口《くち》ぶりで言った。

「確かに権兵衛は、乱之介を倅として慈しんでいた以上に、何やら崇拝していた節《ふし》がある」

克衛は盃を置き、腕組みをし考えつつ言った。

「中川へ飛びこみ、人買から逃げ果《おお》せた四つか五つの童子が、深川で浮浪児仲間に加わった。浮浪児仲間は文彦が見付けたあの兄弟だ。同じ深川にいたお杉が童子を拾った。乱之介と名付け年を六歳とし、斎権兵衛に売った。十年後、権兵衛はゆえなき罪をかぶせられ処刑され、乱之介は江戸より追放された」

孝康が続けた。

「十二年後、乱之介は天保世直党を率い、江戸へ戻り、米相場を操り暴利を貪る米河岸の米仲買商三人をかどわかし身代金六千両を奪って見せた。のみならず、それらの米仲買商と癒着し後ろ盾になっていた目付・鳥居耀蔵さま、父親・斎権兵衛にゆえなき罪をかぶせた張本人である鳥居耀蔵さまに挑戦状のごとき戯れ文を突き付け、そして駒込吉祥寺において襲撃に及んだ」

天保世直党が江戸から姿を消し、米仲買商かどわかしと身代金事件、南茅場町《みなみかやばちょう》大番屋急襲事件など、世直党による一連の事件が庶民の口の端に上らなくなった秋たけなわ、菩提寺《ぼだいじ》の駒込吉祥寺へ墓参した目付・鳥居耀蔵を世直党が襲った。

世直党の鳥居燿蔵襲撃の意図を推断し、襲撃のときと場所を吉祥寺墓参の折りと読んだ孝康と配下の森らがそれを阻止した。

「吉祥寺において襲撃は……」

と、続きを森が引き受けた。

「翁の面をかぶった乱之介、烏、猿、鬼、さらに女と思われます般若《はんにゃ》。それに元・深川の人買お杉を加えるとすれば、仲間は六人、ですな」

「吉祥寺で見た鬼は見上げるほどの巨漢だった。浮浪児の兄弟の弟は深川の岡場所で羊太と呼ばれ、小柄だった。兄も世直党とすれば、羊太と兄は猿と烏のどちらかだ」

「岡場所の女の話では、巨漢の男は名前を言いませんでしたが、話し振りから元・鯨《くじら》捕《と》りだったらしいです」

「ほお、鯨捕りか。鯨捕りなら安房勝山《あわかつやま》だな」

克衛が腕組みを解いて、盃に提子《ひさげ》を傾けつつ言った。

「般若の女の素性はまだわからぬのか」

「残念ながら、未《いま》だ不明と言わざるを得ません。しかし、手の者の調べでひとつ気になることがわかっております。前に話しましたが、世直党が吉祥寺で鳥居さまを襲った折り、般若は鳥居さまに従っていた小人目付頭の辻政之進《つじせいのしん》に、父の仇、と言ってひと太刀《たち》浴びせました」

克衛は盃を持ち上げ、口元へ運んだ。

「寺坂正軒《てらさかしょうけん》なる儒者が横山同朋町《よこやまどうぼうちょう》に私塾を開いておりました。その寺坂が夏の初め、馬喰町《ばくろちょう》の初音《はつね》の馬場で懐狙いの強盗に襲われ殺害されたという一件があり、強盗は未だ捕縛されてはおりません。ですが、一件の掛《かかり》は北町奉行所廻り方の大江勘句郎でした。懐狙いの強盗の仕業《しわざ》というのは、大江の見立てです」

「大江勘句郎？」

「寺坂の身よりは三和という十八になるひとり娘のみで、後は門弟たちでした。寺坂の死で門弟たちは去り、私塾は閉鎖となりました。それからおよそ三月ほどがたち、報告によれば、世直党の隅田川の一件があった数日後、鳥居さまが深川永代寺の僧房を借りて脇店八箇所組米屋の元締めと何かの密談を持たれたようなのです」

「鳥居は世直党に戯れ文で揶揄されたのにも懲りずに、またそんなことをしておったのか」

克衛は皮肉な笑みを浮かべた。

「その戻りの永代寺境内《けいだい》で、鳥居さまを三和と思われる娘と寺坂家の奉公人が襲撃したらしいのです」

「寺坂の娘と寺坂家の奉公人。すると、敵討ちか」

「おそらく。しかし、永代寺でそれを見た者の話では、二人は鳥居さまに従っていた辻らに逆に討たれかかった。そこへ町人風体の男らが現われ、三和と奉公人に助太刀をして、連れ去った。町人風体の男らは二人でとても強く、ひとりは背の高い凜とした相貌の若い男だった。辻らはまるで歯が立たなかった、というのです」

「いまひとつ、辻政之進が吉祥寺で落命した後、小人目付部屋の小人目付衆の間で、寺坂の殺害は懐狙いの強盗の仕業ではなく、辻がある方の指図で強盗を装い闇討ちにしたもので、そのため、寺坂の所縁《ゆかり》の者らによって辻は敵討ちに遭《あ》った、とまことしやかな噂がささやかれております。辻を指図したのは儒学者である寺坂が門弟らに教えていた陽明学を忌《い》み嫌っておられるご公儀の高い身分ある方と、言われておりまず」

森が言い足した。

「それとこれはわたくし自身が在《あ》りし日の斎権兵衛どのよりたまたま聞いておったことですが、権兵衛どのと寺坂はともに陽明学を学ぶ者同士の子弟であり、親交がありました。たぶん、乱之介は寺坂正軒を知っていると思われます」

克衛がかすかにうなった。

傾けた提子の酒が少なくなっていた。

森が自分の膳の提子を克衛に差し、

「隠居さま、おつぎいたします」

と膝を向けた。

「気を使わなくともよい。二人の酒も空《から》だろう。代わりを持ってこさせよう」

克衛が手を鳴らした。

すぐに奉公人の若党が縁廊下に現れ、克衛は新しい酒を命じた。それから、

「孝康、これからの手立てはどうする」

と訊いて、また腕組みをした。

「安房勝山の元・鯨捕りの男、寺坂正軒の娘・三和、この二人のことを念のため調べさせております。わたしと森は、小岩村の江次郎に乱之介らしき赤ん坊を売った角八なる飛脚を探し、経緯を訊くつもりでおります。ひとつひとつたどっていけば、乱之介につながる何かが見付かるかもしれません」

「ふむ。いまはそれしかあるまいな」

「隠居さま、お杉を問い詰めるのはいかがでしょうか。お杉は芝の七軒町でひとり暮らしをしております。何やらゆとりのありそうな暮らしぶりです」

「いや、お杉は泳がせておけ。たとえ仲間であっても、世直党の行方は知らされておるまい。もし仲間なら、世直党が江戸へ戻った折りにお杉に接触を持つはずだ。さすればお杉を通して世直党の動きがつかめる」

孝康と森が揃って頷いた。

「酒をお持ちいたしました」

若党が縁側の腰障子の向こうで言った。

四

同じ夜、外神田は明き場の原から下谷広小路を上野へ出て不忍池《しのばずのいけ》の池之端、新土手に並ぶ料理茶屋の中の、目立たぬけれども瀟洒《しょうしゃ》な店構えの二階家に、三人の客が夕刻より上がっていた。

そこは、昼間は不忍池の水面と寛永寺の土塀の連なりやお山の樹林の間に甍群《いらかぐん》が見渡せる眺めのいい部屋で、夜は寛永寺の時の鐘に誘われて出格子窓の障子戸を少し開ければ、不忍池弁才天と夜店の物寂しい明かりが暗闇の向こうに眺められる。

豪勢な料理と酒が、客の朱の銘々膳に並んでいる。

三人のうちのひとりは、色浅黒くでっぷりと腹の出た体軀《たいく》に萌黄《もえぎ》の小袖と紫紺の羽二重の羽織、細縞の仙台袴を着けた侍だった。

二重顎《にじゅうあご》に突き出た部厚い唇、丸い大きな鼻、行灯の明かりを照りかえす広く脂ぎった額の下の、ぎょろりと人を睨み付ける切れ長の目がいつも不機嫌そうな、公儀御目付・鳥居耀蔵である。

しかし鳥居はくちゃくちゃと音を立てて鯛の刺身を咀嚼し、決して不機嫌ではなかった。

部厚い唇の端から、醬油がひと筋垂れていたのも気が付かないほどにである。

漢学の総元締・林《はやし》家より旗本の鳥居家へ養子に入り、中奥番から目付役に就いて改革派の老中・水野忠邦《みずのただくに》の右腕を自認し、城中では反水野派の動きに常に目配りを張り巡らせていたため、気の休まるときがなかった。

月に数度、知人に会うと称して上がる池之端のこの茶屋は、城中の緊張のときから鳥居を解き放ち、己自身が気ままに振る舞える場所であり、自邸よりも寛《くつろ》げるひいきの店でもあった。

今日はどこ、明日はどこ、と相談役を務める商人仲間の供応の酒宴なども、近ごろはつまらなかった。鳥居はもうあきていた。

隣に林家奥女中の笛《ふえ》が侍《はべ》っていた。

笛は林家の奥向きに十二歳のときから仕え、三十をすぎた今、豊満な肢体と蠱惑《こわく》の媚態《びたい》が、鳥居の欲情をそそらないではおかない奥女中だった。

鳥居と笛の仲はこの池之端新土手の茶屋で、もう数年続いている。

笛は、鳥居が表に立っては拙《まず》いわたくし事の用を隠密《おんみつ》に言いつかる陰の用人のような務めを果たしていた。

何年か前、鳥居は林家にいたころから妙に馴《な》れ馴れしい媚態を見せていた笛をこの池之端の茶屋にこっそり呼び出した。

「そなたの口から流してくれぬか」

と、朋輩の出世を阻むため、朋輩のよからぬ素行の噂話を流させる腹だった。

「ふ、よろしゅうございますよ」

笑って応えた笛に、鳥居は謝礼を渡した。

そのまま白々とした手を取って、「お戯《たわむ》れを……」と抗《あらが》って見せる笛を押し倒した。

そのときから二人の仲が始まった。

妾奉公とは違っていた。隠密の用を言い付けた後の笛は、女としての鳥居の情婦《いろ》、悦楽に浸るには申し分ない相手だった。

鳥居が舌を巻くほど欲望に貪欲な女性《にょしょう》だった。

一方で、鳥居に言い付けられた怪しげな用を笛は面白がってやってのけた。

鳥居が権謀術数を隠密に働かせるのに、笛の容姿と大胆さは役に立った。

夏以来、鳥居は笛との密会を、これまでより頻繁に重ねていた。

目障りな洋学者が芝にいた。見せしめに潰す。鳥居はその謀《はかりごと》に少々のめりこんでいた。

笛との密会が増えたのは、ひとつにはそれもあった。

「殿さま、わたしにもついでくだされ」

笛は打掛《うちかけ》をだらしなく脱ぎ捨て、しなだれかかって鳥居に甘えた。

二人の前に、青海波《せいがいは》の小袖に螺鈿《らでん》模様の二重の羽織、独鈷《とっこ》の博多帯をぽんと締めた壮漢がいるのを恥ずかしがりもせず、笛はむしろ、壮漢に媚態を見せ付けるのを楽しんでいるかだった。

赤い唇を酒に濡らし、壮漢に流し目を送りつつ甲高《かんだか》い笑い声を響かせる。

「光七《こうしち》、気にせずゆっくり呑んでゆけ。この女子《おなご》はわしと逢《あ》うときは、いつもあられもなくこうなのだ。人前もはばからずせがみおる。この身体が、言うことを聞かんのだ。そこがまた可愛い」

ふふ……

鳥居は不機嫌そうな顔を淫靡《いんび》に歪ませた。

指先にまで毛の生えた肉付きのいい手を、笛の小袖の衽《おくみ》の奥へ差し入れ、探るようにまさぐった。

「あは、ふしだらな殿さま。お酒がこぼれるではありませんか」

笛は身をよじり、甘ったるく言った。

「殿さま、光七さんの用をすませ、早くいんでもらってくださりませ」

「おやおや、これはお笛さま。あっしがお邪魔しておりやすのは重々承知でございやす。殿さまのご用をおうかがい次第、邪魔者は退散いたしやす。それまで何とぞ、お許しを願いやす」

光七と呼ばれた壮漢は笛にへつらい、ぬけぬけと言った。

「まだ六ツ半ではないか。急《せ》かすな。楽しみは後に延ばせば延ばすほど大きくなる」

それでな、光七——と、鳥居は光七に差した。

「へえ、ありがたく」

光七は陶器の盃をささげ、鳥居の酌をありがたく受けた。

「松井万庵に思い知らせてやるべきだと思うのだ。洋学などという世迷い事に憑《と》り付かれた不届きな松井を潰し、松井にたかる蛆虫《うじむし》どもにご公儀の恐さを教えてやる。蛆虫どもらを震え上がらせるのだ。そこでおまえの力を借りたい」

「殿さま、なんなりとお命じ下せえ。あっしも、ご公儀に逆らうような野郎は断じて許せねえ。男光七、生まれも育ちも天下のお膝元の芝は宇田川町。曲がったことは大《でえ》嫌《きれ》えな性分なんで」

光七は、ささげ持った盃を勢いよく呷ってから言った。

芝三十四町を持ち場にする二番組め組の、光七は頭取だった。

年は三十五歳をすぎたところ。日焼けした赤銅《しゃくどう》色《いろ》の相貌にたるみはなく、鋭い一重の眼差しに大きな鼻と口、骨張った顔立ちは精悍《せいかん》で、力強さが四肢に漲《みなぎ》り、振る舞いがいなせな男盛りだった。

「洋学だの蘭学だの、そんな南蛮かぶれの唐変木を、公方さまのお膝元に住まわしておくわけにはまいりやせん」

光七は鳥居に「殿さま、おひとつ」と、差しかえした。

「と言うてだ。理由もなく松井の診療所を潰すわけにはいかん。松井を捕縛することもできぬ。町方が動く正当な理由がいる。洋学などにかぶれた輩の魂胆を暴き、お上に盾突く企みを、おまえに見付け出してもらいたい。見付からなければ、見付かるように、おまえが算段すればよい。わかるな」

鳥居は盃を上げ、二重の顎の肉を奇妙に震わせた。

「承知いたしやした。委細、お任せくださいやし。松井たらの不届者の悪企みを、洗い浚《ざら》い暴いて見せやしょう」

「ただし、松井万庵は身分低き浪人者でも、新発田藩の洋学者として名が知られておる。町方の松井捕縛に目付が後ろから糸を操ったと思われてはならん。町方の判断で動いたと仕組むのだ。わしの差し金と思わせてはならぬ」

林家の血筋を引く鳥居は、官学の朱子学以外を忌み嫌い、殊《こと》に洋学は徹底して排斥した。そのためには手段を選ばず、権謀術数にたけて性酷薄、蝮《まむし》、後には鳥居耀蔵甲斐守《いのかみ》は耀甲斐《ようかい》と綽名《あだな》された。

「ご安心を。殿さまの名前は一切出ねえように計らいやす。殿さまはただ、高処《たかみ》の見物をきめておられればよろしゅうございやす」

「町方に大江勘句郎という廻り方がおる。町方でも大江はわしの手の者だ。大江を光七のところへいかせるので、大江と相談して取り計らえ」

「へえ。大江の旦那は存じあげておりやす」

光七は頭を大きく頷かせた。

　すると盃を玩《もてあそ》び、紅を塗った唇を尖らせて舐めていた笛が口を挟んだ。

「面倒臭い。松井万庵などと不埒《ふらち》な洋学者、さっさと捕え獄門台へ送ってやればよいのです。殿さまは手ぬるいのです」

　と、また甲高い笑い声を響かせた。

　わかったわかった――と、鳥居は笛の衽のさらに奥へ手を差し入れ、笛の妖艶《ようえん》な身体をよじらせた。

二之章　大江戸町火消

一

　愛宕下の芝は宇田川町の東、武家屋敷の南側の長い土塀と通りを挟んで、新銭座《しんせんざ》町《ちょう》がある。

　通りを東へ少しいけばもう海で、浜御殿を囲む石塀と樹林が見える。

　町の南境を幅一丈ほどの水路が、海辺より宇田川町、宇田川横町へと通っている。

　日本橋から南へ京橋、新橋とたどる大通りは品川宿をへて東海道筋である。

　大通りの東西に大店が暖簾や看板を連ねる宇田川町の賑やかさは、東の海側の一角に位置する新銭座町へ入ると途絶え、裏通りや横町に櫛比《しっぴ》する小店が雑然とした町の佇《たたず》まいを見せていた。

芝の町火消《まちびけし》、め組の頭取・光七の住まいは、その新銭座町南境の水路が裏庭の後ろを通っている一角にあり、柴垣を廻《めぐ》らした二階建ての小広い一軒家だった。

幅一丈ほどの水路の向こうは、旗本屋敷の土塀になっている。

町火消は各町の常傭《じょうよう》の鳶人足《とびにんそく》を抱えたもので、上から鳶頭、纏持《まといもち》、梯子持、平人《ひらびと》、俗に土手組と言われる人足、の序列になっている。

組を統率する頭取はその上にあって、頭取を入れると六つの序列になるが、頭取の中にも一老、二老、お職《しょく》の格があって、中でもお職は威望高く、町の顔役だった。

三十半ばの頭取にしては若輩の光七はまだ一老の格で、芝の顔役とはいかないものの、貫禄と言い度胸と言い頭取お職格としていずれはめ組・二百四十人を束ね、火事場である役場へ先頭に立って向かう器量と目される、火消の中の火消と評判だった。

長老のお職の立場は尊重しつつ、六尺近くあるぶ厚い体軀を町内に起こったもめ事や諍《いさか》いの場に運ばせ、

「双方とも、ここはあっしの顔を立てていただけやせんか」

などと、ひと言下手から出れば、お職でなくとも、

「頭取の光七さんが仰《おっしゃ》るのであれば、お任せいたします」

と、収まらぬもめ事や諍いはなかった。

当然のごとく、め組の持ち場に構える大小の表店や裏店の相応の住人からの、五節句の付け届けは欠かされたことはなく、万が一、光七の顔を立てた中で節句ごとの礼節を欠かすわきまえのない住人には、

「ご近所付き合いをいたしやすうえで、念のため、ご注意申し上げやす」

と、笑みを湛えて伝えれば、さすがは頭取、粗忽《そこつ》でございました、と恐縮せぬ住人はいなかった。

翌日昼すぎ、新銭座町の柴垣を廻らせた光七の住まいの木戸を、北御番所隠密廻り方同心・大江勘句郎と手先の文彦がくぐった。

め組の看板《かんばん》を着た若い衆が、提灯や火消装束を吊るした若い衆らの溜り場になっている部屋の脇を通り、大江と文彦を裏庭と水路に面した客座敷に案内した。

若い衆が茶菓と煙草盆を出した後、年が若いのにしては妙に陰にこもった女房が挨拶に出て、女房と入れ替わりに今日は鮫縞《さめじま》の羽織を纏った光七が現れた。

「これは大江の旦那、ご無沙汰いたしておりやした。文彦さんもお変わりなく」

光七は畳に手をつき、上座に据えた大江と後ろに控える文彦にそつなく言った。

「おお。ちょいと寄らしてもらったぜ。どうだい、仕事は忙しいかい」

「ここんとこ、幸いなことに芝の方では大きな役場はなく、さほどではございやせん。

と言いたいところではございやすが、火消の生業《なりわい》とは別の、あっしが顔を出さにゃあ収まりの付かねえ細々《こまごま》した用が次から次に持ちこまれ、それはそれで休む間もない忙しさでやす。これもご町内のみなさんのためとは申せ、金にもならねえ用にかまけておりますと、道楽、物好き、と女房にも若い者にも笑われておりやす」

「とかなんとか言いながら、町内のもめ事を仲裁し、双方丸く収める謝礼の相場がそれなりにあって、五節句の付け届けだけでも相当な額だと聞こえているぜ。これだけの所帯に若い衆も抱え、大した構えじゃねえか」

大江が座敷の壁や天井、襖絵《ふすまえ》などを見廻した。

「町火消ごときをからかうのは、やめてくだせえ。もめ事の仲裁の謝礼、付け届けたって、あっしらはご番所の旦那方と比較にはなりやせん。もめ事を双方丸く収めるにはそれなりに物要りでしてね。実際のところ、持ち出しの方が多いくらいでさあ」

「ふん、笑わせやがる。番所でも芝のめ組の光七の名は評判になっているぜ」

「どんな評判なんです？」

「悪い評判じゃねえよ。光七という男はてえしたもんだ。お職の顔を立てつつ、め組を実際に束ねているのは光七だ。光七には俠客《きょうかく》や博徒の顔役ごときとは比較にならねえ品格が備わってるとさ。あははは……」

脇に控える文彦も肩をすぼめて、へへ、と笑った。

表の方からは若い衆の声が聞こえてくる。

光七は、褒められているのかからかわれているのかわからず、「ご冗談でしょ。ところで……」と話をそらした。

「旦那、定町廻《じょうまちまわ》り方から隠密方へご出世だそうで。おめでとうございやす。また手柄をお立てになりゃあ、いよいよ与力にお取り立ての日も近いんじゃあ」

「それこそご冗談でしょう、だぜ。定町廻りの縛りを取っ払って、もっと働かせるお奉行の魂胆さ。お陰でよ、出入りのお店が減っちまって、こっちは大損だ。なあ」

と、大江は隠そうともせず文彦に同意を求めた。それから互いに顔を見合わせた三人は高笑いを座敷にぶちまけた。

出入りのお店とは、巡回の折りに《お出入り》を願う表店へ「変わったことはねえかい」と、顔を出すことである。

町方に出入りを願い結び付きを強めれば、お店は破落戸《ごろつき》やいかがわしい輩に困らされる心配はない。お出入りを願った町方には「お役目、ご苦労さまでございます」と金を包む。それで心配がなくなるのなら安いものである。

それが廻り方の役得だったが、隠密廻り方になって、定町廻り方のこれまでの役得が減った、という意味である。

　夏に天保世直党の身代金強奪事件があった後、世直党の茅場町の大番屋襲撃で負傷し養生をしていた大江が、勤めに戻ると早速、定町廻り方から隠密廻り方への役目替えが命ぜられた。

　隠密廻り方は、廻り方の中の経験豊かな同心が就く役目である。

　出世、と見られる反面、天保世直党の一件で現場《げんじょう》の指揮を執った大江の、一味を取り逃がした失態を指摘する声も多くあり、大江への非難の矛先《ほこさき》をそらす役目替え、との見方をする者も少なからずいた。

　確かに、大江が隠密廻り方へ替わったのには、ご公儀の高官からお奉行へ内密の働きかけがあったという噂は絶えなかった。

　その噂には、大江が剃刀《かみそり》耀蔵こと御目付・鳥居耀蔵との十数年に亘る長い結び付きが取り沙汰され、大江は奉行直属の定町廻り方でありながら、鳥居耀臓の走狗《そうく》、と言葉には出ないけれども奉行所内の周知の事情、というのが背景にあった。

　にもかかわらず、大江は誰にどう見られどんな噂が立とうと、世直党の大番屋襲撃で巨漢の鬼に吹き飛ばされた際に折れた前歯の黒い隙間を見せびらかし、「それが？」とにやにやし、まったく意に介さなかった。

身分権限を持つ誰彼に、追従やへつらうのはわかり易くていい。面白い。すぐに答えが出るからやりがいがある。

世渡り下手の盆暗《ぼんくら》どもに何を言われようと屁《へ》でもねえぜ、と嘯《うそぶ》く、大江の性根にはそういう宗旨《しゅうし》が脈打っている。

高笑いに笑いすぎてゆるんだ涙腺を手拭で拭いつつ、大江が言った。

「ああおかしい。それはそれとして、で、松井万庵のことはわかっているな」

「ひっひっひ……へえ。承知しておりやす。昨夜《ゆうべ》、鳥居の殿さまに池之端に呼ばれやして、あっしにお任せいただくということで」

「そうかい。上手《うま》くやれよ。多少の荒事はおれが処理する。鳥居さまの気に食わねえ洋学かぶれでも、町方が動くにはとにかく理由が要る。尻尾さえつかまえれば後はこっちのもんだ。松井万庵って野郎はどうせじじいだろう。痛め付けてあることないこと吐かせてやるぜ」

そこで三人はまた笑い声を揃えた。

「万庵はおらんだ医者らしいな。診療所はどこだい」

「露月町《ろうげつちょう》で倉右衛門《くらえもん》店《だな》でやす。半町ほど東に会津《あいづ》さまの中屋敷がありやす」

「国は新発田、洋学の私塾も開いているそうだな」

「うちの若い衆によると、二階家の一階が診療所、二階が松井の住居になっていて、二階の方で人を集めていかがわしい私塾を開いているそうでやす」

「洋学だろうがなんだろうが、おれはどっちでもいいんだがな。診療所は流行《はや》っているのかい」

「そこそこ、人は入《へえ》っているようでやす。おらんだ医術とやらにたぶらかされて万庵に脈を取ってもらいてえという貧乏人が多いようで」

「なんで貧乏人なんだい」

「噂じゃあ万庵は、貧乏人から金を取らねえのを売りにしているそうでやす。それで名を売り、金のあるやつから法外な診療費をむしり取る。そりゃそうだ。貧乏人から細々と金を集めるよりは、金のあるやつからたっぷりせしめた方が儲かるのに決まってまさあ。案外抜け目のねえ、騙《かた》りみてえな野郎ですぜ」

「だが、人が入っているってえことは腕がいいんだろう」

「どうだか。あっしはおらんだ医術なんぞというまやかしは、金輪際ご免だが。旦那どうかしやしたか」

　光七が、そろそろと首を廻し始めた大江に訊いた。

「うん？　なんでもねえ」

大江は応えたが、なんとはなく気持ちがゆれていた。

世直党が茅場町の大番屋を襲ったとき、巨漢の鬼にぶっ飛ばされて大江は気を失った。気が付いてから首に激痛が走り、身動きもままならない有りさまだった。勤めに出られるようになるまで、一ヵ月以上養生しなければならなかった。

勤めに復帰してからも、首の痛みはぐずぐずと続いている。身体の具合がどことということなく悪い。腕のいい医者なら、ふと、診てもらいてえ、と思ったのである。

「独り身かい」

「さあ。縁者についてはわかりやせん。弟子の医者が二人いて、万庵の診療の助手《すけて》をやっているようでやすね。それと、通いの女をひとり使って、賄《まかな》いに掃除洗濯をやらせておりやす」

「弟子はどんなやつらだ」

「どっちも長崎帰りのおらんだ医者でやす。ひとりは町村広助《まちむらこうすけ》という浪人でやす。万庵を慕って同じ越後の新発田から江戸へ出てきて、年は三十前後。もうひとりは野州黒羽の百姓の倅《せがれ》らしく、秋五とかいう二十五、六の若造でやす。百姓は百姓をやってりゃあいいものを、偉そうに病人の脈なんぞ取っていやがるそうで」

「弟子らの住まいは」

「同じ露月町の、常助《つねすけ》の九尺二間の裏店に別々に住んで、常助店から診療所に通っておりやす」

「万庵に弟子が二人に通いの端女《はしため》か。わかった。万庵と二人の弟子らがどんな診療をやっているのか、病人が診療所にどれぐらい集まっているのか、そっちの様子も前もって見ておきたい。案内を頼めるかい」

「もちろんで。ただ万庵は弟子らをともなって、昼すぎは診療所にこられねえ重病人の往診に出かけ、大抵、夕刻までは診療所に戻ってきやせん。夕刻になってからにした方がいいと思いやす」

「往診に夕刻までか。なら、それまでここで待たせてもらうとするか」

「どうぞどうぞ。なんでしたら、軽く一杯、引っかけやすか」

「そうだな。昨晩《ゆうべ》の鳥居さまの話も詳しく聞きてえし、そうするか。池之端なら、例のお笛とかいう色っぺえお女中が一緒だったんだろうな」

「ええ、そりゃあもう。でれでれと、見ちゃあいられやせんでしたぜ」

ふん――と大江は鼻先で笑い、好きだね殿さまも、と呟いた。

二

芝切通し坂下の時の鐘が夕七ツを鳴らした。

蘭医の松井万庵と弟子の町村広助、同じく弟子の秋五の三人が、二葉町《ふたばちょう》から芝口の裏新道・日影町《ひかげちょう》を露月町の方角へ取り、芝口三丁目西側町の日比谷稲荷《いなり》の鳥居前を通りすぎた。

万庵は薄鼠《うすねず》の羽織と細縞の袴、町村と秋五は紺の羽織袴に拵《こしら》え、町村は治療をする際に羽織る白衣と前垂れを包んだ風呂敷包みを提げ、秋五は医療の道具を仕舞った籐《とう》の行李を風呂敷にくるんで肩へ担いでいた。

六十をすぎた万庵は、一文字の髷を結った総髪が雪のような白さだった。

町村は同じ総髪に髷をのせ、秋五は町民らしく月代《さかやき》を綺麗に剃《そ》っていた。

秋五はもちろんだが、武家の万庵も町村も腰に刀は帯びていない。

「人の病や疵《きず》を治療する医者が、たとえ飾りであったとしても刀を帯びておっては筋が通らん。刀を持ちたくば、医者を辞めて侍に戻ればよい」

万庵は町村にも、侍ではない秋五にもそう言った。

裏新道のどの小店も店仕舞いの刻限だった。

入日の前の西の空が、赤く燃え始めていた。町家の反対側に列《つら》なる旗本屋敷の土塀の瓦屋根に、入日が当たって砕けていた。

小店の亭主やおかみさん、小僧らが売り物を仕舞い、棚や台や腰掛などを積み重ね、表の板戸を、賑やかに閉じ始めている。

道で遊んでいる子らを母親が呼んでいた。昼の名残《なご》りの青さが霞《かす》む夕空を、鳥影が飛んでいく。

「万庵先生、お疲れさまでございます」

「先生方、お寒い中、ご苦労さまにございます」

「先生、お陰さまですっかりよくなりました。ありがとうございます」

町民らが片付けの手を止め、万庵ら三人に腰を深々と折って声をかけた。

具合はどうだ、無理をしてはならんぞ、薬はまだあるか……

万庵は万庵で、町家のひとりひとりに言葉をかえし、笑みを投げながらゆく。

その三人の後を、日比谷稲荷辺りから目付きの鋭い男らがついてきていた。

男らは七人で年は若く、揃いのめ組の法被《はっぴ》を着ていた。

弟子の秋五は気付いていたが、町傭《まちやとい》のめ組の若い衆とすぐにわかったため、たまたまいき合ったのだろう、と不審には思わなかった。

ところが万庵らが、裏新道を源助町の西側町まで差しかかったときだった。

男らは、いくぜ、というふうに目配せを交わし、駆け足になって、後尾の秋五に数間まで近付き、呼び止めた。

「おい、そこの三人、ちょいと待て」

三人が振りかえった。万庵は表店のおかみさんに送っていた会釈《えしゃく》のまま、

「どうした」

と、男らへ笑みを向けた。

男らが草履《ぞうり》を鳴らして走り寄り、取り囲んでいく。

「うん？　何事だ。その看板はめ組の兄《にい》さん方かな」

中背の男が、肩をゆすって進み出た。

こけた頬は日焼けし、口元にやけどの跡が生々しく残っていた。

「じじい、倉右衛門店の藪医者《やぶいしゃ》だな」

「名医とは言わぬが藪医者ではない。ちゃんと医術を学んで診療をしておる普通の医者だ。名は松井万庵と言う。兄さん方、用はなんだ。診療を受けたくば診療所までくるがいい。今からでも構わぬぞ。われらは二葉町の往診よりの戻りだ」

「知ってるよ。乞食小屋の往診だってな。そんなやつに通りを歩かれちゃあ、汚《きたね》えんだ。路地裏へ廻れ」

男は顔をしかめた。

万庵はにこやかな笑みを消し、真顔になった。

「何を言う。汚くなどない。病人は清潔に保つように家の者には伝えてあるし、われらも診療するのに手洗いは欠かさん」

「間抜け。そういうことじゃねえんだ。おめえら、この芝で何をやらかすつもりなんだ。藪医者が診療の真似事《まねごと》をして病人を騙《だま》し、人に妙なまじないをかけてたぶらかしているそうじゃねえか。とんでもねえ野郎だぜ」

「優れた師の教えを乞い、医術を身に付けるのは真似事と同じだ。一生懸命真似、優れた医術を己のものにしていく。それが学びだ。またまじないをかけて人をたぶらかしはせぬ。世界は広い。様々な考え方や教えがある。それを説いておる」

「なんだと。偉そうに。おめえみたいな老いぼれに教えられることなんざ、この芝には何ひとつありゃしねえんだ。目障りなんだよ。薄汚くて田舎臭《くせ》えんだ。おめえら、芝には似合わねえんだ。消えてなくなってほしいんだ。わからねえか」

「わたしは芝で診療所を開いて三十年になる。兄さん方はまだ生まれていなかっただろう。私塾を開いて医術以外にも人に教えるようになったのは十三年前だ。兄さん方はまだ子供だった。兄さん方はわたしのことをよく知らぬのではないか。人は他人と暮らさねばならぬ。気に入らぬとも多少は我慢するのが、人と人の暮らし、人と人のつながりというものだ」

万庵の口ぶりは穏やかだった。

だが男は万庵の穏やかな対応に、かえって気を昂《たか》ぶらせた。

「うるせえ。埒もねえご託を並べるんじゃねえ。これ以上、将軍さまのお膝元を洋学やらで汚しやがるとただじゃおかねえぞ。ええっ」

男が万庵の胸を、いきなり突いた。

万庵は一歩下がったが、よろけはしなかった。

「何をする。先生に無礼な振る舞いは許さん」

後ろの秋五が万庵に並びかけ、男を睨んだ。

「なんだあ？　てめえはじじいの手下かい。手下ごときに用はねえ。すっこんでろ。こっちはじじいに用があるんだ」

男は秋五に凄んだ。眉間《みけん》をしかめた顔が陰湿な怒りで青褪《あおざ》めていた。

「すっこんでろって言ってんだよ」

別の男が秋五の脇腹へ蹴りを入れた。

秋五は身体をよじったが、すぐに身体を立て直し、

「こいつめっ」

と、肩の行李を捨てて男へつかみかかっていった。

「秋五、止《よ》せ。医者が人を疵付《きずつ》けてはならん」

それを万庵が止めた。

町村は行李を拾い、万庵と秋五の後ろで身を縮めている。店仕舞いの手を止めた町民や遊んでいた子供らが道の前後を取り巻き始め、成りゆきを見守っていた。

七人が勇み肌のめ組の若い衆であることは知っている。

「光七さんとこの若い衆だよ」

そんなひそひそ声が交わされている。

しかし万庵は前の男へ、あくまでも穏やかな振る舞いを崩さなかった。

「兄さん方がわれらを気に入らないのであれば詫《わ》びる。われらは兄さん方が町火消として町を守っておるのを感謝しておる。だが町を守っておるのは火消だけではあるまい。侍も商人も職人も、漁師や百姓も、振り売りや人足も、物乞いだとて町の芥拾《ごみひろ》いをする務めを果たしてくれておる。人の生きる場を守るとは、そういうことだ」

「てめえ……」

男の口元の火傷《やけど》の跡が、気色悪く黒ずんでいった。

「火消を物乞いと一緒にしやがったな。許さねえ。お上に盾突くならず者があ」

と、奇妙な声をあげ、荒々しく腕を振り廻した。

袖の奥に、太い二の腕の彫物が見えた。

万庵は黙って打たせるつもりなのか、男をじっと見つめて動かない。

秋五が万庵を庇《かば》うために男に飛びかかろうとした瞬間だった。

振り廻した手首を、不意につかまれた。

あ？　男はつかまれた手を激しく振った。すると、

「止めろ」

と、見知らぬ背の高い男が火消に低く言った。

手を振ったつもりが、殆《ほとん》ど動かせなかった。

地味な紺羽織の下の縞木綿《しまもめん》の小袖が、男の長身痩軀を包んでいた。

町民らしからぬ総髪に小さな一文字髷が、男を文人のような洒脱《しゃだつ》な風貌に見せた。

むろん刀は差していない。

「な、なんだ、てめえ」

火消の目が男を見上げて血走った。

ほかの火消らも、一瞬、何事かと唖然《あぜん》とした。

男は抗う火消の腕を引き上げた。二の腕の竜の彫物が露《あら》わになって、

「野郎っ」

と、片方の拳《こぶし》で殴りかかった火消の手首を構わず後ろへ引き倒しにかかる。

「あたた……やれっ」

火消は身体をよじり、殴るどころではなく仲間に助けを求めた。

しかし男が身体をぐるりと反転させると、たはっ、と火消は仰向けに回転し、尻と足を天に突き上げた。裾がまくれ、褌《ふんどし》の尻と毛深い足が露わになる。

「やっちまえっ」

ほかの火消らが血相を変えて男に襲いかかる。

背後からの拳を身体を撓《しな》らせて空を打たせ、向き直りつつ脇下より上腕部を巻きこむように腕をからめとった。

それを肩の上までねじり、火消の腕の付け根が悲鳴を上げた。

ねじるのと同時に、正面に振りかぶった相手の鼻柱へ間髪入れず拳を叩きこんだ。

奇妙な音をたてて鼻が潰れた男は二、三歩下がり尻餅《しりもち》をついた。

さらに脇から振るった火消の拳を掌で鷲づかみにし、反対側の火消が手鳶《てとび》をかざして打ちかかってきたときだった。

ひゅうん。

石飛礫《いしつぶて》がうなり、手鳶の火消の眉間《みけん》で小気味よくはずんだ。

火消が短い悲鳴を上げた。

眉間を掌で押さえ、一瞬の間を置いてかざしたままの手鳶を打ち落とそうとするその途端、二個目の石飛礫が鼻先を打った。

続いて三個目は火消の股引《ももひき》の膝頭に跳ね、それから手首、額、口、目を狙った石飛礫を次々と浴び、火消は打ちかかるどころではなく、両腕で顔を覆い、痛みにうめきながらなす術《すべ》もなく横転したのだった。

裏新道の前後に集まった町民らの間から、「わあっ」と喚声が上がった。

残りの火消らが、石飛礫がどこから飛んでくるのかと、周囲を見廻した。

町民らが大勢いるので、誰が投げたかわからない。

その間にも長身痩軀の紺羽織は、腕の付け根を取った火消を腰に乗せ、巻き付けた片腕一本で、ふわりと投げ捨て、片方の掌で鷲づかんだもうひとりの拳を、長い指と大きな掌の中で濡《ぬ》れ雑巾《ぞうきん》のように絞り上げる。

ひとりは半回転して飛び、見守る町民の前へ叩き付けられ、ひとりは、

「あひいあひい……」

と、声を裏返して絞り上げられた拳を軸に右や左へのた打った。

「そこまで、何とぞそこまでにて」

万庵が長身瘦軀の男へ腰を折り、気持ちをなだめるように両手で制した。

「どなたかは存じあげませんが、危ないところをお助けいただき、まことにありがとうございました。礼を申します。あなたとそちらの方のお陰で、痛い目に遭わされずに済みました」

裏新道の南側の人垣より数歩前へ出た代助が、二個の石飛礫を片手で手玉にして笑っていた。日焼けして窪《くぼ》んだ頰の間に、やや反っ歯の白い歯が見える。

代助の斜め後ろには、これも白粉《おしろい》こってりの中に真っ赤な唇のお杉がいて、唇の間に鉄漿がぎらついていた。

束の間の乱闘に、乱之介は息ひとつ乱していない。

万庵は少々戸惑い気味に言った。

「しかしながらこの者ら、束になってもお二方の敵ではなく、もはやわれらに無体な振る舞いをする気力を失っております。何とぞこれまでに、お願いいたします」

乱之介は万庵と微笑みを交わし、へたりこんだ火消の拳を離した。

万庵の白髪と穏やかな深みが感じられる相貌が、よく似合っていた。

少々お待ちを——と万庵は断り、道に転げている若い衆を看《み》て廻った。

小声で話しかけ、具合を訊いている。火消らも大人しく頷いていた。二人の弟子は師を見倣《みなら》い、応急の手当てに当たり始めた。

二人の無疵の火消が乱之介へ用心深い目を投げつつ、倒れた仲間を助け起こした。助け起こされた火消が呻き声を絞ると、「そっとやるのだ」と、万庵はどこまでも医者らしく気遣った。

火消らがどうにか立ち上がり、仲間の肩などを借りながら消沈して去っていくめ組の看板の後ろ姿を、万庵は「診療所へ手当てにくるがよい」と見送っていた。

「松井万庵先生、ですね」

乱之介が近寄り言うと、万庵は改めて頭を垂れた。

「申し遅れました。露月町にて診療所を営んでおります松井万庵でございます。この者はわが門弟の町村広助、同じく秋五。ともに診療所の医者を務めております」

二人は万庵の傍らより、乱之介に深々と腰を折った。

「よろしければ、何とぞ、お名前をお聞かせ願います」

「卑しき生業をもって口を糊《のり》しております。名前はお許しください。ご町内のある方をお訪ねする途中この騒ぎにいき合わせ、連れの者に万庵先生がお困りのご様子と教えられ、放っては置けぬとつい手荒な振る舞いに及びました」

「己の才覚を方便に暮らしておられて卑しい生業など、ございましょうか。まずはお礼をいたさねばなりません。わが診療所は露月町でございます。しばし、お立ち寄りいただけませんか」

乱之介は、隣に並びかけた代助とお杉へ目配せし、頷き合った。

「喜んでお邪魔させていただきます。この者はお杉と申し、神明前の七軒町に暮らしており、われらと少々所縁《ゆかり》のある者です。じつはわれら、お杉の案内で本日、露月町の松井万庵先生をお訪ねする途中でございました」

「おお、わたくしどもへ。診療をお望みでございますか」

「いえ。正確に申しますと、万庵先生の元で医業に携わっておられる……」

乱之介は行李を肩へ担ぎ直している秋五へ会釈を送った。

「余瀬の秋五さん。あなただとすぐにわかりました。目元がどことなく、兄さんの周蔵さんに似ていらっしゃる」

秋五が肩の行李をゆらし、目を丸くした。

「あ、あんちゃんを、いや、兄をご存じなのですか」

源助町と露月町の境の横丁通りと裏新道の角から、大江勘句郎と手先の文彦、め組頭取の光七が騒ぎを見守っていた。

三人はさり気なく身を隠して佇み、余計な手出しをしやがったあの男らと女は誰なんだ、と訝《いぶか》しんでいた。

め組の若い衆らが、足を引きずったりよろける身体を支えられたりして、すごすごと新道を戻ってきた。

「ちっ。若えやつらが七人もいて不甲斐ねえ。め組の面汚しだぜ」

若い衆が光七を見付け、情けないやらばつが悪いやらの顔付きになった。

光七は不機嫌を隠さず、早くいけ、という仕種をして、言葉もかけなかった。

「ちょいと様子見に、ゆさ振ってみるかい」

大江が言い出して、光七が「探りを、入れてみやすか」と乗ってきた。

光七が若い衆らを集め、「じじいをもんでやれ」と命じた。お上に逆らう洋学かぶれは芝の町を守る火消が許さねえぜ、と思い知らせるつもりだった。

そんな野郎には、まずおれたちが焼きを入れてやる。

万庵らがどこへ往診にいったかを確かめ、日比谷稲荷で待ち伏せをさせた。ところが妙なやつらが現れて、とんだ思惑はずれだった。

「どこの誰でえ、やつら」

大江が訊いた。

「知らねえやつらでやすね。芝のもんじゃありやせん。けど……」

光七は口元を不敵に歪めた。

「あの女は、確か、神明前の七軒町のお杉じゃねえか」

「七軒町のお杉？　どこぞで聞いた名だな」

大江が手先の文彦へ振りかえった。

「ああ、間違いねえ。あのお杉だ」

文彦が新道の先をぼんやりと眺めて、着物の上から指を虫のように這《は》わせて、丸い腹をかいた。

「あのお杉たあ、どのお杉だい」

「ほら、旦那。洲崎の、船宿弁天の、あの世直党たら言う」

文彦に言われて、大江はすぐに思い当たった。

ああそうか――と、万庵と言葉を交わしている背の高い男を眺めやった。

「船宿弁天のお杉か。道理で聞いた名だぜ」

世直党と聞くと、四肢の自由を奪われ真っ暗な穴蔵に閉じこめられた恐怖や、朋輩《ほうばい》の町方に己の失態を晒した真夜中の隅田川における人質と金の交換、日本橋大高札場で畚《もっこ》に入れられ晒し者にされた屈辱が生々しく甦《よみがえ》ってくる。

南茅場町の大番屋では、羊太という一味のひとりを責問の最中、大胆にも大番屋を襲い羊太を救出に現れた仲間の大男によって張り飛ばされ、その折りに折れた前歯の隙間がうずいた。胸糞が悪い。

となると、お杉といるあの男らはもしかして……

大江はうずく前歯の隙間を指先で押した。

「文彦、おめえ、お杉といるあの男らに見覚えはねえか」

「え？　なんででやす」

「だからよ、羊太って世直党の一味を覚えているだろう。大番屋で二人で責めたじゃねえか。羊太は深川の浮浪児だったんだろう。だからおめえは見覚えがあった。お杉といるあの二人にも見覚えがねえか、羊太の浮浪児仲間にあんな面付きはいなかったか、と訊いているんだ」

「お杉は覚えていやすが、羊太の仲間は兄貴ともうひとり……けどどっちもちっこい餓鬼だったんで、もうよくわからねえ」

文彦はまた丸い腹に指先を這わせた。

「旦那、お杉という男らがどうかしやしたか」

光七が訊いた。

「いや。あのお杉って女がちょいと絡んだ捕物騒ぎがあってな。ただそれが気になってえだけの話さ。万庵とはかかわりのねえ別の一件だ」

「世直党、ってえのは、この夏の米仲買商かどわかしと六千両の身代金の世直党じゃあねえんで？」

大江はそれに触れたくはないが、黙っているわけにもいかず、「ううむ」と曖昧《あいまい》にうなった。

大番屋で気絶させられ、世直党が羊太を救い出して逃げ去り、洲崎弁天の船宿のねぐらからもすでに姿を消し、江戸より姿をくらました、という経緯を大江は後に知った。

町方が踏みこんだとき、船宿弁天には下働きに雇われていたお杉が、ひとり残されていた。町方の糾問《きゅうもん》にお杉は、

「世直党だなんて、あっしは下働きに雇われていただけなんですよ」

と、不貞腐《ふてくさ》れたり、泣いて見せたりして応えた。

「床下の貯蔵倉に畚《もっこ》の荷を運び入れていたのは知っていやすけど、お客相手の船宿なんですからお米やら薪やら何やら、買い置きは当たり前じゃないですか。それを、雇い主のご主人を疑って、こっそり調べなかったあっしが怪しいと仰《おっしゃ》るんですか。調べている途中に見付かって、見たな、って始末されたらどうなるんですか。それでも調べなかったあっしが仲間だって、仰るんですか」

実際のところ六十近いお杉が、世直党のような大胆な一味とは考えにくかった。所詮《しょせん》、女郎の産んだ子や浮浪児を売り買いする裏稼業に手を染めていた小悪党にすぎなかった。

糾問で得られた手がかりは一味の人相覚えぐらいで、ほどなくお杉は許された。それらのことを知ったのも、一ヵ月ほどたって奉行所勤めに復帰した後である。

大江はお杉の行方など忘れていた。

それが偶然、芝にお杉が住んでいたことがわかって、わけもなく気になった。こんなところに住んでいやがったのか、と町方の勘が働いた。

気になった。こういう勘は案外重要なのだ。町方の経験上そうだ。

「世直党の一件じゃあ、ご番所は散々でございやしたねえ。やることなすことどじばかりで、日本橋の高札場に晒し者になった町方には大笑いさせられやした」

光七は掛《かかり》の町方を指揮していたのが大江だったとは知らない。ましてやその晒し者の町方が目の前の大江と手先の文彦だとは、思いもしていない。

大江と文彦は、うんともすんとも応えなかった。

「わかった。万庵と門弟がどんな野郎かな。今日はここまでだ。光七、お杉にあの二人がどういうかかわりの男らか訊いといてくれるかい」

「承知しやした。旦那は今日これから、どちらへ」

「ううん。ちょいと確かめたいことができた。おめえの手筈が決まったら番所へ知らせてくれ。万庵の方は？」

「へい。万庵の方は？」

「いいからついてきな」

いかり肩を歪《いびつ》に丸め、大江は背中をゆらしつつ新道の角から横町を表通りの方へ戻っていった。従う大柄な文彦の丸い腹が歩きにくそうだった。

しかし、文彦はお杉といた二人の男の風貌を考えていた。

大江に「見覚えはねえか」と訊かれ、そう言えば、という気がしてきたのだ。

お杉の婆あは深川のときの顔見知りだ。別に親しくはねえがな。もうくたばったと思っていたが、まだ生きていやがった。しぶとい婆あだ。

あの二人の男、どっかで見た面付きだったかな。あの強《つえ》え野郎はいい男だった。けどおらの顔見知りであんな男前はいねえ。そうだ、前に話を訊かれた甘粕孝康ってえ若えお目付さまが男前だった。あんなんじゃねえがな。

ああ、じれってえ。どこで見たのだったかな——と、文彦は入日に染まる横町を大江の後をたどりながら、丸い腹に指先を這わせた。

三

乱之介は、卑しき旅芸人です、庭先か土間にてお伝えできれば用はすみます、と辞退したが、

「何を言われる。恩人のあなた方を、このままお帰しするわけにはまいりません。何とぞお上がりくだされ。診療所と申しましても、三十年、営んでまいりました古い陋《ろう》屋《おく》です。大したもてなしは叶《かな》いませんが、ぜひ一献を」

と、万庵は譲らなかった。

乱之介と代助、お杉が招き入れられたのは、二階の「わが私塾でもあり客座敷でも

ございましてな」と万庵の言う四畳半で、すぐに行灯の明かりが灯《とも》され、火鉢の炭火が部屋を暖めた。

乱之介は、「それでは改めまして……」と、木太郎と火助の名を名乗り、さらりと言い添えた。

「ゆえあって、生まれ素性はお許しください。われらの素性はみなさんにお知らせせぬ方が、後々、ご迷惑をおかけせずにすむと思われます。何とぞお察しください」

万庵は乱之介から代助、お杉のわけありな様子をしばらく見つめた。

それから、いいですとも木太郎どの、と微笑み、

「わたしの方からは、何もお訊ねいたしますまい」

と、穏やかにかえした。

「あなたの風貌には他人《ひと》と違うところがある。あなたには人を引き付ける不思議な力が秘められている。それがどういうものかと定かには申せませんが、六十年以上を生きておりますと、そういうことが自ずと感じ取れるものです」

万庵のまっすぐな言葉が少々照れ臭い。

しかし乱之介には伝えなければならないことがある。

万庵には応えず、秋五へ視線を移した。

「じつは、われらは秋五さんにお悔やみを申し上げなければならないのです」

と、ようやく言い始めた。

秋五はそれを予期していたかのように、頭をひとつ落とした。

乱之介は二十日以上前になる先月、上州の旅の途中、たまたま渡良瀬川の河原であった土地のやくざの出入りにいき合わせ、その出入りの助っ人に加わったらしく、瀕《ひん》死《し》の疵を負って倒れている周蔵を足利へ抜ける間道で見付けた、と語った。

「そのとき周蔵さんは……」

乱之介は周蔵に託された頼みを伝えた後、続けた。

「……この巾着をわたしに握らせ、これしか持ち合わせがないと仰った。六文銭が入っています。おそらく、三途の川の渡し賃と身に付けていた六文銭と思われます。助っ人の前金も有り金も全部博奕ですった。馬鹿な兄ちゃんを許してくれ、と伝えて欲しいと」

乱之介は黒ずんだ血に汚れた巾着を、秋五の膝の前に置いた。

さらにお杉が、茣蓙《ござ》にくるんで携えてきた長どすを巾着に並べた。

「周蔵さんの形見はこれだけです。刀と手拭は洗っておきましたが、巾着と六文銭の血は、秋五さんにお任せすべきだろうと仲間と相談し、汚れたままです」

秋五は巾着を両手に取り、顔に押し当て身を縮めた。秋五の忍び泣きが切々と部屋に流れた。

窓の外の露月町の屋根屋根に夜の帳《とばり》が下りた。

武家屋敷地の彼方《かなた》には愛宕山の掛茶屋に灯る明かりが、ぽつりぽつりと見え始めたころ、露月町の仕出し会席料理屋の豪華な料理が届き、馥郁《ふくいく》たる酒の香りが漂った。

「思いもかけぬ辛い出来事だが、それを木太郎さん始めお三方に知らせていただいたことに人の縁《えにし》を感じる。なあ秋五、今宵は兄さんの弔い酒だ」

万庵が物静かな語調で、秋五を慰めた。

だが、秋五の忍び泣きは収まらなかった。

隣の町村もうな垂れ、盃は取らなかった。

「秋五、おまえの悲しみはまことによくわかる。だが、おまえは若い。これから先になさねばならぬことが山とある。まずはおまえの心の中で、兄さんを見送るのだ。兄さんを見送り、自ら進むべき道を進め。町村、秋五についでやれ」

やがて秋五はひとしきりの悲しみの嵐が静まったらしく、深い溜息を吐いた。

兄の血に黒ずんだ巾着を置き、町村が酒をついだ盃を取り上げ、押しいただくように呷った。

それから盃を膳へ戻し、座を後ろへずらし、畳に手をついた。

「木太郎さん、火助さん、お杉さん、まことにありがとうございました。あなた方のお陰で、兄はきっと心安らかに逝《い》ったのに違いありません。兄はやくざでしたが、わたしには優しいあんちゃんでした」

少し、わたしたち兄弟のことを話させてください――と、秋五は手を上げ、濡れた頬を拳で拭った。

「わたしは野州黒羽の余瀬村の生まれです。家は元は貧しい百姓と聞いております。ですが、どういう経緯でか祖父の代から黒羽近在を縄張りにする貸元稼業を始め、わたしが物心ついたころ、父は祖父より縄張りを譲り受け、大勢の子分を抱え、渡世人が出入りし、賭場が毎晩開かれ、父に客の訪問がない日はなく、母親は使用人を使って客に食べさせる飯ばかりを作っている、まことに騒々しい暮らしでした」

秋五は顔を低い天井へ上げ、ふ、と小さく息を吐いた。

「周蔵は五つ年上の兄です。わたしの下に三つ違いの妹がいて、わたしと幼い妹は年の離れた兄の後ろについて遊び廻っていた覚えがあります。兄はいずれ父の縄張りを譲り受け、土地の貸元になるはずでした。兄がだんだん大人びて、わたしが十歳ほどになったころには、もうわたしたちと遊ぶことはなく、一家の子分のひとりとして父に従い、近在の貸元同士の談合やら寄り合いやらの場に出る三代目になっていました」

　そう言って、膝の袴を両掌に握り締めた。

「わたしは父について貸元修業をする兄は大好きでしたが、やくざな稼業は好きにはなれませんでした。わたしは年を重ねるに従い本が好きになって、本ばかり読む日々を送るようになっていました。父はわたしも年ごろになれば父のやくざな稼業を助け、兄とともに一家を支えさせるつもりでいたのに、本ばかり読んでいるわたしをさぞかし苦々しく見ていたのでしょう」

　乱之介は盃を上げ、唇を付けた。口の中に酒の香りが広がった。

「わたしと父は次第にいがみ合い、喧嘩が絶えなくなりました。父は口答えするわたしを打ち、わたしは父のやくざ稼業を責めました。わたしは家で開く賭場で、父が小百姓や山働きの木こりらのわずかな金を取り上げるのは知っていましたから、それがいやでならなかったし、城下の問屋仲間と談合し、材木の買占めや売り控えに手を貸す父の稼業を継ぐ気にはどうしてもなれなかったのです」

　野州黒羽一帯は、農業のほかに林業が盛んな土地だった。

秋五の父親は近在の百姓や木こりらを相手に賭場を開く貸元である一方、余瀬村近隣の山林業者を束ね、黒羽城下の商人らと伐り出した材木を取り引きする際、裏で行われる様々な口利きや談合、斡旋《あっせん》、調整などを引き受ける顔利きだった。

「ある日、父とわたしは大喧嘩をし、父はもう我慢ならぬ、わたしに家を出ていけと命じました。母は父の剣幕におろおろし、妹は泣いていました。そのときわたしは、江戸の方角すら知らぬ十二歳だった。しかし兄がやってきて、父にとりなしてくれたのです。秋五は自分らと違い、学問好きの見こみのある男だと。そしてわたしに言いました。一家の面倒は自分に任せろ。おまえは好きな学問の道に進め、とです」

秋五の頬《ほお》にまた涙が伝った。

「兄のお陰でわたしに学問の道が開けたのです。黒羽城下の私塾へ入門し儒学を学ぶ傍ら、黒羽城下の伝《つて》を求め古今東西のあらゆる書物の持主を訪ね歩き、それを写させていただき貪《むさぼ》り読みました。そんな中に万庵先生が若きころお書きになられた《井蛙《せいあ》物語《ものがたり》》があり、それを読んだとき、これが世界か、とわたしは衝撃を受けたのです。なんとしても江戸へ出て万庵先生の門下に入らねば、と胸がうち震えました」

「じゃあ、秋五先生は江戸へ出てこられたときはお幾つだったんですか」

お杉が遠慮せずに盃をあおりながら、興味深げに訊いた。

沈んだ部屋の気配を、お杉のあっけらかんとした言葉付きがなごませた。

秋五が濡れた頰をゆるめた。

「はい。十五のときでした。それも兄がいろいろ面倒を見てくれたのです。何しろ父とは大喧嘩以来、一切口を利かず、目も交わさない険悪な間柄になっておりましたので。旅立ちのとき、母親が持たせてくれた以外に兄はこっそり金を渡してくれて、金が必要なときはいつでも手紙を寄越せと言って、わたしを送り出してくれました」

「いいですね、男は。志を立て、いつか故郷へ錦を衣《き》て帰るんですね」

お杉が言い、万庵が、ふむふむ、と首を振った。

「残念ながら、お杉さん、わたしの門下では故郷に錦を衣て帰ることはむつかしい。ですが錦は衣ずとも、町村も秋五もわが自慢の門弟ですぞ」

あっはっはっは……

万庵が静けさを追い払うように笑った。

「この芝の町で万庵先生の門弟となり、二年がたった十七のとき、兄から手紙が届いたのです」

と、秋五は続けた。

「黒羽近在で縄張りを廻《めぐ》り出入りがあり、わが一家も出入りに巻きこまれた。陣屋のお役人とのつながりがこれまでと変わったけれども、心配するほどの事情ではない。

ただし、自分は三、四年家を留守にし、男を磨く旅に出ることになった。自分がいないので金の方はむつかしいかも知れぬから、そこは質素倹約に努め、勉学に励めとあり、兄の工面した金が入っておりました」

「いい兄さんだねえ」

お杉が言った。

「わたしは母に手紙を書き、事情を訊ねました。母からの返事によれば、黒羽の大関《おおぜき》家が台所窮迫の折り材木の専売を決め、城下の一部の商人に領内の材木の売り買いを一切仕切らせ、これまでの山林業者が締め出されるという事態が起こっていた。それが元で、黒羽城下を縄張りにする貸元と在郷の貸元らの間で出入りになり、余瀬村近在を縄張りにして山林業者を束ねていた父も、痛手をこうむったのに違いなかったのです」

「そりゃあ、お家の一大事だったわね」

「けれどもわたしは、故郷へ戻ろうとは思いませんでした。母の返事にはやはり心配には及ばないとありましたし、家に戻っても、どうせ父との確執が深まるばかりと懸念したのです。そして何より、万庵先生の元で始めた勉学を終わらせたくなかった。もっともっと多くのことを学びたかったのです」

町村が秋五の膳の、空の盃に酒を満たした。

「わたしは先生にお願いし、兄の送ってくれた金で長崎へ留学し、おらんだ医術を学び、一年半前、江戸へ戻ってきたのです。今は先生の元で医術のいっそうの研鑽《けんさん》に励みつつ、診療所にくる人々の脈を取っております。おのれの医術を人々に役立て、同時に修業を積む事が、今のわたしの進むべき道と信じるからです」

周蔵さんの話では――と、そのとき乱之介が言葉をかえした。

「秋五さんの旅立ちの餞別《せんべつ》は、お父さんが周蔵さんよりと言って渡すように託されたそうですね。周蔵さんは旅の身にありながら、お父さんが病に倒れたことを知っていた。余瀬の家からそれが秋五さんに伝わらなかったのは、秋五さんには伝えるなと、お父さんが病の床で仰っているためではありませんか。学問の道に進んだ倅の邪魔をしてはならん。倅に故郷へ戻ってきて欲しくとも、倅の顔を見たくとも、です」

秋五は束の間、唖然とし、肩を小刻みに震わせた。

「ふむ。秋五、おまえの次の修業の場は決まった。余瀬村だ。故郷の人々におまえが身に付けたおらんだ医術を役立てるときがきたのだ。余瀬村こそがおまえの目指さなければならぬ土地だ」

万庵が努めて明るく言った。

「いえ。わたしは先生の元でまだまだ多くのことを学ばねばなりません。わたしは未熟者です」

「何を言う。おまえはすでに、医術においても医者としての心根においても、優れた医者だ。村へ帰り、人々のために尽くせ。その実践こそが、おまえにとって何よりも修業になるだろう」

「それでも、診療所には毎日沢山の病人が助けを求めてやってきます。今でも人手が不足ですのに、先生と町村さんだけになってしまっては」

「診療所のことは大丈夫だ。わたしがおまえの分も頑張る。先生をお助けしてちゃんとやっていくから心置きなく故郷へ帰れ」

町村がそう言って、秋五の肩へ手を置いた。

「ですが町村さん、昼間の火消の男らのように、先生にいやがらせやら乱暴やらを働く者もいます。先生のなさっておられる学問に悪意を持つ者は大勢います」

「ああ、まあ、そ、それはそうだが……」

あっはっはっは……

万庵がまた磊落《らいらく》に笑った。

「心配には及ばぬ。あの者らは深い考えがあってやっているのではない。一時の怒りや憎悪に任せてやっておるのだ。一度、あの者らの頭に会って事情を話してみる。胸襟を開いて話し合えばきっと分かる。そういうものだ。あっはっはっは……」

万庵は苦しみや困難を物ともしていないふうだった。

豊かな白髪に似合った慈愛に満ちた笑みには、ひたすら人を信じておのれの道を歩んできたゆるぎなさがあった。

なるほど。秋五がこれほど師と慕うはずだ。こういう酒はいい。

芝切り通しの時の鐘が夜五ツを報《しら》せた。夕刻から早やこんな刻限になっていたか。

表通りの方から、座頭の呼び笛が寂しく聞こえてきた。

四

乱之介と代助、お杉の三人は、十一月末、秋五の送別の宴《うたげ》に再び訪ねる約束を交わして万庵らにいとまを告げた。

「七軒町まですぐです。この辺りじゃまだ宵の口、大丈夫、慣れてますから」

そう言うお杉の提げる提灯の灯《ひ》が、露月町の大通りに小さくなっていくのを見届けてから、乱之介と代助は通りを北へ、新橋の方へ取った。

新橋の河岸場で具合よく猪牙《ちょき》を頼むことができた。

四半刻後、二人の乗った猪牙は大川へ出ていた。

満天の星空に弦月が架かっていた。

川風は冷たかったが、酔いに火照《ほて》った頬に心地よかった。

乱之介は表船梁《ふなばり》にかけ、川面を提灯の明かりで照らしていた。

代助は胴船梁にかけていた。

新大橋をくぐって両国橋へさか上《のぼ》った。

胴船梁の代助が、背後より世間話のように声をかけた。

「乱さん、後ろから船がついてくるね」

「ううん、そうだな。せっかくの気持ちのいい酒宴の後なのに……」

乱之介のほつれ毛が夜風にそよいだ。

「どうする？」

「仕方がない。兄さん、柳橋で下りて柳原堤を歩いて帰ろう」

「そうしよう。けど、誰だろう」

「誰だろう。おれたちの顔見知りかな」

「顔見知りなら、拙《まず》いね」

「うん。拙いな」

ははは……ははは……

乱之介と代助は笑い声を揃え、暗い川面に響き渡らせた。

猪牙はゆったりと大川を漕《こ》ぎ上ってゆく。

「兄さん、松井万庵という人は偉い先生だ。ああいう人が世の中には、いるんだな」

川筋を照らす小さな提灯の明かりを、うっとりと眺めて言った。

猪牙が滑らかな川面に小さな波を立てていた。

「秋五さんは万庵先生の志を継ぐ人なんだね」

代助が短い間を置いて応えた。

「そうだ。きっと、あの人たちは先駆けだ。世の中の……」

「世の中の？　それはどういう世の中の先駆けなんだい」

「わからないよ、兄さん。けど、そんな気がしてならない」

「先駆けか……」

乱之介は父親・斎権兵衛を思い出していた。

父の大きな温かい手に手を取られ、六歳の乱之介は大川を渡ったのだった。

川風が吹き、天上には青い大空が広がっていた。

しかし乱之介にはまだ何も見えていなかった。

しかし、思えばあれが、すべての始まりだった。

二人は神田川へ入ってすぐの柳橋の河岸場で猪牙を下りた。

お座敷帰りと思われる筥屋《はこや》を連れた芸者が二人、乱之介らとすれ違った。

芸者が乱之介を見て、「まあ……」という顔をし、それから隣の芸者と目配せして、総髪に小さな一文字髷の姿格好がおかしいのか、いい男だからか、くすくすと笑った。

芸者らの白粉《おしろい》が冷たい息の中に匂った。

乱之介は芸者らへ笑みを投げ、軽い足取りを両国広小路へ運んだ。

広小路を浅草御門へ取り、浅草御門から柳原の堤道をいった。

神田川は暗闇の帳に覆われ、息を潜めているかのようだった。

川向こうの黒い町家の影の中に縄暖簾の赤い提灯の灯が、ぽつんと見える。

川筋の彼方に新《あたら》シ橋《ばし》の橋影が浮かび、新シ橋の川向こう一円は向こう柳原。乱之介と代助がゆく堤道に人影はなかった。

「兄さん、きているか」

乱之介は後ろの代助に訊いた。

「提灯がついてきている。二人だ。どんなやつかまではわからない」

「確かめよう」

「承知」

「顔を隠す物はあるか」

「大丈夫」

「よし。なら兄さんは後ろへ廻ってくれ」

代助の返事がなかった。

遠くで犬が寂しく吠えている。

だが、そのとき乱之介はもう早ひとりで堤道をたどっていた。

代助の反応は素早い。

堤道の後方から雪駄《せった》の裏鉄のちゃら付く音が聞こえていた。

雪駄は侠客が好んで履き、町方同心は紺足袋《こんたび》に雪駄である。

乱之介は踏み出した歩みをゆるめ、暗がりにまぎれるように佇《たたず》んだ。

星空を見上げ、紺羽織の襟を指先で直した。

大江勘句郎が、二人と思っていた男らがいつの間にやらひとりになっているのに気付いたのは、男の後ろ姿がひとつ、堤道に佇んでいるのを見たときだった。

おや、もうひとりは……思いながら、雪駄の音を立てぬよう歩みをゆるめた。

佇んだ男の後ろ姿は、こちらへこい、とでも言いたげに動かず、大江らをうかがっている気配だった。

「どうやら気付かれたな。仕方がねえ。ちょいと、粉かけてみるかい」

大江は丸い腹をゆすっている文彦に言った。

「へえ。野郎、妙に格好付けてやがる。やっぱり怪しいですぜ」

文彦がうなった。

「もうひとりが見えねえ。なんか、企んでいやがるのかもしれねえ。用心しろ」

「へえ」

文彦が左右の暗がりへ提灯をかざし、用心深く見廻した。

大江は黒羽織を翻し、帯の後ろに差した十手を引き抜いた。

雪駄の裏鉄を、ちゃらちゃら、と殊更に鳴らした。

後ろ姿に二間ほどまできた。背が高く痩せた男だった。何か思案しているみたいだった。犬がどこかで吠えていた。

「ちょいといいかい」――

大江が後ろ姿に呼びかけた。

「北の番所のもんだ。明かりも持たず、夜更けにこんなところで何をしてる」

後ろ姿は応えず、身動きもしなかった。

「応えねえならそこの自身番まで、ちょいとご同道願うことになるかもしれねえぜ。こっちを向いて、応えてくれるかい。手荒なことはしたくねえんだ」

「おい、旦那が仰っているんだ。顔見せろ」

文彦が大江の後ろから怒鳴った。

影が頷いたのがわかった。

「お役人さま、わたくしの顔を、お見せするのでございますか」

若い澄んだ声だった。

男の紺羽織と茶筅《ちゃせん》の髷が、小さく動いた。

大江はもう一歩、さらにもう一歩、踏み出した。

「文彦、提灯を近付けろ」

文彦が提灯を前へかざし、無造作に踏み出したときだった。

男の仕種は、黄泉《よみ》の闇の中でまるでふわりと舞ったかのようだった。

振りかえった翁《おきな》が、悲しげに、おかしげに、儚《はかな》げに、大江を見つめていた。

大江と文彦のどちらも、あ、と言ったきり、言葉が出なかった。

ただ、傍らで文彦のかざした提灯が音を立てて震え始めていた。

「久し振りだな、大江勘句郎。覚えているか」

大江の歯が鳴り、足がすくんだ。

世直党にかどわかされ、閉じこめられた真っ暗な、墓穴のような穴蔵の恐怖を思い出した。日本橋の高札場に晒された屈辱を思い出した。

逃げるか、とっ捕まえるか、一瞬、固まった。

翁の目の奥に生きた目が光っていた。

「てめえっ」

大江の声が裏がえった。

そのとき翁が、俊敏に大江に向かってきた。

大江は咄嗟《とっさ》に十手をかざした。

だがそれよりも早く、翁の長い強靭な鋼《はがね》のような腕が撓《しな》った。

拳が大江の腹にめりこんだ。

腹が、破れ太鼓のように鳴って、「あぷっ」と声と唾《つば》が噴き出た。

前のめりに折り畳んだ上から、うなじへ手刀が打ち落とされた。

痛みを覚える間もなかった。意識が遠のき、目の前が白くなった。
またかよ……
思いながら堤下へ転げ落ち、途中で気を失った。
一方、文彦のこめかみに、石飛礫がはじけた。
大江の旦那が堤下へ落ちていくのが見えたが、それどころではなかった。
次の石飛礫が上唇に跳ねて、文彦は耐え難い痛みに提灯を落とし、よろめいた。
「うぐ、うぐ……」
こめかみと上唇を押さえ、助けを呼んだ。
と、傍らから誰かに肉の盛り上がった肩をつかまれた。
小柄な烏《からす》だった。
道でゆらゆらと燃え始めた提灯が、人魂《ひとだま》のような炎を上げた。
大江の姿はもう見えず、翁がこちらを見ていた。
「ついてくるんじゃねえ」
烏の面の下で、烏の鋭い声が言った。
おれは別に、とうぐうぐ言いかけた文彦の太い足が払われた。
文彦の丸い腹と大きな身体が傾《かし》ぎ、神田川の水辺を覆う枯れ蘆《あし》の中へ、土堤の小石や土をまき散らして転落していった。

五

「よお、あんた、お杉さんだな」

光七と若い衆らが路地へ草履の怠《だる》そうな音を鳴らした。

神明前の七軒町の裏店だった。

突き袖をし、「おお、さぶいさぶい。せっかくの酔いも醒《さ》めちまうよ」と、七軒町のその路地へ戻ってきたお杉の前に、光七らが立ちはだかり、通せんぼをした。

若い衆の三人が提灯を提げている。

「あら、め組の頭取じゃあござんせんか」

お杉は提灯の灯に鉄漿《おはぐろ》を光らせた。

「うん？　おれのことを知っているのかい」

「光七親方でしょう。芝に住んで、め組の光七親方を知らない者なんていやしませんよ。め組は光七親方でもってる、光七親方は火消の中の火消だって、評判ですもの」

光七は胸板の厚い体軀をそびやかし、口元を歪めてお杉を見下ろした。

「ここがあんたの住まいかい。女ひとりにしちゃあ、結構いい店に住んでいるじゃねえか。なんぞ稼ぎがあるのかい」

お杉の住む裏店は、二階家のつらなる棟割長屋である。

九尺二間の最下層の裏店よりは、確かに少し高値だった。

「稼ぎなんてありませんけれど、以前世話になった旦那がありがたいことに残してくれたものが少しありましてね。世話をしなきゃあならない老いた親がいるわけではなし。気楽な独り身。あっしだって、後何年生きられるかわかりゃあしやせんから、ちょうど空きがあったので、これぐらいの贅沢《ぜいたく》はいいかって思い切りましてね。どうにかこうにか生きてきた、自分へのご褒美ですよ。けけけ……」

「ここへくる前は、どこにいた」

「深川です。でも前のことを思い出すと身震いが出るんで、話すの、いやなんです。ちゃんと知りたけりゃあ家主さんに訊いてくださいな。全部お話ししてありやす」

光七は、おめえみたいな薄気味悪い女の前のことなど知りたくねえんだ、という顔付きで舌打ちした。

後ろの若い衆らは、顔をゆるませもせず睨んでいる。

「今日の夕刻、日影町の裏新道で、うちの若い衆とお杉さんの連れに、ちょいともめ事があったらしいな。それなんだが……」

「はいはいはい、あれね。もめ事ったって、め組の若い衆が勝手にもめただけみたいですけどね」

「はいは一度でいいんだ。で、あの連れはお杉さんとどういうかかわりだい。滅法腕っ節が強かったじゃねえか」

「あら、強かっただなんて、光七親方、あの場を見ていらっしゃったんでやすか」

「見ちゃいねえよ。うちの若い衆から聞いたんだ。訊いてることに応えろ」

光七は取り繕《つくろ》って、殊さら煩わしそうに凄みを添えた。

若い衆の中には、夕刻の乱闘で無疵《むきず》だった二人が雑じっていた。

「あっしの郷里は上総《かずさ》の御宿《おんじゅく》でしてね。身寄りは殆《ほと》んどいやせんけれど、御宿には親類が少し暮らしておりやす。あっしみたいな年寄りが江戸で独り暮らしをしているのを気にかけた親類が、江戸見物にくる知人に頼んだらしく、頼まれた知人の方々が親切に婆あの様子を見に寄ってくださったんです」

「それが二人の男だな。若い男らだって、聞いたぜ。名前と宿は」

お杉は咄嗟に思い付いた名を言い、

「宿は馬喰町の、そのなんだったっけ」

と、額へ手をやり、思い出す素振りを見せた。

「ええっと、あのう……いやですね。年を取ると物忘れがひどくて」

「馬喰町の百姓宿かい」

お杉は考える素振りのまま頷いた。

馬喰町には、在の百姓が江戸見物や公事《くじ》があって江戸へ出てきたときに宿泊する百姓宿や公事宿が多くあった。

「思い出せねえか。その宿を」

光七が訝しげに睨んでいる。

駄目だ、思い出せない、とお杉はさばさばした笑顔を作り、

「で、その方々を河岸場へ見送りにいく途中、め組の若い衆が万庵先生に言いがかりを付けていたみたいだったので、見すごせなくてつい」

「婆あ、おれたちが万庵に悪さ仕かけたみたいに言うじゃねえか」

後ろで睨んでいた若い衆のひとりが言った。

「あら、そうじゃないんですか。万庵先生らがどんな悪さをなさったんでやすか。立派な腕の立つお医者さまと、町内でも評判なのに」

若い衆はうなった。

「お杉、誤魔化すなよ。御宿の田舎者がそんなに強えわけがねえだろう。見た目も田舎者らしくなかったと言うじゃねえか」

「けけけ……あの方々がなんで強くてなんで田舎者らしくなかったなんて、あっしが知るわけないじゃないですか。でもね、親方。田舎者だからって馬鹿にしたもんじゃありやせんよ。田舎者はこんな格好をするもんだと江戸の者が勝手に思ったって、そうはいきやせん。それに田舎にだって在の百姓相手に開いている剣術道場ぐらいあるんです。あの方々が強いんじゃなくて、め組のお兄さん方が弱すぎたんですよ」

「なんだとおっ〜」

若い衆が詰め寄った。

「なんですか。こんな夜更けにいい男たちが束になって、昼間の仕返しに、女ひとりの家に押しかけて脅そうってえんですか。打《ぶ》ちたきゃあ打ってくださいな。あっしは婆あだ。打たれてたとえ死んだって、今さら、命なんぞ惜しくありませんから。それともあっしを凌《りょう》辱《じょく》したいなら、どうぞ好き勝手に。いつだってやらせてあげますから。けけけ……」

お杉が着物の裾をからげ、笑い声をかき立て、赤い湯文字《ゆもじ》を見せ付けた。

赤い湯文字が夜目にもけばけばしく、それがお杉の風貌と相まっていっそう不気味だった。若い衆らが顔をしかめた。お杉の振る舞いに吹き出す者もいた。

裏店の住人が路地に顔を出し始めていた。

「みなさん、このお兄さん方はめ組の若い衆でね。これからあっしを仕かえしに痛め付けようって魂胆なんですとさ。あっしが殺《や》られたらこの人たちが殺ったんだって、お役人にはっきりと話してくださいな」

路地に出てくる住人たちの数がだんだん増えてきていた。

「だ、誰が痛め付けるって言った。ただ話を聞きにきただけじゃねえか」

若い衆が狼狽《うろた》えた。

光七がお杉を睨み、お杉は光七の睨みをぷいとそらした。

「お杉、おめえただもんじゃねえな。今初めて分かったぜ。婆あにしちゃあいい度胸だ。おめえのことを改めて調べさせてもらうぜ。今夜のところは引き上げる。ふん、おめえの素性には、案外、面白いことが見付かりそうだ。確かめるのが楽しみになってきたぜ」

「光七さん、火消が町方の手先の真似なんですか。お好きにどうぞ。元々、江戸は田舎者の集まりです。徳川《とくがわ》さまだって、元は三河のお百姓が刀差して天下さまになっただけ、というじゃありませんか。一人前の男なら、人のことをとやかく言う前に、てめえが何者か、まずそれを考えなきゃあね。けけけ……」

お杉は少しも動じる気配を見せなかった。

三之章　天下太平

一

翌日の夕刻である。

上野池之端新土手に瀟洒な二階家を構えた料理茶屋へ、大江勘句郎は上がった。

案内する女将《おかみ》の雪洞《ぼんぼり》の明かりが、磨き抜かれた廊下に映えていた。

「お客さま、お連れさまがお見えでございます」

女将が襖《ふすま》の前に跪《ひざまず》き、襖越しに声をかけた。

大江はうなじに痛みの残る首を、ゆっくり廻した。

襖の奥から声がかえってくるのに、廻し終わるまでの間があった。

「大江か」

「はい。ただ今、まいりました」

「入れ」

大江は襖の前に跪いて、卑屈に背中を曲げた。

襖を開けた女将に、「どうぞ」と促され、大江は膝から八畳の座敷へ滑りこんだ。

続き部屋の襖を隠す比翼鳥《ひよくどり》を図柄にした六扇屏風《ろくせんびょうぶ》が立てられ、屏風の前に鳥居耀蔵と林家奥女中の笛がいた。

銘々膳に酒や料理が並んで、鳥居の目は酔いに早くも赤くなっている。

笛は大江が部屋に入っても、鳥居にしなだれかかった振る舞いを正さなかった。

濃い緑に白、黄、薄桃の牡丹《ぼたん》をあしらった錦繍《きんしゅう》の打掛の下に、白い小袖の胸襟が乱れて、それが笛をひどく横柄で、淫《みだ》りがましく見せていた。

部屋は一基の行灯しかなく、薄暗かった。

鳥居は貫紬《ぬきつむぎ》胡麻柄の袷《あわせ》に、寛《くつろ》いで袴は脱いでいた。

鳥居の浅黒い顔が、薄暗さの中で不鮮明な分、いっそう不機嫌そうに見えた。

陶の火鉢に明々と熾《おこ》る火が、部屋をむっとするほどに暖めていた。

屏風の下の刀架には、黒鞘に茶色撚糸《ねんし》ひねり巻の柄《つか》の二刀が架かっている。

女将が鳥居の後ろで襖を閉じると、大江は鳥居の前へ進み、刀を右に置いて手をついた。

「お寛ぎのところお邪魔いたします」

鳥居は、ふむ、と頷き、笛の酌で盃を傾けた。音を立てて盃をすすり、

「で？」

と、言葉を惜しんでかえした。

大江は手をついたまま言った。

「天保世直党の一味が、江戸に舞い戻っております」

盃を膳に落とす音がした。

「手を上げよ、大江」

鳥居にしなだれかかっていた笛が、不機嫌そうに身を離していた。

大江は、近ごろ鳥居の側にいつも侍っているこの奥女中と反《そ》りが合わなかった。見られるたびに、町方風情が、と卑しまれている気がしてならなかった。大江は笛と殊さらに目を合わせぬふうにした。

「何があった」

鳥居の黒ずんだ顔が、急にむくんで見えた。機嫌が本当に悪くなったのだ。

「は、昨日、芝の光七を例の一件で訪ねました。光七がお膳立てをし、町方が一報を

受け、松井万庵捕縛に動く、という手筈を確認いたしたその後で、万庵には門弟もおりますゆえ、どういう連中か、探りを入れてみようと話が決まり……」

　昨日夕刻の日影町通りの顚末《てんまつ》を、大江は語った。

「そこで、気になりましたので、二人の後をつけ宿がどこかを確かめることにいたしました。光七にはお杉という女が二人とどういうかかわりか、念のため訊き出しておけと、指示をいたしました」

　それから夜五ツすぎ、松井万庵の裏店から出てきた二人の後をつけた。

「柳原堤まで二人の後をつけてきたところ、二人が急にわれらの前から姿をくらましてしまったのでございます。しまった、悟られたかと、慌てて追いかけた途端、われらの前に、突然一味が、つまり世直党の翁、般若、鬼、烏、猿の面をかぶった五人が現われ、襲いかかってきたのでございます」

「襲いかかってきた？　五人でか」

「さようでございます」

　大江は目を伏せて言った。

「われらは手先の文彦と二人。文彦に十手を渡し、わたしは刀を抜いて数合斬り結びましたが、何しろ五人と二人。多勢に無勢でございました。捕まえるどころか、自分の身と斬り合いには慣れていない文彦を守るのに手いっぱいで、とうとう……」

「逃げられたのだな」

「はい。捕縛の好機を逸してしまい、面目ございません」

首筋に残る痛みを思い出した。

丸くなった背中と肩をすぼめ、さとられぬように首をわずかに傾《かし》げた。

すかさず、鳥居が訊いた。

「どうした」

笛が嘲笑を浮かべている。

「いえ。少し疲れが」

咄嗟に応えた。すると笛が、ほほ、ほほほ……と、堪え切れずに笑い声をまき散らした。ひとしきり笑った笛が訊いた。

「大江どの、世直党とは、今年《こんねん》の夏、米河岸の仲買商らをかどわかし、六千両の身代金をせしめた賊でございましょう?」

「さようです」

「大胆にも、町方の大江どのをかどわかし、隅田川で晒し者にし、日本橋の高札場に戯れ文を付けて捨てた、あの賊でございましょう?」

思い出したくないことをしつこく訊いた。いや味な女である。

「はあ、まあ、さようで」

「それはせっかくの機会を逸しましたな。恥を雪《そそ》ぐ好機でしたのにな。ほほほ……」

笛はいや味ったらしく殊さら声を響かせた。

「大江、ゆっくりしてゆけ。膳の用意をさせる」

考えこんでいた鳥居が言った。

「いえ。わたくし、これからまだ用がございますので、ご遠慮いたします」

「ならば一杯呑んでゆけ。笛、ついでやれ」

「あい」

笛はしんなりと応え、片手に提子《ひさげ》、片手に盃を取って打掛の裾を、気怠《けだる》そうに引きずった。打掛の下の小袖の胸襟がしどけなくはだけ、胸の白いふくらみが見えた。

それを見せ付けるように胸を反らせて大江の傍らに座し、嫣然《えんぜん》とした。

「大江どの、どうぞ」

白く細い指が盃にねっとりと絡み付いている。

笛の赤い唇が濡れ、白粉の匂いが鼻を突いた。

この場で押し倒し、思い切り凌辱してやりたい欲望にかられた。

大江は盃を取り、「ちょうだいいたします」と、笛の酌を受けた。

ふ、ふ、と笛は大江を見つめて笑った。売笑とはよく言ったものである。

「お杉という女は怪しいな。どういう女だ」

盃を戻した大江に、鳥居は訊いた。

「若いころは深川の売女《ばいた》で、年を取って岡場所の女郎屋の遣り手をやっておりました。傍ら、女郎の産んだ子を始末したり捨て子を売り買いする稼業に手を染めておったようです。十年ほど前より消息は知れなかったのですが、世直党が江戸より姿をくらました後、一味のねぐらであった深川洲崎の船宿・弁天で、端女《はしため》に雇われておったことがわかりました」

「何い？　世直党のねぐらでか？」

薄暗い中にこぼれた鳥居の苛立《いらだ》つ声が太い。

「そんな怪しい女を、町方はなぜ放っておいた」

「わたくしは負傷を負い、養生いたしておりましたので詳しい経緯は存じません。取り調べた町方によりますと、自分は何も知らず端女に雇われただけだと言い張りましたし、証拠もなく、また六十近い女でもあり、そんな女がまさかあの世直党の一味なわけがないと考えた模様で、解き放っております」

「馬鹿がっ」

鳥居が盃を膳に叩き付けた。盃がはじけ飛び、畳に転がった。

ほほほ……と、笛がまた笑った。

笛は鳥居の隣へ戻っており、新しい盃を鳥居に差し出した。

「殿さま、ささを召し上がり、お気をお鎮めなされ。町方の手際の悪さは今に始まったことではありますまい。ほほほ……」

鳥居の浅黒いむくみ顔が、ずる、と盃をすすった。

「お杉はすでに捕えたのであろうな」

「それが、今朝ほど芝の裏店に向かいましたが、芝居見物とか申して、早朝より出かけておりました」

かあぁ、と鳥居は町方の後手が嘆かわしいと声を上げた。

「あいや、逃げたのではありません。家財道具衣装そのほか普段のままで、そろそろ戻っておるころと思われます。手の者を張りこませており、戻り次第拘束し、わたくしがいくのを待てと命じてあります。これから芝へ出かける所存でございます」

鳥居は顔をそむけた。唇を尖らせ、垂れかかった頰が醜い。笛の酌を黙って受けている。笛には妙に甘い男だった。

「大江、世直党のことは誰かに話したか」

「話しておりません。知っておるのはわたくしと手先の文彦、それに口の堅い二、三の手の者だけでございます。まず殿さまにお伝えし、ご指示を仰いでからと思いましたもので」

「よかろう。世直党のことは一切、誰にも知られるな。いいか、ほかの町方にもだぞ。どんなやつを使ってもかまわん。金は出す。世直党の探索は、おまえとおまえの息のかかった者らだけで徹底してやれ。繰りかえす。隠密に事を運べ」

「はあ。さすれば、松井万庵はいかがいたしますか」

「ほかの町方と代われ。どうせ光七らにやらせるのだ。町方は光七らのやった後始末をするだけだから、誰がやっても同じだろう。洋学者どもを潰すのはさほど難しくはあるまい」

「承知いたしました」

「それからお杉を捕えたら、大江自らが徹底して問い質せ。その女、間違いなく世直党とかかわりがあるはずだ。女だろうが年寄りだろうが手加減はいらん。責めて責めて責め殺して構わん。洗い浚《ざら》い吐き出させろ。生きていることを後悔させてやれ。人の売り買いなどをやりおって、とんでもない無法者。死んだとて誰も気にはかけん」

大江は鳥居の憎悪のこもった言葉に、一瞬、背中が寒くなった。

二

新宿より幡ヶ谷《はたがや》、代田《だいた》、松原《まつばら》をすぎて、下高井戸《しもたかいど》宿へ入ったとき、冬の空はとっぷりと暮れていた。

野羽織に裁《た》っ着《つ》け袴《ばかま》、菅笠をかぶり、背に小さな荷物を背負っただけの軽微な旅姿の侍二人連れが、宿場の旅籠にその夜の宿を取った。

侍らは旅装束も解かず、旅籠の用意した晩飯を急ぎしたためた。

晩飯の途中、二人のうちの若い方の侍が膳を用意した小女に、下高井戸の近在である上北沢村《かみきたざわむら》の百姓・里助《りすけ》の住まいを訊ねた。

小女は里助を知らなかった。

「上北沢村の者がおりますので、訊いてまいります」

小女は座をはずし、ほどなく戻ってきて、

「上北沢村に里助さんというお百姓さんはいらっしゃいます。里助さん夫婦に里助さんの両親、子供ら、それから里助さんの嫁さんの父親が暮らしております」

と、返事をもたらした。

「ふむ」

侍はもうひとりの年配の侍へ目配せし、年配の侍は「それです」と応じた。

「今宵訪ねたい。誰ぞ夜道の案内を頼めぬか」

年配の侍が小女に言った。

「承知いたしました」

小女が応えた半刻《はんとき》後、道案内の者の提げる提灯の明かりに導かれ、二人の侍、目付・甘粕孝康と小人目付・森安郷は上北沢村の里助の百姓家の前庭へ通った。

暗い庭の左右に馬小屋のある納屋と主屋の影が見え、木枯らしが主屋の後ろの木々の間で鳴っていた。庭の周りには野菜畑が黒く沈んでいる。

表戸の腰高障子にほの明かりが透けて見えた。

案内の男が屋内に声をかけ、三十すぎの女房が出てきた。

女房は、庭の暗がりの中に待っていた孝康と森へ腰を折った。

「お寒い中、江戸よりわざわざご苦労なことでございやす。どうぞお入りくだせえ。お父っつあんを呼んでめえりやす」

女は孝康らを導き、庭と呼ぶ百姓家屋内の、奥に竈《かまど》のある広い土間から囲炉裏端《いろりばた》に上げた。囲炉裏端は板敷で、庭の土間では燭台《しょくだい》の火の下、亭主の里助と思われる男が筵莫蓙《むしろござ》に座って藁縄《わらなわ》を編んでいた。

農家の朝は早い。老人や子供らはもう休んでおり、里助夫婦で藁縄を編んでいたのだろう。

女房が孝康と森、板敷の上がり端に遠慮してかけた案内の男に熱い番茶を出した。

「造作をかけるな」

女房は「どういたしやして」と応え、父親を呼びにいった。

大伝馬町で三十年近く前より営んでいる古い飛脚屋を一軒一軒当たって、飛脚の角八を訊ねた。

小岩村の番太・江次郎の話では、およそ二十八年前、角八が赤ん坊を抱いて現れたとき、年は三十半ばぐらいだった。

となると今は六十を越え、生きていたとしても飛脚は辞めていると思われた。

角八は大伝馬町の古い飛脚屋で旅飛脚をやっていて、今は六十四。十年前、旅飛脚には辛い年ごろになり、飛脚業から足を洗い、唯一の身寄りである娘が嫁いだ多摩郡・上北沢村の百姓・里助の元に厄介になっていた。

角八は娘の嫁いだ農家を手伝い、健在に暮らしているらしい。

それがわかったのは今朝だった。

孝康と森はすぐ身支度を整え、朝の四ツすぎ、江戸を立った。

甲州道を急ぎ足に歩き通して、早い夕暮れの迫るころ、下高井戸宿に着いた。

娘の後に現れた角八は、茶の縞の綿入を羽織った中背の瘦せた男だった。

白髪雑じりの薄い髪で小さな髷を結い、やはり白髪雑じりの無精髭を伸ばしていた。

江戸より公儀の偉い役人が、しかも日もとっぷり暮れてからきたというので、怯《おび》えた目をしていた。

女房は父親にも茶を出し、そうして土間の亭主と向き合って、藁を叩き始めた。

孝康は改めて名乗り、「早速……」と用件を切り出した。

土間に藁を叩く音が寂しく鳴り、空風が主屋の板戸をとき折り震わせた。

角八は腕組みをして目を閉じ、孝康の話を聞いた。

孝康の話がすむと、角八は眉間に寄せた皺《しわ》を黄ばんだ指先でさすった。

「そんなに前のことを、もうちゃんと覚えてねえでがす」

そうして、囲炉裏端の枯れ木をぽきりと折り、囲炉裏の火にくべた。

囲炉裏には天井より吊るした自在鉤《じざいかぎ》に鉄瓶《てつびん》がかかっていた。

孝康は、土間の里助夫婦や板敷の上がり端《はな》にかけ、用のすむのを待っている案内の男らを気遣い、声を落として言った。

「角八、わたしはご用の筋である男の素性を調べている。あくまで内々の務めゆえ、詳しく話すことはできん。またすぎた昔の行いを咎《とが》めるためにきたのでもない。もしそうなら陣屋の手代をともなってきている。ほぼ間違いなく、二十八年前のことだ。二十八年前、おまえは幾つだった」

「へえ、三十六でごぜえやした」

「おまえには女房と、七ツになる娘がいたな」

角八は応えなかった。

角八の娘は百姓・里助の女房になり、子を産み、それから十年前、飛脚を辞めた父親を引き取った。

娘は今、土間で藁を叩いている。

「小岩村の江次郎はおまえのことを覚えていた。なぜなら、およそ二十八年前、おまえから買った赤ん坊はどこか特別なところのある子だったからだ。江次郎は売るのが惜しいと思ったらしい。赤ん坊はそれから二年半、江次郎の納屋で生き延びた。おまえも知っているな。あの納屋だ」

やはり角八は応えず、顔を伏せ、眉間の皺を指先でさすっている。

「角八、もう察しが付いておるだろう。われらはご用の筋でその赤ん坊の素性を探ろうとしておる。おまえの話を聞けば、われらは明日朝早く江戸へ戻る。おまえはわれらに話したことも、われらがきたことも忘れて、今まで通り暮らせばよい。それだけのことだ」

森が角八の気持ちに言葉を添わせた。

角八は弱々しく頷いた。

空風に吹かれて板戸が鳴った。

藁を叩く音が眠気を誘い、上がり端にかけた案内の男がうつらうつらとし始めた。

「あっしは、十六のときから飛脚を始めやした」

角八は話し始めた。

「二十四のとき旅飛脚になって、給金もうんとよくなり、女房をもらいやした。娘が生まれたんでやすがね、あの子が二歳のとき、あっしが飛脚旅に出ている間に女房が娘を置いていなくなりやしてね。男ができたらしゅうごぜいやす。あの子は十三の年まで、あっしのお袋、つまり祖母《ばぁ》ちゃんに育てられやした」

土間で藁を叩いている里助の女房を、角八はちらりと見た。

「あの赤ん坊は覚えておりやす。と言ったって、お侍さまのお調べにどれほど役立つか、あっしは殆んど何も知っちゃあおりやせん。そう、あれは今年《こんねん》を入れて足かけ二十八年前、春に仙台までの飛脚旅に出たときのことでごぜいやす。仙台から水戸への飛脚があり、水戸より水戸街道を江戸へ戻る長い旅だった。仙台のご城下を出て、田畑も途絶えた野っ原でごぜいやした。春とは言え、まだ寒い朝の白み始めた刻限、道筋に旅姿はなく、あっしは独り急いでおりやした。すると道の先の野っ原で、小さく数人の人影が見えたんでやす。どうやらそれが、数人の侍たちが刀を振り廻して斬り合っているところに、いき合わせたらしいとわかりやした。あっしは恐いのが半分、そそられる半分で、木立や草むらに身を潜めつつ、斬り合いの場に近付いていったんでごぜいやす」

角八は覚えを確かめるため、短い間を置いた。

「白み始めた朝靄《あさもや》の中から、かんかんと刀の打ち合う音や、怒鳴り声なぞが聞こえてめえりやした。どっちかが不忠者みてえにののしっていたが、ちゃんとは覚えておりやせん。あっしは斬り合いの場に近付いて、見付からねえように木立の間に身を潜めやした。そしたら、そう、ひふうみい……」

角八は首をひねり、覚えをさらにたどってしなびた黄色い指を折った。

「ひとりの旅姿の侍が五人の侍に囲まれて、斬り結んでいたんでごぜえやす。侍は若かったし腕は立ったと思いやすが、五人とひとりじゃそりゃ敵《かな》うわけがねえ、だいぶ疵付けられて着物が血に染まっておりやした。それでも五人組の方にも負傷した者がいるみてえで、なかなか勝負はつきやせんでした」

「盗人、追剝《おいは》ぎの類《たぐい》に旅の侍が襲われたふうではなかったのか」

孝康が訊いた。

「そんなふうではごぜえやせんでした。両方とも扮装《いでたち》が、お城勤めの身分のあるお侍方に見えやした。なんぞ遺恨があって、斬り合いになったような、そんな様子に思われやした」

「怒鳴り声やののしり合ったりする中で、人の名前や、あるいは土地の名前らしきものは聞かなかったか」

ふううん、と角八はうなった。それから、

「ひがき……」

と、呟いた。

「そうだった。ひがきだ。ひがき、なんとか、ひがき、どうだか、なんぞと血だらけの方が三度くれえ叫んだと思いやす。それが人の名か土地の名か、ほかの何かの名かはわからねえが」

「ひがき、と言ったのだな」

孝康は繰りかえした。

「わかった、続けよ」

「へえ。そのうちにひとりの方は倒れて、野っ原を這い廻りながら必死に防いでおりやした。侍が討たれるのは目に見えておりやした。こりゃもう駄目だ、そろそろ終わりだな、可哀想に、と思いやしたが、あっしにはどうすることもできやせん。誰ぞ通らねえかな、と周りをちらちらと見廻したんでございやす。そしたら、ふと、誰かの目が見えた気がしたんでございやす」

角八は口をへの字に結び、煤《すす》けた天井へ顔を上げた。

「周りに人影はまったくございやせんでした。野っ原で斬り合いをしている侍だけでございやした。けど不意に、後ろの方からあっしを見ている目付きを、あっし以外に誰もいねえのに感じたんでございやす。あっしはぞっとしやした。侍らの仲間があっしに気付いて、斬り合いに気を取られている内に、そっと後ろへ廻られたかと思いやしてね。あんなに恐ろしかったことは飛脚になって初めてだった」

女房の藁を打つ音が、途切れた言葉の隙を埋めた。

「こうなりゃ仕方がねえ。あっしは飛脚荷物を葛籠《つづら》で担いでおりやした。それをしっかり担ぎ直し、道中差を握り締めて周りの草むらや木立の間を見廻しやした。やっぱり誰もいねえ。変だ、誰なんだ、出てきやがれ、と呟いたそのときでやした。あっしから二間ほどしか離れていねえ草むらの中にその目を見つけたんでごぜえやす。草むらの間からあっしをじっと見ている人の目が、間違《まちげ》えなくあったんでごぜえやす」

角八は恐る恐る、草むらの目に近付いた。

確かに人の目だったが、悪意や残忍さはこもっていなかった。

近付きながら角八は、それが子供の目だということに気付いたのだった。

角八は跪き、草むらをそっとかきわけた。

「なんとその目は、産衣《うぶぎ》にくるまれた赤ん坊の目だったんでごぜえやす。赤ん坊が、つぶらな目で、泣きもせず、きょとんと、あっしを見上げているんでごぜえやす。驚いたというか、呆れたというか、胸がどんどんと鳴りやした。あっしはどうしていいか、わかりやせんでした。赤ん坊を抱き上げていいのか、よくねえのか……」

孝康は唾を飲みこみ、喉《のど》が鳴った。

森は微動だにせず、聞き入っている。

「けどそのとき、野っ原の斬り合いに勝負がついて、五人組が喚いていたんでごぜえやす。子供はどこだ、探せ、と。咄嗟に思ったんでごぜいやす。子供が、赤ん坊が斬られる、って。五人組のあの喚き声が、深《ふけ》え考えもなくあっしにそう気付かせたんでごぜえやす。あっしは思わず赤ん坊を抱き上げ懐にぎゅっと抱いて、五人組に見付からねえように草むらの間を這いつくばって、その場を必死で逃れたんでごぜいやす」

角八の後方で、見付かったか、だめだ、いない、どこだ、探せ、と言い合う声が聞こえていた。いい子だ、泣いちゃあいけねえ、泣いちゃあいけねえ、と懸命にあやしつつ角八は草むらの中を這った。

「赤ん坊は泣かなかったのか」

森が不思議そうに言った。

「泣きやせんでした。あっしの懐の中で、あぶあぶ、と何か言いかけていたんでやすがね。それが、早く早く、と言ってるような気がしてきて、あっしはわけもわからないのに泣けてきて、この子はなんとしても助けなきゃあ、と思ったんでごぜえやす」

助けなきゃあと——角八は繰りかえし、眉間の皺を指先で撫《な》でた。

その飛脚旅で、角八はたまたま連雀《れんじゃく》で葛籠を背負っていた。

赤ん坊をその中にすっぽりと寝かせることができた。

赤ん坊は、目のぱちりとした愛くるしい男児だった。

くるまれていた産衣も、高価な布地だった。きっと、身分の高い侍の家の子に違いないとは思った。だがこの子は、自分がこうして助けるしかないのだ、と角八は思っていた。

なぜそう思ったのかと問われれば、それは赤ん坊の何かがそう思わせた、と言うしかなかった。

赤ん坊は大人しく、角八に怯えることなくなつき、殆ど泣かなかった。

空腹とおしめを替えて欲しいときだけ、まるでおのれの境遇に気付いているかのように遠慮勝ちに泣いた。

角八は重湯を拵《こしら》え、赤ん坊の乳代わりにした。替えの褌《ふんどし》を切り分け、赤ん坊のおしめを何枚か拵えた。

番所は赤ん坊を葛籠に入れて通った。

番所の役人は、飛脚の通行手形を見せれば、荷物の中身は確かめなかった。

仙台から二本松《にほんまつ》、棚倉《たなくら》をへて水戸へ出た。

水戸を出るころまでには、この子とは神さまの導いた縁《えにし》がある、お袋に面倒を見てもらっている七歳の娘と同様に自分の子として育てよう、と決めていた。

女房が藁を打っていた。

「あっしは、こっちが嫌いじゃござえやせんでした」

それから角八が嗄《しゃが》れ声で言った。

「女房が男と駆け落ちしてから、あっしはちょっとやけになりやしてね。以前より博奕にのめりこんでおりやした。飛脚屋の給金ならそれなりに暮らせるのに、博奕に使っちまって、お袋と七歳になる娘に貧乏をさせておりやした。借金も拵えて……江戸がだんだん近付くにつれ、おまえがこの子をどうやって育てるんだ、おまえなんかに育てられるのか、という迷いが兆し始めやしたんでごぜえやす」

角八は、咳払いをひとつした。

「仙台の野っ原で斬り合いに出くわし赤ん坊を拾ったときは、放っては置けねえ、なんとしてもあっしが助けろと神さまの思し召しなんだと、殊勝な心がけで赤ん坊と旅を続けている内に、駄目な男とはそういうもんなんでやしょう、おれにゃあ無理だ、考え直せ、と自分で自分に言いわけを拵えて、赤ん坊をどう始末するか、その事でいつの間にか頭が一杯になっておりやした」

後は――と言いかけて、角八は口をつぐんだ。うな垂れ、肩をすぼめた。

「後は小岩村の江次郎に売り払って、金に換えようと思ったのだな」

角八は小さく頭を下げた。

「道端に捨て子をするより江次郎に売る方が、まだ赤ん坊にはましなことなんじゃねえかと、考えやした」

角八の声が細くなった。

孝康と森は顔を見合わせた。

「あっしは愚かな男でごぜえやす。女房に逃げられ、年を取って蓄えもなく、娘夫婦の世話になっておりやす。小岩村の江次郎に赤ん坊を売ったとき、赤ん坊が初めて、火が点《つ》いたように泣き出しやしてね。それまで一度もそんな泣き方をしたことがなかったのに。あの泣き声はいまでもあっしの耳に聞こえやす」

角八はうな垂れ、洟《はな》をすすった。

女房の藁を叩く音が寂しく流れ、木枯らしが主屋の板戸を震わせていた。

三

夜になって吹き始めた木枯らしが、汐留橋《しおどめばし》をくぐる暗い汐留川にさざ波を立てた。

風が強くなり、汐留橋の河岸場に係留した川船が、船縁を叩いてゆれていた。

汐留橋北詰の木挽町《こびきちょう》七丁目、汐留川から分かれた三十間堀端に土手蔵が立ち並んでいる。その土手蔵に挟まれた古い引手茶屋《ひきてぢゃや》が、店の明かりを堀に落とし、水面を乱す風に明かりがゆれていた。

引手茶屋の二階は座敷で、一階は緋毛氈《ひもうせん》を敷いた入れ床に客が思い思いにかけ、酌婦を相手に酒が呑める酒場になっていた。

店にはじゃれ合う客と女の嬌声とあけすけな笑い声が、夜更けまでつきなかった。

白粉をべったりと塗りたくった大年増の女将が店を仕切っていて、客が入ってくると、酌婦たちは女将に併せて一斉に、

「お帰りなさいませ、旦那さまあ」

と、高々と声を揃えるのであった。

おらんだ医師・町村広助は、その引手茶屋の定客だった。

夜になって木枯らしの吹き始めた六ツ半すぎ、町村は露月町の九尺二間の裏店で、本を読んで医術の勉学に励むか、でなければひとり布団にくるまって寝るだけの寂しさに耐えかね、袷《あわせ》の上に布子の半纏を羽織って路地のどぶ板を鳴らした。

同じ棟割長屋の一軒置いた店《たな》に後輩の秋五が暮らしているが、秋五は町村が木挽町のその引手茶屋へ誘っても滅多に付き合わなかった。

清貧に甘んじる松井万庵の元で医師を務め、金銭に余裕のある暮らしとは無縁であったし、遊興に耽《ふけ》るときを惜しんで医術の向上に打ちこむ志の高い医師だった。

町村とて、今の秋五と同じ二十五、六のころは、世のため人のためにつくす医師であろうと恩師・松井万庵の元で日々の研鑽に励んでいた。

十代のとき、新発田生まれの高名な洋学者で、新発田藩溝口《みぞぐち》家の招へいにも応じず貧しき人々のために芝の診療所を開くおらんだ医師・松井万庵の門を叩いた。

溝口家役方の下級武家の家督は兄が継ぎ、町村は部屋住みの身だった。町内でも評判の優秀な子供だった。

主家の許しを得て、江戸の万庵の門弟になった。万庵の勧めで長崎に留学して六年、おらんだ医術を学んだ。江戸へ戻り、万庵の診療所の医師になった。

診療所には万庵の優れた医術に救いを求め、貧しき人々が連日あふれていた。

一日とて休むことのできぬ日々だった。

「医は仁術ではない。仁術であらねばならぬのだ」

万庵は町村にそう言った。

実践と経験こそが師だ。病に偽りはない。すべてが実事《じつじ》だ。その実事をつぶさに見よ。実事をおのれに都合よく解釈するのは学問の道ではない。万庵はそうも言った。

万庵の元で、富や名声、身分には目もくれぬ一本道だった。

潔い。それでよかった。

秋五は町村より五つ下の後輩だった。

野州の貸元の倅と聞いたが、町村が驚くほど優れた男だった。

向学心にあふれ、万庵を心より崇拝し、そのうえに胆力と男気を備えていた。

ともに万庵の元で医師を務めながら、秋五はいつの間にか町村より優れた医術を身に付けていた。武家の血筋を引く自分が、貸元とは言え、所詮、元は百姓の倅に劣るなど、あってはならぬことだ。

町村の心底に、秋五に負けられぬ、という焦りがあった。

けれども、来春、三十一になる町村は、そんな日々に倦《う》み疲れ始めていた。

人々のためにつくす、その志は失っていない。清貧を厭《いと》いはしない。だがせめて、家業の医家を世襲しただけの医師の半分でも豊かであって欲しい。

このままでは妻も迎えられぬ。

町村は半年ほど前から、木挽町七丁目のその引手茶屋の定客になった。

茶屋に付けがだいぶ溜まっていた。

「いいんですよ、せんせ。でね、うちの子が、また孕《はら》んじまったんですよ。もう馬鹿なんだから。せんせ、例のお薬、またなんとかなりません？」

引手茶屋の女将はそう言って、付けの溜まった町村を遊ばせてくれる。

一日、引手茶屋にいくのを控えると、翌日はもう我慢ならなくなった。茶屋の店先で客引きをしている若い者が、「先生、お帰りなさいやし」と掌を摺《す》り合わせ、町村を店内へ導いた。

「お帰りなさいませ、旦那さまあ」

二、三人の女たちが小走りに駆け寄ってきて、町村を脂粉の香りでくるんだ。入れ床の席へ着き、女たちにじゃれ付かれた。

最初の二、三杯で町村は何かしらの憂さが霧消していく心地よさを覚えた。付けは溜まる一方だった。明日から頑張る。なんとかなる。今がよければいいではないか。くるたびにそう自分に言い聞かせた。

女将がすぐ酌をしにきた。

「せんせ、昨日はどうしていらっしゃったの。お待ちしていましたのに。あんたたちも、先生にお酌ばっかりじゃなくて、お酒、おごっておもらい」

はあい。お酒、どんどん持ってきて。先生、ごちそうになりまあす。

女たちがはしゃいだ。

四半刻後《しはんとき》、町村は酌婦の胸をまさぐったり、湯文字の奥に手を突っこんだりと、女たちをきゃあきゃあ言わせ、すっかり上機嫌だった。

「町村先生、昨日はうちの若い衆らがご迷惑をおかけしたそうで、すまなかったねえ」

「あん?」

女から顔を上げた町村の前に、いつきたのか、め組の頭取の光七が胡坐《あぐら》をかいて座っていた。光七は片肘《かたひじ》を膝にのせ、斜に構えて町村をのぞきこんでいた。

入れ床の周りには、五人ばかりのめ組の若い衆が囲んでいた。

光七はにやついているが、若い衆らはにこりともしていなかった。

口元に火傷の跡が見覚えのある顔が雑じっていた。

「あ、あなた、方は……」

町村は周りを見廻し、言葉が続かなかった。

上機嫌だったのが、急に酔いと興奮がさめた。

女たちがこそこそと町村の隣から離れていった。

引手茶屋は自分らのほかに客がいないことに、そのとき町村は気付いた。

壁にかけた行灯が、閑散とした茶屋の土間や床の緋毛氈を照らしていた。

外の木枯らしがうなっていた。

女将の姿も酌婦たちの姿も見えなかった。

「まあまあ、町村先生、昨日のお詫びに酌をさせていただきやす」

光七が銚子を傾け、町村の猪口《ちょこ》に酒をついだ。

「どうぞ、先生。ぐっとひとつ」

言われるまでもない。その酒は町村の頼んだ酒である。

だが町村は肩をすぼめ、うな垂れていた。

侍なのに剣は苦手だった。子供のころから、相撲をやっても柔術をやっても年下の子に負かされた。ましてや、万庵先生の言い付けで、刀は帯びていない。

「こいつらも散々叱っておきやした。とんでもねえことだと。おめえら、町村先生にちゃんとお詫びしろ」

五人が一斉に「相すみやせんでしたっ」と頭を下げ、その威圧に町村は怯んだ。

「先生、こいつらもこう言っておりやす。勘弁してやってくだせえ」

光七は、町村が震える手で口へ運んだ猪口に酒をつぎ足した。

「と言ってね、口先だけで詫びをすまそうなんて、あっしら、そんな虫がいい考えをする男じゃねえ。お詫びの徴《しるし》に、今夜は先生にいい話を持ってきたんでやす。有体《ありてい》に言えば、金になる話なんでやすがね」

光七はわざとらしく、ほかに客も女もいない店を見廻した。

「ここの女将の話じゃあ、町村先生、だいぶ付けが溜まっておりやすね。思うに、先生の今の稼ぎじゃあ、かえすのに相当苦労する金額になっておりやすぜ。大丈夫なんすか、町村先生」

町村は生唾《なまつば》を呑みこみ、喉を鳴らした。

「あっしはね、町村先生ほどの腕の立つ医者が、これくれえの茶屋遊びをする金になんで困っていらっしゃるのか、不思議でならねえんです。先生ほどの医者なら、もっと稼ぎがあるのが世間じゃ常識ってもんでしょう。美味い料理を食い、上等の酒を呑み、仕立てのいい着物を着て、立派なお屋敷に住み、別嬪《べっぴん》のお内儀がいて、町のお歴々と付き合いをするのが、当たり前の医者ってもんでしょう」

斜に構えた光七は皮肉な笑みを浮かべ、町村を見つめている。

町村は猪口の冷えた酒をひと息に呷《あお》った。

「そんなに金に困って、町村先生、何が面白くって、何が楽しくって医者をやっていらっしゃるんでやすか。先生は一体誰のせいで、そんな辛《つれ》え目に遭わされていらっしゃるんでやすか。露月町のあんな小汚《こぎたね》え裏店に住んでちゃあ、一生、別嬪のお内儀はもらえやせんぜ」

「わわ、わたしは、貧しき人々のために、役に立つ医者で、ままま、満足です。そ、それが、万庵先生の教えです」

町村はようやく言った。三十間堀を木枯らしが吹きすさんだ。

光七は町村を睨んだままだった。だが、
あは、あは、あははは……

と、唇をへの字に歪めて、笑い声をこぼした。

町村を指差し、傍らの若い衆らを見廻した。

「貧しき人々のためにだとよ。あはは、あははは……」

光七は町村へ顔を戻し、肩をゆすって笑い続けた。

ふふ、へへ、と、若い衆らは光七に誘われ、町村を嘲笑した。

光七がひとしきり笑ってから言った。

「あはは……あは、立派だね。気恥ずかしくって、背中がむずむずしやすね。けど、なんでそんなにまでして、万庵のじじいに義理をつくさにゃあならねえんです、町村先生。どんな負い目が、万庵にあるんでやす。先生がお望みなら、あっしがその負い目を取っ払って差し上げやすぜ」

町村は顔を上げられなかった。

「どうです。あっしらに力を貸して、いただけやせんか。ただ力貸せって、言うんじゃありやせんぜ。礼ははずみやす。ここの付けを全部綺麗にして、たっぷりお釣りがくる。それにこの話が上手く運べば、町村先生が診療所を開くのに、今度はあっしの方が力を貸しやすってえ話だ。悪かあねえでしょう」

町村が、えっ、と光七を見かえした。

「万庵の小汚え裏店じゃねえ。芝一、いや江戸一の立派な診療所を建て、綺麗な住いもあって、江戸中のお歴々が江戸一の町村先生に脈を取ってもらうためにくるんでやす。先生が芝の大店や老舗《しにせ》を、弟子らを引き連れひと廻りすりゃあ、もうそれだけで後は弟子らの仕事ぶりを見ていれば一日が暮れる。先生のお内儀に是非わが娘を、と身分家柄のいい家から縁談が次々に持ちこまれやす」

「し、芝には、万庵先生がいらっしゃいます」

「万庵のじじいなんぞ、芝に住めなくなるんですよ。洋学なんぞで人をたぶらかす、ああいうならず者は、芝に住まわすわけにはいかねえでしょう。どうです、万庵の尻にいつまでもくっ付いて貧乏暮らしするのは、そろそろ終わりにしやせんか」

町村の手が、いっそう激しく震え出した。

万庵先生が芝に住めなくなる。えらいことになった。町村は思った。

その一方で、自分の診療所が持てる、貧乏暮らしから抜け出せる、と甘いささやき声が町村の心底にうっ積する不平不満を慰撫《いぶ》した。

郷里の父や母に自慢ができる。父上母上、わたくしもようやく江戸に診療所を開くほどの身代になりました。優れた才能と日々の努力が実ったのです。われながら、わが身を褒めてやりたいですな。

そのささやき声に町村は青褪《あおざ》め、冷や汗が全身より噴き出た。

四

外神田、仲町一丁目の物置場と石置場の境に数戸が固まる芸人小屋に、木枯らしが吹き付けていた。

石を幾つものせて重しにした粗末な板屋根を冷たい風が叩き、隙間風が小屋の中のそこら中を舐め廻っていた。

石置場の天気が持つ日は、朝から夕刻まで大道芸人が演じて銭を乞う掛小屋《かけごや》の柱が、周囲をぐるりと囲う葭簀《よしず》を今は巻き取られ、風の中で剝き出しに並んでいた。

掛小屋の土間の片隅に積み重ねた長腰掛や長腰掛の隣に転がっている葭簀の束も、寒々と風に吹かれていた。

物置場と石置場の境には一本の欅《けやき》の巨木が四周へ枝を伸ばしていて、葉をすっかり落とし、夜空にうなる木枯らしにゆれていた。

仲町一丁目の中通りを、木戸番の番太郎が火の用心の鉄杖を鳴らしながら町内を見廻っていた。

ちゃらん、ころん、ちゃらん、ころん……

町内のどこかから、ばたん、ばたばた、と木枯らしに吹かれて何かが何かにぶつかる音が聞こえてくる。

界隈の明《あ》き場《ば》の原の物乞いや門付け芸人らを差配する頭・乞胸《ごうむね》古太夫の手下が、数戸の小屋を一戸ずつをのぞいて廻った。

「頭のお達しだ。火に気を付けるだぞ。明き場より火を出し、ご町内に迷惑を及ぼせば、明き場の小屋はすべて取っ払われる。住む小屋も稼ぎ場も失うだでな。絶対、火を出すでねえぞ」

その小屋の中の一戸に住む芸人らが、火の用心を告げて廻る手下に、「十分に気を付けます」と一斉に点頭《てんとう》をかえした。

手下は、ほの暗い燭台の明かりの中に、芸人らに雑じって見覚えのない女がいるのに気付いた。

「その女は、新顔だな」

「いえ。この者は江戸に住む知り合いで、われらの所縁の者の様子を知らせてくれただけでございます。ほどなく立ち去りますゆえ」

一座の頭が応えた。

「ならええ。小屋に寝泊まりするなら、頭の許しを得ねばならねえだでな」

「承知しております」

手下が立ち去ると、芸人のひとりが板戸を閉ざした。

明き場に風が荒々しくうなり、隙間風が小屋の隅に小さな埃《ほこり》を舞い上げた。

「お杉さん、七軒町の裏店にはもう帰らない方がいい。証拠がなくとも大江勘句郎はお杉さんに疑いの目を向けている。ここは用心が肝心だ。七軒町の荷物は捨てるのもやむを得ない。別の町で、別の人間になって暮らし直しだ、お杉さん」

座長の抜刀木太郎が言った。

「へえ。あっしもね、昨夜、め組の光七らが押しかけてきたとき、こりゃあ危ない、そろそろ七軒町暮らしは終わりかな、と思いやした。家主さんには昨夜のうちに、今朝は早く芝居見物に出かけると言っておきやしたので、明日にでも、人に頼んで家主さんに家財道具や着物全部の処分をお任せすると、伝言いたしやす」

お杉が木太郎こと乱之介に応えた。

燭台の明かりが、乱之介とお杉のほかに、曲独楽《きょくごま》火助こと代助、輪くぐり土平こと羊太、怪童金吉こと惣吉、そして白魚の水江こと三和たちの若い顔を照らしている。

六人の前にはぐい飲みの碗と一升徳利、それに炭火が熾る火鉢が小屋の中を暖めていた。

火鉢の五徳《ごとく》に湯鍋がかかり、薄い湯気の中に銚子の酒を燗《かん》にしていた。肴は干鰈《ほしがれい》を火に炙《あぶ》って裂いた物である。

「それがいい。お杉さんの動きが露見しないように上手く進めてくれ。今夜から身を寄せるところは大丈夫だろうな」

「へえ。宮永町《みやながちょう》に知り合いがおりやすので、そこへ。昼間のうちに話は付けてきやしたので、しばらくは端仕事《はしたしごと》を手伝って、大人しくしていやす」

「ふむ、宮永町か。宮永町はいい。戻りは惣吉に送らせる。惣吉、頼むぞ」

「承知だ」

「その知り合いは、信用できるんだろうね」

代助がお杉のぐい飲みに酒をついだ。

「大丈夫。悪だけど、悪は悪なりに筋を通す男です。若いころから互いを知る腐れ縁ですから。けけけ……」

「代助兄さん、お杉さんに例の金を渡してくれ」

　わかった――と、代助が葛籠《つづら》から重そうな巾着を出し、中の貨幣を鳴らしてお杉の前に置いた。

「大金だね。けど金はまだ十分ありますよ」

「これは暮らしのための金じゃない。三年は江戸に戻ってこないつもりだったが、こういう廻《めぐ》り合わせがあって数ヵ月で戻ってきてしまった。代助兄さんとも話し合ったんだが、そろそろここを引き払おうと思う」

　乱之介はお杉から一同を見廻した。

「別の芸人小屋にかい」

　羊太が訊いた。

「芸人は長くは続けられない。大江がここを嗅《か》ぎ付けるまで、そうは長いときはあるまい。今、次にどうするか算段を考えている。考えがまとまったらお杉さんにひと働きしてもらう。そのために備える金だ。お杉さんが持っていてくれ」

「そういうことなら、承知しやした」

　お杉は重そうな巾着を膝の上にのせた。そして、

「ここを引き払って、いく当てはあるんですか」

と、鉄漿《おはぐろ》を燭台の明かりに光らせた。

「いや。それもまだだ。まずは、芝の秋五さんが無事江戸を出るのを確かめる。それから江戸で落ち着いて暮らせる算段を付ける」

乱之介は、木枯らしの彼方へ遊ばせるような眼差しを宙に投げた。

「秋五さんは黒羽へ戻ることが決まったんじゃないんですか。昨夜はそういう話だったじゃないですか。乱さん、何か気がかりなことがあるんでやすか」

「昨日、万庵先生たちがめ組の男らに言いがかりを付けられていた日影町通りへ偶然おれたちが通りかかり、あの通り乱闘になった。偶然だったのに、その後め組の光七らがお杉さんの店へ押しかけ、おれと代助兄さんとのかかわりを探りにきた。おれと兄さんの方は町方の大江勘句郎と文彦が後をつけてきた。おそらく、め組の光七とかいう頭取と大江はつるんでいる。め組は初めから万庵先生を狙っていたんだ」

「狙っていた？　万庵先生をか。ただのいやがらせではねえのか……」

「万庵先生らへの言いがかりは、大江とめ組の光七がやらせていたんだ。二人はそれをどこかから見ていた。洋学者だ。洋学者・松井万庵への取り締まりを狙って、町方、あるいは公儀がなんらかの画策をしている。それに町火消のめ組が手を貸している。大江と光七は手を組んでいる。そう思わないか、兄さん」

「そうか。そこへお杉さんとおれたちが現れた」

「大江は気付いたか、気付かなくとも、おれたちをただの通りがかりとは思っていないだろう。お杉さんは、洲崎の弁天でおれたちのことは何も知らずに働いていたことになっている」

「町方は、お杉さんがおれたちの仲間とは気付かなかった」

「そうだ、お杉さんが上手くやってのけた。その後、お杉さんは七軒町でひとり暮らし。そのお杉さんとおれたちが一緒にいるところを大江たちは見た。しかも日影町の乱闘で、おれと代助兄さんは火消らを痛めすぎた。誰なんだあの野郎は、お杉さんとどういうかかわりで、どういう男らなんだ、もしや世直党では、と町方なら疑いたくなるだろう。万庵先生のことは置いてもな」

お杉が、ふうん、と頷いている。

「ならば、昨夜の柳原堤で世直党が現れたのは拙《まず》かったってえのかい」

「いや、おれたちはあれでいいのさ。お上と天保世直党の戦《いくさ》は、おれたちが仕かけたのだからな。そのためにおれたちは仲間になった」

そうだな、とみなが顔を見合わせ、羊太と惣吉が面白そうに笑った。

「けど兄さん、昨夜の柳原堤のことは少々外連《けれん》がすぎたかもしれん。町方と町火消がつるみ、万庵先生を狙って何やら密《ひそ》かに動いていることがわかっていたら、あんなことはしなかった」

「そうか。乱さんは、おれたちの戦に万庵先生らを巻きこむんじゃないかと、気にかけているんだね」

「お上の政《まつりごと》に異を唱える洋学者らへ弾圧を加える口実に、世直党が使われることを恐れているんだ。おれは秋五さんを無事郷里へ戻し、万庵先生と門弟の町村さんを守らなければならないと思っている。あの人たちを守ることは、世直党の志に合っている。当面は万庵先生と診療所を見守り、秋五さんが無事江戸を立てば、おれたちもなるべく早く仮にでも別のねぐらを探し、ここを引き払おう」

「大江たちに嗅ぎ付けられる前に、だね」

羊太が声をはずませ、乱之介は頷きかけた。

「おれは明日、馬喰町の柳城《りゅうじょう》という男に会ってくる。元・願人坊主《がんにんぼうず》の頭でな。今は馬喰町の一丁目で柳屋城右衛門《やなぎやじょうえもん》と名乗って願人坊主に衣装や道具を借す損料貸し屋を営んでいる。柳城に頼めば新しいねぐらが見付かるかもしれない。金さえ払えばどんな危ない橋も渡る男だ」

馬喰町には江戸中を歩く願人坊主が多く住んでいた。

柳城はそういう願人坊主らの陰の世話役でもあった。

「羊太、惣吉、おまえたちも一緒にきてくれ」

「いいとも」

羊太と惣吉が声を揃えた。乱之介はお三和へ向いた。

「お三和、鳥居耀蔵を探ることはしばらく自重する。いいな」

はい——と、三和は応えた。

「仕方がないね、お嬢さん。若いうちは気がはやるけど、足元を固めてじっくり策を練った方がいいよ。焦ってしくじっちゃあ元も子も失うことになりかねないからね。攻めるときもあれば守るときもある。それが戦ってえもんですよ、ねえ乱さん」

お杉の軍師振りに、みなが呆れ顔で笑った。

四之章　一斉検挙

一

十一月晦日《みそか》の日が西に傾きつつあった。

土手三番町から表六番町通りへ上がる三年坂に、冬の西日が周辺の武家屋敷地に枝葉を伸ばす木立《こだち》の影を落としていた。

三年坂の甘粕《あまかす》邸の裏庭、隠居の甘粕克衛《かつもり》が鍬《くわ》を提げ、四つ目垣で囲った菜園に秋の初めに植えた長芋《ながいも》の畑を見廻っている。

克衛は一本の長芋の地中より顔を出している具合を見て、力強く引き抜いた。

土を手で払いながら、後ろに従う孝康と森に長芋を見せ、

「これならまずまずのできだ。二、三日中には美味《うま》いとろろ飯が食えるぞ」

と、菅笠の下の顔を満足げにほころばせた。

「隠居さま、見事なでき栄えですな。とろろ飯のことを考えると唾《つば》が出ます」

森が感心して言った。

「そうであろう。これなら明日武士の世が消えてなくなっても、わたしは百姓として生きていけるな」

「そうなれば暇になりまするから、わたしは隠居さまの手ほどきを受け、百姓仕事を手伝わせていただきますぞ」

「おお、手伝え手伝え。ともに百姓をやろう。そうだ、古女房どもにはわれらの収穫する菜を使《つこ》うて、一膳飯屋《いちぜんめしや》を開かせよう」

「一膳飯屋でございますか。隠居さまは一膳飯屋の亭主になられるのですな」

「そうだ。二人で野菜を収穫し、飯屋の料理はわたしが拵《こしら》える。おぬしは古女房どもを使うて飯屋を切り盛りするのだ」

「古女房だけでございますか。若い娘は雇いませんのか」

「ふん？　若い娘がいるのか。ならば古女房どもの許しを得て雇うがよい。わたしは別に反対はせんぞ」

あははは……

何が面白いのか、克衛と森はそんなことを言い合って、屋敷中に聞こえるくらいの笑い声を立てた。

「という経緯で、調べは容易に進まず……」

孝康は父親・克衛と森の戯《ざ》れ言《ごと》に誘われ真剣な顔をついほころばせたが、すぐ真顔に戻って続けた。

克衛は長芋を肩に提げた袋へ入れ、午後の空を見上げて言った。

「あれからわたしも考えた。仙台城下と言えば大藩のかの家だ。二十八年前の春に角八の見た侍らの斬《き》り合いがあったのは間違いないだろう。もしそれがかの家の政《まつりごと》にかかわる事柄の何らかであったとすれば、あれだけの大家だ、何か不可解な動きや噂がわれらにも伝わったはずだが、よく思い出せん。ということは、それほどのことはなかった、とも言える」

それから克衛はまた長芋のでき具合を調べつつ、畝《うね》の間をゆるゆると歩み始めた。

孝康は城より戻ったまま裃《かみしも》を着替えずに、克衛の畑へきたのだった。

「二十八年前はわたしが三十五、森は二十二歳であったな」

「はい。斎権兵衛どのの配下でありました」

「権兵衛はわたしと同じ年だ。頼りになる男だった。みな若かった。二十八年前の春のその前に、北のかの国でどのような事があったのであろうかな」

克衛の背中が老いても筋を伸ばして、物思わしげに進んでゆく。

「旅拵えの侍ひとりに赤ん坊。妻が、女が一緒だったかもしれぬが、角八が見たときはすでに斬られて草むらに倒れていた……いや、そうではあるまい。女がいたなら赤ん坊は女の腕の中で見付かったはずだ。角八の言葉を信ずれば、斬られた侍ひとりが赤ん坊を抱いて旅をしていた。あるいは旅に出た。それを五人の侍らが追って、旅の侍を斬った。五人は、子供はどこだ、探せ、と言っていた」

寄棟の大棟に烏が数羽止まって、畑の三人を見下ろしていた。

烏の黒い影が青空にくっきりと描いた絵模様に見える。

「あの烏めら、この刻限にはいつもあの屋根に休んで、わたしの畑仕事を皮肉な目で見物しておる。とき折り、ひと声二声、気楽そうに鳴くのだ。それが、おやじ精が出るのう、とからかっておるように聞こえる」

克衛が立ち止まり、屋根の烏へ微笑《ほほえ》みを投げた。

「孝康、侍らは赤ん坊をどうする気だったと考えるか。幼き命を奪うのか、それとも取り戻しにきたのか、さらいにきたのか。いずれにせよ子供を探していたことからして、侍らの斬り合いが個々の遺恨やゆきずりの喧嘩沙汰などでないのは確かだ」

「赤ん坊の誕生が、かの家の政に何らかの影響を及ぼした。かの家の政に絡む事柄の中で、ある一派の者らが赤ん坊を生かしては置けぬと考え、ある一派の者らは赤ん坊を守らねばと考えた。どういう事情でか、ひとりの侍が赤ん坊を抱き、どこかへ匿《かくま》うべく逃げた。おそらく仙台の城下からどこかへです。だが敵対する者らに気付かれ、追われた」

孝康は、のどかに鳥を眺めている克衛の横顔に言った。

「そうして、角八がいき合わせた城下のはずれの野っ原で侍は追手に追い付かれ、赤ん坊を廻《めぐ》って斬り結んだのです」

「ふうむ。ならば、かの家の政に影響を及ぼす赤ん坊は誰の子だ」

「おそらく、主家の血筋を引く子と思われます」

あははは……。

克衛が高らかに笑った。

「そのように考えるのは、おかしいですか」

「孝康、おまえの考えがおかしいのではない。おまえのその考えが、あながちあり得ぬことではないと思える世の中がおかしいのだ。滑稽《こっけい》ではないか。おまえと森は斎乱之介の出自を追って、その赤ん坊が乱之介ではないかと推量するのであろう」

「そうです。あくまで推量ですが」

「するとだ、かの六十万石の主家の血筋を引く子が、廻り廻る定めの果てに江戸の町を騒がす大泥棒になった、ということになる。大泥棒を追う公儀目付《めつけ》が、その過程で大泥棒の素性を解き明かしていく。しかもその素性は大泥棒の本人すら知らぬ。まるで読本の筋書きだ。読本の筋書きになりそうな荒唐無稽《こうとうむけい》な出来事が実際に起こり、悪意、憎悪、陰謀が渦巻き、生まれたばかりの赤ん坊の定めが転変する」

克衛はじっと彼方《かなた》を見つめ、考えている。そして、

「人の世はおかしい」

と、呟《つぶや》いた。

「しかしながら、身分が権力を生み、権力が富をもたらす、とわたしに説かれたのは父上です。人の世を動かすのは、高邁《こうまい》な志ではなく生臭き欲望ならば、身分、権力、富を廻って人々が争い、その結果、読本の筋書きのような定めを乱之介が生きざるを得なかったとしても、驚くには当たりますまい」

「なるほど、そうだ」

克衛はまた畝の間を、ひと足ひと足、土を踏み締め歩み出した。

孝康は克衛の歩みに従いながら、もしその争いの中にこの父がいたなら、一体どの

ように振る舞うだろうか、と考えた。自分ならどのようにするだろう、とも考えた。

それから、そんな詮ない考えに捉《とら》えられた自分を退けた。

「ともかく調べはいきづまっておりますが、かの家の事情をひとつひとつ掘り起こすしかありません。たとえ無駄であったとしても、それが今は乱之介という男に迫る唯一の手立てと思われますゆえ」

克衛の背中が考えていた。

「わたしが目付職にあった間、仙台のかの大家でお家騒動と思《おぼ》しき内紛めいた報告がもたらされたことは一度もなかった。かの家は、戦国の世から生き延びた北の豊かな大領国だ。人心は安定し、政に疎漏《そろう》はない。しいて申すなら、ただ一度、そう言えばあれは二十八、九年前になろうか……」

そう言って克衛は畝の傍《かたわ》らに屈《かが》んだ。そして畑の黒い土を掌《てのひら》に取り、もみしだいて土の感触を確かめた。

孝康は克衛に並んで畝の前に屈み、克衛の掌からこぼれる土を見守った。

「かの国元で起こったある刃傷沙汰《にんじょうざた》の一件の報告が入ったことを覚えておる。報告の内容からは、お家騒動とか内紛らしき事情はまったく読めなかった。刃傷に及んだ理由は私怨《しえん》、遺恨の類《たぐい》と言えるものだったが、なぜそれを覚えておるかというと、その一件が主家にまったくかかわりがないわけではなかったからだ」

「ほう。かの大家にかかわりのある刃傷沙汰と」

「当主が江戸参勤の折りだった。国元において当主のご側室が、何かのご遊覧の折り、行列の警護を務めておった添番《そえばん》に討たれた。添番はその場で捕えられ、厳しく取り調べられた。取り調べにより添番が刃傷に及んだ理由は、そのご側室はお家のごく身分の低い家柄の者の娘で、ご側室に入る話がくる以前、添番の士とは密《ひそ》かに言い交わした仲だった」

　克衛は士をいじった掌を、丁寧に叩いて払った。

「添番は、固く言い交わした仲であったにもかかわらず、娘が主家に乞《こ》われご側室に入った振る舞いが許せず、ご側室となった娘に遺恨を抱《いだ》き、いつか、遺恨を晴らす機会をうかがっていたという」

「恋の恨みが、身分の埒《らち》を踏み越えてしまったのですね」

「添番は自らの屋敷に蟄居《ちっきょ》幽閉を命じられ、裁きを待つ身となった。刃傷沙汰とはそれだけのことだ。森、おぬしはその刃傷沙汰の一件を知っていたか」

「いえ。存じませんでした」

　二人から少し離れて片膝《かたひざ》をついている森が即座に応えた。

「そうか。おぬしはまだ若かったから、あちこちでこき使われておったな。権兵衛とは話しおうた覚えがある。もう少し調べますか、そうだな、という程度のやり取りだったが。どちらにせよ、ほどなくかの家のその一件は忘れられた。添番の私怨、遺恨の理由は明らかだったし、結局、ご側室は不慮の災難をこうむったと言うしかなかったのでな」

克衛は立ち上がり、孝康と森は克衛に倣《なら》った。

今にして思えば——と克衛は言った。

「怪しむに足る出来事はあるにはあったのだ。刃傷に及んだ添番の蟄居幽閉が、当時のご当主の父君長寿の祝いの恩赦で解かれ、裁きも下されなかった。ご側室には男児がお生まれであったが、病死なされたという報告も後にわれらに届いてはいた。もし飛脚の角八が見たような出来事が噂にでも伝わっておれば、それらの報告への応じ方は変わっていたかもしれぬが、そのときは何も怪しまなかった」

そのとき、鳥が屋根から飛び去っていった。鳴き声が遅い午後の空に響いた。

三人は鳥の影が小さくなっていく空を見上げた。

克衛はゆっくり歩みながら言った。

「惜しいことをした。だがそれは、今だから言えることなのだがな」

ふふん……

克衛は己の迂闊《うかつ》さを嘲笑《あざわら》うかのように、小さな笑い声をもらした。

二

その晦日の日も落ちた黄昏《たそがれ》のころ、乱之介と代助は、着流しに羽織の風体で饅頭《まんじゅう》笠《がさ》をかぶり、芝露月町の松井万庵の診療所を訪ねた。

診療を終えた夕刻、万庵が明日は黒羽の郷里へ旅立つ門弟・秋五の、ささやかな惜別の宴《うたげ》を催すことになっていた。

秋五を上座に据え、師の万庵、診療所で働く下女や宴の手伝いの住人、万庵の志を支援する界隈の町民、診療所の用を務める業者ら、それに乱之介と代助が、二階の二間続きの間仕切りの襖《ふすま》を取り払った部屋に集《つど》った。

ただ町村が、急な所用ができて、「宴が始まるまでには戻ってまいります」と言い残して、昼の七ツ前に出かけていた。

今夜は油も惜しまず四基の行灯《あんどん》が宴の座敷を明々と灯《とも》し、銘々の膳に下女や手伝いの近所のおかみさんらが拵えた心づくしの料理と銚子が並び、火鉢には湯気を上げる湯鍋が数本の銚子の酒を温《あたた》めていた。

「町村が少々遅れておるが、ほどなく戻ってくるであろう。せっかくの料理が冷めぬうちにそろそろ始めよう」

万庵が座を立って、客を見廻し言った。

一同は座を改め、門弟を送る万庵の言葉に耳を傾けた。

「秋五がわが診療所を去り、郷里の黒羽の余瀬村へ帰ることになった。秋五は今から十年前のある朝、突然、この芝のわが診療所の戸を叩き……」

万庵は十五歳だった秋五が自分の門下に入ってより、勉学に励み、長崎に留学しておらんだ医術を学び、江戸に戻って万庵を助け、この診療所の医師として務めてきた十年の日々を語った。

さらに秋五が村の貸元の倅《せがれ》で、「つまりやくざの倅がかくも優れた医者になった」と客を笑わせ、名残《なご》りのつきぬ思いをこめて言いつづった。

秋五は医術においてもその志においても、すでにひと廉《かど》の医者であり、わが診療所に閉じこめておくべき器ではない。

遠くはないいつか、この日がくることはわかっていた。

郷里へ帰って自らの診療所を開き、己の技量を人々のために役立て、後進の育成に励み、この世に自らの役目を果たすべきその日が、とうとうきたのだ。

ならばこの宴は、秋五との別れを惜しみ悲しむ宴ではなく、秋五の門出を寿《ことほ》ぎ喜ぶ宴にしなければならぬ。

「さらばだ、わが優れた弟子よ。この人の世に別れは避けがたく、辛《つら》い悲しみが定めなら、またいつか会い、喜びの日を迎える定めもあるに違いあるまい。さらばだ、秋五。おまえは去っても、わが胸の中におまえは変わらずにいる。おまえの胸の中にもわたしのすべてを持っていくがよい」

万庵はそう結んで盃《さかずき》を乾《ほ》し、それから秋五を囲んだ賑《にぎ》やかな宴が始まった。

酒と歓談が進む中、乱之介と代助は秋五の膳の前へ進み、餞別《せんべつ》を差し出した。

「ありがたく、ちょうだいいたします。あなた方には本当に世話になりました。いくら礼を申しても申しつくせません」

秋五は改めて頭《こうべ》を深々と垂れた。

「前にも申しましたが、こういう人の縁もあるということです。余瀬村にはあなたを待っている人がきっと大勢います。万庵先生の仰《おっしゃ》られた通り、秋五さんの進むべき道を進んでください」

乱之介は笑ってかえした。

「ありがたいな、秋五。亡くなった兄さん、おまえの帰りを待つ両親に妹、そして兄さんの最後にいき合わせたそれだけの縁でわざわざ訪ねてくださった方々、多くの人の願いや善意がおまえを支えておる」

隣の万庵が秋五に言った。

「これからおまえは、おまえのやり方で人の願いと善意に報いるのだ」

「はい、必ず」

秋五は力強く、清々《すがすが》しく応えた。

木太郎さん、火助さん……

万庵は乱之介と代助をそう呼んだ。

「わたしからも礼を申します。あなた方が訪ねてきてくださったお陰で、秋五を旅立たせる決心がつきました。でなければ、この有能な弟子に甘えて、いつまでも側に縛り付けてしまうところでした。そうそう、お杉さんは今日は用があって見えられないとうかがいました。残念なことです」

「本人も残念がっておりました。急な障《さわ》りが持ち上がり、急遽《きゅうきょ》、芝を出なければならなくなったのです」

「何、芝を出られた。七軒町でしたな。そうですか。どのような障りが、とお訊《たず》ねしても話してはいただけませんでしょうな」

万庵が戯《たわむ》れて言った。

「人様々に事情があるようでして、詳しいことはわたしにも……」

万庵は大らかに笑い、乱之介と代助は笑みを交わした。それから乱之介が、

「秋五さん、門出の祝い酒にひとつ酌をさせてください」

と、銚子を取ったときだった。

露月町自身番の半鐘が、けたたましく打ち鳴らされた。

じゃんじゃんじゃん、じゃんじゃんじゃんじゃん……

歓談が途切れ、宴席の一同が互いに顔を見合わせた。

「火事だ」

誰かが言い、出格子窓に近いひとりが障子戸を勢いよく開け放った。

芝の町の屋根影がうねうねと続き、漆黒の星空が町を覆っていた。

「どこだ」

誰かが叫んだその間も、半鐘は鳴り続け、町から町へと広がり始めた。

火の手は見えなかった。

「火の手は見えない。遠いのか」

出格子窓の周りに人が集まった。

路地に住人がざわめきつつ出てきて、不安げに様子を訊ね合っていた。

「誰か、火事はどこか、聞いていないか」

万庵が出格子窓から路地の住人へ声をかけた。

「わかりません。今うちの人が自身番へ訊《き》きにいっています。先生、二階の窓からは見えませんか」

路地のおかみさんが、出格子窓の万庵へかえした。

「ここから火の手は見えん。慌てずともよいとは思うが」

万庵は屋根屋根の黒い影をぐるっと見廻し、愛宕の山にぽつぽつと灯る掛茶屋の灯《ひ》を眺めた。すると、
じゃんじゃんじゃん、じゃんじゃんじゃんじゃん……

と鳴り続ける半鐘を追いかけ、露月町の本通りを「うおお」と雄叫《おたけ》びを上げ駆ける町火消らしき集団の足音が轟《とどろ》いた。

「あれは町火消らしいですね。北へ向かっている。どこでしょう」

乱之介が万庵に並びかけて訊いた。

本通りを北へいくと新橋である。

「め組が出動したのだろう」

万庵が北の空を見つめて応えた。

窓際のみなが北の方角を見廻していた。やはり火の手は見えないのに、半鐘だけが鳴っている。

ところが、町火消の一団から「よおし、戻れ」の声が上がり、北へ向かっていた足音が一斉に南へかえり始めた。

「うおお……」

またしても雄叫びが夜空に響き渡った。

なんだこれは。もしや空出《からで》か――乱之介はふと思った。

空出とは、火消の出動演習である。定火消が《がえん》と呼ばれる火消らの訓練に、火事の少ない夏場に行う。だが、冬場に行われることは稀《まれ》である。

乱之介の脳裡《のうり》に不審が兆した。

不審が一挙に沸騰したのは、南へ戻りかけた火消が診療所のある裏店《うらだな》の路地へ押し寄せてきたときだった。

この路地は北側と南側に表通りと結ぶ二つの出入り口があり、その二つの通路より
め組の提灯《ちょうちん》と纏《まとい》に続いて、梯子《はしご》を担ぐ者、手鳶《てとび》をかざす火消らが三列になり、音高

く地面を踏み締め、足並みを揃《そろ》えて姿を現したのだった。

しかもめ組の先頭には、黒羽織の町方同心と手先らが十手を手にして、町火消を率いている格好だった。

裏手は高い板塀に囲われている。

「どけどけどけえっ」

「邪魔だじゃまだじゃまだあっ。どかねえと怪我するぜ」

火消らが叫び、路地に集まっていた住人らは、悲鳴や叫び声を上げて周囲の店へ逃げこんだ。転んだ子供が泣き声を上げ、火消らは子供を飛び越えていく。

妙だ。

乱之介は代助へ目配せした。代助も訝《いぶか》しんでいるらしく、乱之介に頷《うなず》きかえした。

二人だけが出格子窓より離れ、羽織の下の袷《あわせ》を裾端《すそはし》折りにした。

半鐘の音とどぶ板を踏み鳴らす地響きのような足音が、だんだん近付いてきた。

「兄さん、もしものときは逃げるのは屋根伝いだ。いいな」

乱之介は代助にささやいた。

手拭《てぬぐい》で頰《ほお》かむりをし、饅頭笠は手に取らなかった。

「承知。けど乱さん、これはおれたちか。それとも万庵先生なのか」

「わからん」

と、乱之介は外の様子をうかがっている万庵と秋五の後ろから、低く声をかけた。

「先生、秋五さん、火消と町方の動きが妙です。秋五さん、わたしたちはこのまま退散させていただきます。旅の無事を祈っております」

「え？　ど、どうなされた」

訊ねる万庵にひとつ頷き、乱之介と代助がいきかけたとき、階下の表戸が激しく開け放たれた。続いて、

「松井万庵並びにその門弟ども、天下を騒がせる不届きな謀《はかりごと》を廻らし、ご町内に火を放った嫌疑により、取り調べる。神妙に縛に付け」

階下で町方らしき怒声が響き渡った。

同時に、雄叫びを上げて乱入する地響きが店をゆらした。

「なんだと。われらが火を放っただと」

半鐘は鳴り続けている。

階下の診療所の物が倒れ、乱暴に壊される音が起こった。

「みなさん、怪我をせぬよう隅に固まっていてください。あの者らはみなさんに手出しはしません」

乱之介と代助は動揺を隠せない客に言いつつ、四基の行灯を消して廻った。

座敷は暗がりに包まれ、火鉢の炭火だけが赤く輝いていた。

どんどん、と階段を踏み鳴らし、黒羽織の町方と手先が駆け上がってきた。

その後ろから手鳶を手にした火消装束の男らが続いてくる。

客が「わあっ」と座敷の隅へ逃げた。

「火付けの科《とが》だ。松井万庵、及び手下の者ら、神妙にしやがれ」

町方が万庵を認めて、十手を突き付けまっすぐ向かってきた。

膳のひとつを脇へ蹴り飛ばした。

「狼藉者《ろうぜきもの》。われらは夕刻からずっとここにいたのだぞ」

万庵が怒声を放った。

「うるせえ。火付けの罪だあっ」

同心の両脇から、二人の手先が万庵に襲いかかった。

乱之介は素早く万庵を庇《かば》い、ひとりの十手の殴打を手刀ではじき、かえす手の甲で手先のこめかみを痛打した。そうして横から同心が、

「この野郎」

と、十手を打ちこんだ手首を鷲《わし》づかみにして、片方の拳《こぶし》を顎《あご》に浴びせた。

同心の顎が抉《えぐ》れ、こめかみを打たれよろめいた手先ともつれて、並んでいた膳を蹴散らして横転した。

もうひとりの手先は、至近距離より代助が投げ付けた銚子が顔面で炸裂《さくれつ》し、酒の飛沫《しぶき》をまき散らしながら仰向《あおむ》けに伸びた。

しかし後から襲いかかる火消の手鳶が、素手で防ぐも万庵の額を打った。

「あっ」

万庵は片膝を落とした。

「先生っ」

秋五が体当たりをして、火消を突き飛ばした。

しかし突き飛ばされた火消を後ろから勢いよく上がってくる火消らが支え、万庵と秋五を取り押さえようとする。

万庵は助け起こす秋五を腕を払って後ろへ撥《は》ね退《の》け、火消らの前に両手を広げて立ちはだかった。万庵の額からひと筋の血が伝わった。

「わかった。わたしを捕えろ。手出しはせん。ほかの者には手を出すな。診療所も壊すな。病人がいるのだぞ」
四、五人の火消が万庵ひとりに襲いかかり、無抵抗の万庵をたちまち組み敷いた。

乱之介と代助、秋五が火消らを押し退けるも、新手が手鳶をかざして次々と駆け上がってくる。乱之介も肩に手鳶の打撃を受け、万庵を助ける余裕を失っていた。

火消らはみな屈強で、乱戦に慣れていた。

「秋五、逃げよ」

組み伏せられた下から万庵が叫んだ。

秋五を連れて逃げる。咄嗟《とっさ》の判断だった。

「兄さん、屋根だ。秋五さん、逃げろ」

「先生っ」

「先生の命令だ。秋五さん、いけえっ」

乱之介はひとりが打ちかかった手鳶をかいくぐり、眉間《みけん》に拳を浴びせた。

火消は悲鳴を上げて階段へ吹っ飛んだ。

路地から梯子が出格子窓の手摺《てすり》へ、がたんがたんと次々に架かる。

梯子を上って火消が襲いかかってくる。

もはや逃げる間がない、と思ったとき、組み伏せられていた万庵が凄《すさ》まじい力で火消らを撥ね退け始めたのだった。

「秋五、逃げよ、逃げよ……」

万庵の叫びが座敷を震わせた。

万庵は大柄な身体《からだ》を持ち上げ、組み付く火消らを束ねるように抱え、階段の上り口の方へ奇声を発して押し戻した。

「おりゃあ」

火消らは意想外の万庵の膂力《りょりょく》に押し戻され、押された何人かがからみ合って階段を転げ落ちた。

老いても万庵は武士である。

若きころより頭脳抜群だったが、剣の腕前も秀でていた。

だが火消らも負けてはいなかった。わあわあ、と万庵の四肢に喰《く》らい付き、伸《の》しかかる。数には敵《かな》わなかった。

だが乱之介らには、束の間が与えられた。

「先生の思いを無にするな」

乱之介は躊躇《ためら》う秋五を突き飛ばした。

代助が秋五の腕を取り、出格子窓へ出た。

代助は梯子を上ってくる火消に石飛礫《いしつぶて》を浴びせた。

ひとつの梯子が悲鳴とともに、格子をすべってはずれた。

その隙《すき》に身軽な代助は二階の屋根へくるりと蹴上がり、二階の屋根から秋五の襟首を両足を踏ん張って、引っ張り上げた。

続く乱之介に、もうひとつの梯子から上がってきた火消が手鳶で打ちかかった。

「逃がさねえぞおっ」

だが無闇に揮《ふる》った手鳶は、二階屋根の軒端を激しく嚙《か》んだ。

乱之介は火消が身体を支える梯子を蹴った。威勢のよかった火消は、

「あぁぁぁぁ?」

と叫び声を上げ、梯子に片足を引っかけて逆さにぶら下がったまま、梯子もろとも路地へ落ちていく。

すかさず乱之介は、二階の屋根よりも高く飛び上がった。

次の瞬間、代助と秋五の傍らへ下り立っていた。

二階の出格子窓から火消らが追いかけて屋根に這《は》い上がろうとするのを、代助が容赦なく石飛礫を浴びせた。

軒端《のきば》に這い上がりかけた火消らは、二人三人と路地へ転落していく。

路地から竜吐水《りゅうどすい》の水が吹きかけられた。

「喰らえっ」

代助は路地の竜吐水目がけて屋根瓦《やねがわら》を、暗がりの中に鳴らした。

堪《たま》らず火消らは、竜吐水の周りから転がり逃げた。

三

三日後、芝の各町より古川を越えて三田方面、また汐留川向こうの京橋南の町家《まちや》一帯へ不穏な瓦版が売り出された。

芝露月町において、おらんだ医術と称し、いかがわしき手法を用い脈を取る松井万庵なる贋医者《にせいしゃ》とその一味は、洋学にたぶらかされ、御公儀転覆を謀り、先夜、ついに江戸町内各所へ火付けに及び、火は折りからの北西の風に煽《あお》られ燃え広がり……死したる者、家を失いし者、数知れず、これすべて鬼畜万庵と手下らの仕業《しわざ》にて……

瓦版に書かれていたのは、そのような筋立てで、そんな大火事がどこにあった、いい加減にしろ、と誰も見向きもしない作り話だったが、瓦版はまことしやかに売り出された。

四日目には別の読売屋が、薄気味の悪い筋書の瓦版を売り出した。

松井万庵と手下の門弟が、無料の医術を施すと売り物にして無辜《むこ》の町民を集め、治療の甲斐《かい》なく死したると言い訳し、多くの命を故意に殺《あや》めた。狙いは故意に殺めた無辜の民の臓物を取り出しすり潰《つぶ》して丸め、長寿の妙薬として売り出すためなり。

その場を知る門弟によれば、人の寝静まったる夜更け、死体より臓物を取り出す松井万庵のその様はまさに地獄の邏卒《らそつ》のごとき形相《ぎょうそう》にて……

そして五日目、さらに別の読売屋が売り出した瓦版には、万庵の診療所で親を殺された夫婦者の嘆き苦しみの様と、万庵と人足風体の弟子が夥《おびただ》しい死体を荷車に乗せ、どこかに運ぶ絵まで添えられていた。

五日目の午後、以前、万庵の診療所で病の母の最期《さいご》を看取った金杉《かなすぎ》裏の大工・三五《みつご》郎《ろう》という男が、「おら、おっ母さんを鬼畜万庵の野郎に殺されたんだ。許せねえ」と仲間数人を募って露月町の万庵の診療所へ押しかけた。

三五郎らは露月町までの途中、「おっ母さんを万庵に殺された、許せねえ」と町民を煽り、万庵の診療所へ着いたときは野次馬を含めて百人近くにふくれ上がっていた。

百人近くが周辺の路地にあふれ、怒りに昂揚《こうよう》した三五郎ら先頭を切る数十人が、十一月晦日の町火消の急襲で半壊した診療所を徹底して打ち毀《こわ》し始めた。

打ち毀しの中には、暮らしの鍋釜や布団、着物まで持ち去る者もいた。

家主の倉右衛門ら町役人が駆け付け、万庵の高潔な人柄を知る町内の住人らも打ち毀しを止めに入ったが、興奮した三五郎らの剣幕を恐れ制止できなかった。

町役人らの知らせで南町奉行所より同心らが露月町にやってきたのは、それから半刻後だった。

けれどもそのころには、倉右衛門店《だな》の診療所は壁と柱を残して破壊しつくされ、押しかけた者らも気持ちがだれて、そろそろ引き上げかかっていたところだった。

そこへ町方の黒羽織が見えた。

「逃げろ」のひと声でみな一目散に逃げ散り、同心らが路地のどぶ板を鳴らしたときには、診療所の周りには家主や町内の住人の姿しかなくなっていた。

北町の大江勘句郎は、表通りから小路へ折れ、さらに路地へ曲がる木戸口の側で背を丸め、南町の同心らが町役人や住人の訊きこみをしている様子を、薄ら笑いを浮かべて眺めていた。

その月、南町が当番で北町は明番《あきばん》である。

隣にはめ組の頭取・光七がいて、後ろの文彦が木戸格子の間から、昔は赤鼬《あかいたち》と呼ばれた赤ら顔を路地奥へのぞかせていた。

「ふふん、ずいぶん派手にやってくれたもんじゃねえか。思った以上だぜ」

「さすが、大江の旦那。読売屋をけしかけて瓦版に書かせるなんざあ、上手《うま》いやり方を思い付きやしたね」

「おれが思い付いたんじゃねえ。悪だ悪党だ人でなしだと、繰りかえし流しゃあ、お釈迦《しゃか》さまだって大泥棒に見えてくる。昔から使っている手さ」

「それでもこれで、万庵のじじいにかぶれているやつらも目が覚めたはずだ。芝の町だって、少しは綺麗になるってえもんです」

「けどおめえ、門弟の秋五ってちんぴら医者を取り逃がしたそうじゃねえか。お陰でそいつを追いかけにゃあならねえ。手間がかかるぜ」

「ありゃあ町方の旦那方が取り逃がしたんでさあ。め組は旦那方の助っ人で働いただけでやすからね。大江の旦那の代わりの、手落ちでさあ」

「代わりは青木慎太郎《あおきしんたろう》だ。あいつは血の気《け》は多いが、若造だからな。油断するんじゃねえぞって言ってやったんだが、どじを踏みやがって」

大江は、天保世直党の米仲買商かどわかしと身代金要求の一件で、町方の探索の指揮を執りながら自ら踏んだどじは棚に上げて言った。

「お杉といた妙な二人組、覚えているでしょう。あいつらですよ。あいつらが秋五を連れて逃げやがった。なんなんだ、あの野郎ら」

「おまけに、お杉まで姿くらましやがるしな」

大江は二人が天保世直党の翁《おきな》と鳥であることは知っている。

先月、日影町通りの遠目より見ただけだが、風貌もだんだんわかってきたし、お杉という女が世直党の仲間だった筋書きも見えてきた。

秋五というちんぴら医者なんぞ、どうでもよかった。秋五を逃がした二人、翁と鳥の方が目当てなのだ。秋五の足取りを追えば、世直党のねぐらがつかめるはずだ。

だが光七には、それを知らせていない。

世直党が江戸へ舞い戻ってきたことは一切口外せず、大江と大江の手先のみで隠密《おんみつ》に探索せよと、目付の鳥居耀蔵より命じられた。

望むところだった。そう言う隠密行動は大江の気質に合っている。

今に見ていやがれ、と大江は雪辱に燃えていた。

「けど旦那……」

と、後ろの文彦が大江と光七のやり取りに、間抜けた調子で割りこんだ。

「万庵て野郎は、そんなに性質《たち》の悪いひでえ医者なんでやすか」

「そんなこと知るかよ。いいか、文彦、性質が悪いとかひでえとかは、おめえが決めるんじゃねえんだ。それを決めるのはお上なんだ。お上が性質が悪い、ひでえと判断すりゃあ、性質が悪くてひでえ事なんだ」

「ええ？　そうなんでやすか」

「そうさ。おめえの血の廻りの悪い頭を悩ます必要はねえんだ。お上が全部考えてくださる。これはいいとかこれは悪いとか。おめえはそれに従ってりゃあいいのさ。その方が楽じゃねえか」

「なるほど。そりゃあその方が楽でやすね」

文彦は格子の間から赤ら顔を向け、垂れた頰をいっそうゆるませた。


露月町の万庵の診療所のある、いや、今はもうあったと言うべきその倉右衛門店の隣に、常助店の路地がある。

大騒ぎだった診療所打ち毀しの調べを行っている町方が、常助店の路地まで訊きこみにくることはなかった。

町村広助は言葉にならぬ不安を抱え、地に付かぬ足取りを路地奥へ運んでいた。

万庵の診療所が打ち毀される様を見にいって、その戻りだった。

木戸から四軒目が町村の住む店で、一軒置いた六軒目が秋五の店だった。

むろんあれ以来、秋五がこの裏店に戻ってくることはない。

たった五日前まで町村が病人の診察をし、多くの人であふれていた診療所は見る影もなくなった。

なんとも言えぬ虚《むな》しさが、押し退《の》けても押し退けても寄せてくる。

おれはこれからなんだ、と町村は自分に言い聞かせた。

九尺二間《けん》の表の腰高障子を開けた。

日当たりが悪く、昼間でも薄暗い粗末な住まいに饐《す》えた臭《にお》いがこもっていた。

掃除をする気にもならず、四畳半の万年床は湿っている。

万年床が臭うのか、流し場の洗わぬままにした碗や皿の食物の残り滓《かす》が臭うのか、ともかく自分の住まいにもかかわらず不快だった。

町村は四畳半の上がり端にかけ、溜息《ためいき》をついた。

秋五が万庵とともに捕まらなかったことがよかったのか拙《まず》いのか、わからない。

「だとしても、後悔なんぞあるはずがない」

町村は声に出した。

布団を干し、流しの碗と皿を洗おう、と思った。そのとき、

「町村さん……」

と、薄暗いどこかから自分を呼ぶささやき声が聞こえた。

「うん？」

町村は上がり端から四畳半へ身体をひねった。

万年床の枕元に、黄ばんだ染みが大きな模様になった古びた枕屏風《まくらびょうぶ》が立ててある。

町村が屏風へ目を凝らすと、その枕屏風の後ろから秋五が顔を出した。

「あ、秋五っ」

しっ、と秋五は人差し指を口に当てて町村の声を制した。

枕屏風の後ろより這い出てきて、やれやれという風情で町村の傍らへ座った。

「町村さん、無事でよかった」

そう言って、安堵《あんど》の表情を浮かべた。

「秋五こそどうしてここに。町方が追っているのだぞ。よくこられたな」

町村は秋五の素振りを警戒しながら、心配顔を装った。

「はい。でも、町村さんのことが気がかりで」

「追及はされたが、わたしはあの場にいなかったのでなんとか言いつくろえた。先はわからないが、今はなんとか見逃されている」

「そうでしたか。せめて町村さんが無事なだけでも救いです」

「けど、先生が捕えられてしまった。秋五、一体何があったんだ。どうしてあんなことになった」

町村は先夜何があったか、むろん知っている。

「わかりません。あの夜、突然、町方とめ組の男らが踏みこんできて……」

と、秋五は町村の問いに疑うことなく、先夜の経緯をつぶさに語った。

「先生は、わたしに逃げろと、ご自分を犠牲にされたのです」

秋五は語りながら、声を殺して咽《むせ》び泣き出した。

「泣くな秋五。おまえが悪いのではない。われらにはどうにもできない、いたし方ないことなのだ。それよりこれからどうする。おまえは、郷里には戻らぬのか。このまま江戸に留《とど》まっているのは危険だぞ」

「町方に捕えられた先生を残したまま、おめおめと郷里へ戻ることなどできません。先生を救い出さねば」

「救い出すうっ⁉」

思わず声が高くなった町村に秋五はまた、しっ、と指先を唇に当てた。

路地のどぶ板を踏む足音がした。

二人は四畳半の万年床に座り直した。

「ど、どうやって」

町村は声を忍ばせ訊いた。

「わかりません。しかし、何か方策があるはずです。なんとしてでも……」

「やれるのか、そんなことが」

「やらねばなりません。万庵先生が一体どんな罪を犯したと言うのです。苦しんでいる人々のために、身を挺して医術を施されただけではありませんか。人々のために、おのれを捨ててつくされただけではありませんか。あのような立派な先生を、火付けだの幕府転覆だのと、お上のやり方はやくざよりも悪辣《あくらつ》です。許せない」

秋五はうな垂れ、唇を嚙み締めた。

「秋五、腹は減っていないか。食いたいものがあれば買ってきてやるぞ」

いえ——と、秋五は首を横に振った。

しばしの沈黙を置いて秋五が言った。

「町村さん、おそらく、お会いするのはこれが最後になると思います。何とぞ、お達者におすごしください。町村さんとともに学んだときを、生涯忘れません」

「待て、秋五。たとえ先生を救い出せたとして、その後はどうするつもりなのだ」

「先生をわが余瀬村へ密かにお連れし、名を変え、先生と二人で診療所を開きます。

黒羽の城下以外、近在に医者はおりません。先生の医術は、きっと多くの病を癒し、多くの命を救うことができると思うのです」

町村はどうすべきか、考えた。

自分の立場をよりよいものにするためどう振る舞えばよいのか、ここは慎重に考え抜かねばならない。

「わかった。秋五、わたしもやる。わたしもおまえと一緒に、先生を救い出すために闘う。ともにやろうではないか」

おのれの鼓動が町村に聞こえた。

「町村さん、それは駄目です。町村さんは先生の志を継いで、この芝で再び診療所を開いてください。先生とわたしは、江戸を去らなければならない。江戸に居られるのは町村さんだけなんです」

「違うぞ、秋五。わたしにとっても先生は大恩ある師だ。わが師が苦難に遭《あ》われているのに、自分だけ逃れてなんの志だ。恩ある師の苦難を救わずして、人々のためになどと、言えるものか。そうだろう」

「町村さん……」

秋五は潤んだ目で町村を見つめた。そして、

「ありがとう。ありがとうございます」

と、声を絞った。

「礼を言うのはわたしの方だ。自分だけが苦難を逃れて、自分は何をなせばいいのか途方に暮れていた。秋五のお陰で、わがなすべきことがわかった」

町村は秋五の手を握った。

「すると今は、あのときの木太郎さんと火助さんの元に身を寄せているのだな」

「はい。お二人にまたしても助けていただいたのです」

「わたしもそこへ連れていってくれ。ここは人目に付く。わたしもともに潜伏し、先生をお救いする方策を練ろう」

「お二人は旅芸人の一座の方々です。兄の死に目にいき合った、たったそれだけの理由でわたしを訪ねてくださった。そしてそのために縁《ゆかり》も所縁もないわたしたちの事情に巻きこまれ、追われる身にまでなってしまわれた。これ以上、ご迷惑をおかけするわけにはいきません。新たな潜伏先を見付け、お知らせします。それまでここで、普段通りの暮らしを続けていてください」

町村は黙って首肯《しゅこう》した。

それから当面の二、三の手筈《てはず》を決め、秋五は手拭を頰かむりにし、着流しの裾を端折ってお店奉公の下男のように拵えた。

帯の後ろに挟んでいた草履を土間に置いて突っかけ、障子戸越しに路地の気配をうかがった。路地には人影がなかった。

「では、遅くとも四、五日中には」

秋五は言い残し、腰高障子を一尺半ほど、音を殺して引き、痩身を滑り出させた。

町村は土間へ飛び下り、開いたままの障子戸から秋五が路地を去っていく屈めた背中を確かめた。

四畳半へ駆け上がり、衣桁《いこう》の茶羽織を羽織って菅笠をかぶった。

土間へ下りると、ふと、思い立ち、上がり端の床下より油紙にくるんだ差料《さしりょう》を取り出した。埃《ほこり》まみれの油紙を解き捨て腰に差し、そうして店を出た。

四

秋五は人にまぎれた方がかえって人目に付くまい、と考えた。

人の往来の賑やかな表通りを、北へたどっていった。

新橋より京橋南の大店や老舗《しにせ》が表店を構える大通りをゆき、京橋を越えて日本橋南の町家、日本橋を渡り室町《むろまち》大通りをひたすら北へ取った。

そうして神田川に水鳥の舞う筋違御門橋を渡るとき、師走《しわす》の肌寒い午後にもかかわらず、御納戸茶《おなんどちゃ》の帷子《かたびら》の下がほのかに汗ばんでいた。

仲町一丁目の中通りを石置場と物置場の境に数戸固まる粗末な小屋の方へ折れると、大道芸人が演ずる葭簀《よしず》で囲った掛小屋より、客の喚声と拍手が聞こえた。

昼の八ツ半をすぎても、外神田のこの辺りの明き場の原は、大道芸や辻芸《つじげい》を思い思いに楽しむ見物人の賑わいがまだ残っていた。

匿ってもらっている小屋の引戸を開けた秋五へ、木太郎、火助、土平、金吉、水江の五人が振り向き、「ああ」と安堵の声をもらしたのがわかった。

五人は筵莫蓙《むしろござ》に車座になっていた。

「秋五さん、お戻りなさい。黙ってどこへいっていたんですか。心配しました。誰に見咎《みとが》められるかわかりません。あまり出歩かない方がいい」

乱之介が秋五を手招いた。

「ご心配をかけ、申しわけありません。芝の診療所が気になるものですから、見にいってまいったのです」

秋五は頭を垂れ、惣吉と羊太の開けた間に座った。

「芝まで。それは危ない。無事に戻ってこられてよかった」

「はい。顔は隠していきましたので」

秋五は頬かむりを取って、屈託なく微笑んだ。

年若く慣れていない秋五に用心が足りないのは仕方がない、と乱之介は思った。

しかし代助は少々不機嫌だった。

「診療所の様子はどのように……」

「すっかり打ち毀されて、見る影もありません」

秋五は、無念の面持《おもも》ちになった。

「それから、町村さんにも会ってきました。むろん、裏店の住人には見付からぬよう十分注意は払いました」

「え？　町村さんに会ってこられたのですか。誰にも会わぬように、特に知人には絶対会わぬようにと、伝えたでしょう」

五人が一斉に睨《にら》んだので、秋五は戸惑いを見せた。

「で、ですが、町村さんはそういう普通の知人とは、ち、違いますので……」

「ここは用心が肝要なのです」

「町村さんは大丈夫です。町村さんは万庵先生の一番弟子で、先生が最も信頼なさっておられるわが先輩です。町村さんの無事を確かめる必要もありました。せめて町村さんが無事であったのが、われらの救いです」

「秋五さん、用心するとはそういうことではないのです。疑わしくとも疑わしくなくとも用心するのです。おのれの思惑や情、あるいはおのれの推量や考えで動くことを戒めるから用心になるのです。信頼できるできないの判断で決めるのではありません。もしも町村さんに町方の見張りがこっそり付いていたら、あなたは町方につけられてここまで戻ってきたかもしれない」

「え？　そ、そんな」

秋五は目を周囲にさまよわせ、衆目に気付きうな垂れた。

「町村さんに、この場所を教えたのですか」

「いいえ。この場所は教えていません。ただ、木太郎さんや火助さんらに匿ってもらっているとだけは伝えましたが」

「そういうことなら、急いだ方がいいな」

乱之介の言葉に代助が頷いた。

「今みなで相談していたのです。秋五さん、わたしたち一座とともにそろそろ江戸を出ましょう。無事、郷里へ戻れるところまでわたしたちがお送りします。万庵先生の身を慮《おもんぱか》って江戸に留まる心情はもっともですが、身を挺してあなたを逃がした万庵先生の意図をくむべきです。いつまでも江戸に留まって、万が一捕縛されたら、万庵先生の苦しみ、悲しみが増すことになります」

するとと秋五は顔を上げ、けな気に言った。

「みなさんのご厚情には心からお礼を申します。ですが、これ以上みなさんのお情けにおすがりするわけにはまいりません。わたしには果たさなければならない務めがあります。その務めを果たすまで江戸を離れることはできないのです。わたしはこれでこちらをお暇《いとま》いたします」

乱之介らは顔を見合わせ、束《つか》の間《ま》、言葉を失った。

「どんな務めを果たすのですか」

「みなさんにご迷惑をおかけする恐れがありますので、それはお教えできません」

「万庵先生を、救い出すつもりですか」

「みなさんにはかかわりのないことです」

秋五の応えた語調には、強固な決意がこもっていた。

無理だ。先生を救い出すどころか、自分が捕まるか命を失うだけだ。乱之介は思った。

「病気の父や、母や妹のためにも早く帰ってやりたい。万庵先生の志を継いで、おのれの使命を果たさなければならない。ですが、今ここで万庵先生を見捨て、おのれだけが逃れてなんの志でしょう。それは違う。もし万庵先生がわたしの立場だったら、必ず、同じことを果たされるはずです。だからわたしはなさねばならぬのです」

「万庵先生は、自分の身を捨てて秋五さんに逃げろと命じなさったじゃねえですか。秋五さんが逃げなきゃあ、先生が身を捨てた意味がなくなっちまうんですぜ」

代助が忍ばせた声に厳しさをにじませた。

「だからこそです。わたしも身を捨てるのです。そこに生き延びる道を見出《みいだ》すのが万庵先生の志なのです」

「無茶だ。意味がわからねえ」

代助が忍ばせていた声を荒らげた。

秋五はうな垂れ、それ以上は言わなかった。

だが、秋五の沈黙には、わかり切った言葉を並べ立てて引き止めても、そうと決めたら梃子《てこ》でも動かない意地がこもっていた。

無理、無駄、無謀は、十分承知なのだ。この男はおのれの命など顧みていないのだ。なんという男だ。おのれの命を捨ててかかるそんなやくざな血が、この男の身体には流れているということか。

そうか――と、乱之介は気付いた。

身体の底から、血が騒ぐのを覚えた。

「代助兄さん、似ているね」

乱之介は言った。

「誰に……」

代助が乱之介へ顔を向けた。

「兄さんにだよ。羊太や惣吉やお三和にだよ」

羊太と惣吉と三和が乱之介を見つめた。

「兄さんたちは似ているよ。とても。だからおれなんかについてきてくれた」

乱之介は少しおかしくなって、四人の仲間を見廻した。

「おれたちの仕かけた喧嘩はまだ終わってはいない。縁があってこうなったなら、ついでにこっちの喧嘩も引き受けるのはどうだい、兄さん」

四人の溜息やら呟きが、一文字に口を結んでいる秋五を囲んで、小さなざわめきを起こしていた。

「おれたちは乱さんと一緒だよ。いつだって……」

代助は、仕方がねえよな、という顔付きを見せた。乱之介は笑みを浮かべ、

「秋五さんのお気持ちは、わかりました」

と、秋五へ言った。

「わたしらは、兄さんの周蔵さんより秋五さんへの伝言を頼まれ、頼まれ賃が三途《さんず》の川の渡し賃の六文銭だった。周蔵さんにとって、自分が三途の川を渡ることより、わたしらへ託したあなたへの伝言の方が大事なことだった。それがわかったから、わたしらは周蔵さんの頼みを引き受けた。こうなる廻《めぐ》り合わせ、わたしらと周蔵さんの縁なのだな、と思ったからです」

乱之介は腕組みをし、束の間、黙考した。そして、続けた。

「周蔵さんはもう亡くなった。頼まれ事を果たせませんでした、と詫《わ》びて六文銭をかえす周蔵さんはいなくなった。秋五さん、つまりわたしらには、引き受けた頼まれ事を最後まで果たすしか道はないということです。秋五さんと同様に、わたしらにも果たさなければならない頼まれ事が江戸に残っているということです。ならばそれを果たさなければなりませんね」

代助、羊太、惣吉、三和が黙って頷いた。

ときに利あらずして――と、乱之介は語気を強めた。

「郷里の川ではなく、三途の川を秋五さんとともに渡ることになったら、川を渡れず賽《さい》の河原で供養塔に石を積んでいらっしゃるかもしれない周蔵さんを連れて、渡ろうではありませんか」

みんな、それでいいな——乱之介は仲間を見廻し、低く声を響かせた。

いいとも。一緒にだ。もちろんさ。わたしも……

四人が乱之介に応え、驚いたのは秋五だった。

「何を仰《おっしゃ》っているのです。いけません。それはいけません。あなた方のご厚意は身にしみていますが、お気持ちだけでもう十分です。あなた方をこれ以上、巻きこむことなど、できません」

「秋五さん、どんなに悪用しようと、法はお上の味方なんだ。法は正しい者の味方とは限らないんだぜ」

代助が言った。

「そうだよ。あんたひとりで何ができる」

羊太が続けた。

「わたしひとりではありません。町村さんも闘います」

「万庵先生は牢屋敷に収監されている。だが裁きが出るまでには、しばらくときがかかるだろう。いつ、どこで、どのようにやるか、ここは思案のしどころだ。失敗をすればみんな死ぬ覚悟」

乱之介は、驚きのまだ収まらない秋五へ向いた。

「秋五さん、あなた方に巻きこまれるんじゃない。わたしらは元々、そういう世の果てに身を置く覚悟で契った者なのです。その道が秋五さんのゆく道と同じだったら、道連れもいいではありませんか」

乱之介は唖然《あぜん》としている秋五に構わず、羊太と三和へ言った。

「土平、水江、気にかかる。外の様子を見てくれ」

二人が素早く立って、小屋の北側と南側の板壁の穴を埋めている木切れを抜いて、外をのぞき見た。

夕七ツのころだが、外には暮色の明るみが十分残っていた。

「こっちは芸人らが掛小屋の片付けをしている。客もだいぶ退《ひ》いたみたいだ」

羊太が頭を左右に動かして、石置場から仲町一丁目の北側周辺を見廻した。

「こっちの様子をうかがっているふうなやつは、見えないな」

「水江の方はどうだ」

三和は物置場から仲町一丁目南側の藁店《わらだな》との辻の周辺をうかがっていた。

「ええ。人通りはまだあるのでよくわからないけど……中通りの辻で菅笠の侍がひとり佇《たたず》んでいます。人待ちをしているふうにも、こちらの様子をうかがっているふうにも見えるわ」

　三和が応えた。

「兄さん、どうしても気になる。今夜中にこの小屋を引き払おう」

「今夜かい。急だね」

「思い立つ日が吉日《きちにち》だ。水江と金吉は馬喰町の柳城店《りゅうじょうだな》へいって、今夜移ると伝えてきてくれ。おれは乞胸《ごうむね》古太夫さんとこへ今夜引き払うことを伝え、荷車をもらってくる」

　乞胸古太夫は、乱之介が斎権兵衛の元に引き取られる以前から、小人目付だった権兵衛が密かに使っていた手先だった。

　古太夫は隠密探索の助けに抜群の力を発揮し、物乞いや逃散流民らの階層の噂や流言などを集める能力に優れていた。

　権兵衛は古太夫の存在は、腹心だった森にもお頭《かしら》だった甘粕克衛にも知らせなかった。ただ、乱之介が父の手先になった十三歳のとき、

「おまえにだけは教えておく。おまえの手先仲間だ。役に立つ男だ」

と、古太夫に引き合わされた。

父・権兵衛と同じ年ごろの笑みが不敵な壮漢だった。

言うまでもなく、古太夫は父・斎権兵衛が罪に問われ斬罪になった経緯や、倅・乱之介が江戸を追われた事情を知っている。乱之介は江戸へ戻り、この古太夫を頼った。

「乱之介さま、あっしがお世話できるのはこういうところしかございやせん。こんな粗末な小屋でよろしければ、どうぞご自由にお使いくだせえ」

と、この外神田は明き場の芸人小屋に身を潜めた。

「兄さんと土平は引っ越しの支度を頼む。秋五さん、手伝ってくれますね」

秋五の顔は昂揚して赤らんでいた。

「は、はい。もちろんです」

「今より秋五さんとわたしたちは同じ茨《いばら》の道をゆく仲間です。わたしたちの名前をお教えします。秋五さんの胸に仕舞って置いてください。わたしは斎乱之介……」

乱之介は言い始めた。

五

町村広助は、仲町一丁目中通りへ折れる藁店との辻に人待ち顔で佇み、中通り北東側の石置場と物置場の境の、数戸の小屋が固まった方角へ、菅笠の陰より執念深く血走った目を投げていた。

夕七ツをだいぶすぎて、周辺は急速に暗さを深めていた。

秋五が姿を隠した小屋はわかった。

あんな小屋に匿われていたのなら、町方がわからないはずだ。

町村は人待ち顔で見張りを続けた。

旅芸人の一座、と秋五が言っていた芸人らの顔と人数を確かめるつもりだった。

診療所にきた木太郎と火助という男らもいるにちがいない。

けれども冬の早い夕暮れが迫り、人通りは少なくなっていた。

これまでだ――町村は諦《あきら》め、中通りの辻をそれとなく離れた。

河岸通りの方へ戻り、河岸通りから筋違御門橋を渡って、日本橋への大通りを急ぎ足で戻った。

およそ二刻《ふたとき》後の夜五ツ。

虎之御門より裏霞ヶ関の方へ三つ四つ折れ曲がって上る道に長屋門を構えた鳥居家屋敷の小門を、北町の隠密廻り方・大江勘句郎、芝はめ組の町火消・頭取の光七、そして松井万庵の門弟・町村広助の三人が密かにくぐった。

手燭《てしょく》を掲げた若党が枝折戸《しおりど》を抜け、灯籠《とうろう》の火がほの明かりを照らす中庭へ三人を案内した。

「こちらにてしばしお待ちを。殿はすぐお見えになられます」

若党はそう言ってさがった。

縁廊下があり、腰障子を隙間《すきま》なく閉じた鳥居の居室に庭は面していた。

居室の行灯の明かりが障子に映っている。

若党がさがると居室より咳払《せきばら》いが、ひとつ聞こえた。

障子戸が音もなくすべり、小太りに首筋の肉のたるんだ鳥居耀蔵が、綿入の袖《そで》なし羽織を羽織ったくつろいだ姿で縁廊下へ現れた。

鳥居の後ろに暗い色の羽織を着た総髪に髷《まげ》を結った侍が、ひとり従っていた。

暗くて目鼻立ちはよく見えないが、いかめしい風貌は見て取れた。

侍は、鳥居が佇んだ斜め後ろの縁廊下に着座した。

目付の配下の、徒目付《かちめつけ》や小人目付には見えなかった。

大江ら三人は、庭に膝を折って屈んでいる。

「夜更けにご苦労。用を申せ」

鳥居はいつもの不機嫌そうな語調で言った。それから光七と並んでいる町村へひと睨みを投げた。

「申し上げます」

大江が応えた。

「松井万庵の門弟・秋五なるおらんだ医師の居どころがわかりました。やはり例の一味がおのれらのねぐらに秋五を匿っておりますようで」

「それはそうであろう。一味のねぐらはどこだ」

「外神田、仲町一丁目の石置場の芸人小屋のひとつに潜んでおります」

「そのような下賤《げせん》な場所に隠れておったか。ふん。所詮《しょせん》は下賤な者らがねぐらにするには相応《ふさわ》しい場所だ。大江、町方を総動員して、秋五なる不届きなおらんだ医者と匿った一味を一網打尽にせよ。ひとりも漏らさず召し捕えよ。わかっておるな。ひとりももらさずだぞ」

大江は鳥居が万庵の門弟・秋五などさほど重視しておらず、狙いは秋五を匿った旅芸人の一座・世直党であることを、鳥居が口には出さずとも心得ている。

「承知いたしました。明日夜明け前、一気に片付けます」

「よかろう。光七、おまえの手柄だそうだな。よくやった」

鳥居は大江の後ろに膝を屈めている光七へ向いた。

へい――と、光七は垂れた頭をさらに低くした。

「こちらの町村さんを説得し、町村さんの手助けが得られたお陰でやす。松井万庵を捕え、手下の秋五にもお縄をかけて厳罰を下しゃあ、不届きな洋学者どもの見せしめになるというもんでやす。これで芝の町からお上に盾突く洋学者どもを一掃できて、清々した気分でやす」

「町村とやら。松井万庵と同じ新発田の浪人と聞いたが……」

町村は「はあ」と、おどおどした声で応えた。

「わが家は新発田藩溝口家に仕え、兄が家督を継いでおります。わたくしは医師を志して、主家の許しを得て江戸へ出てまいりました」

「それで万庵の門弟になったか。しかし、よくぞ改心した。この一件が首尾よく片付けば、わたしから褒美を取らすぞ。おぬしが望むなら、大名屋敷に出入りができるご用医師の口をきいてやってもよい」

「お気遣い、痛み入ります。何とぞよろしく、お願いいたします」

「おぬしは見たのであろう、秋五とやらが匿われておる小屋を」

「はい。石置場と物置場の境の明き場に掘っ立て小屋が数戸固まり、中の一戸に潜んでおります」

「小屋に芸人どもは何人いたか」

「はあ。秋五が小屋へ入った後、しばらく様子をうかがっておりましたが、誰も出てこず、そのうち日が暮れましたもので人数までは。ですがその明き場は、大道芸人どもが客を呼んで演ずる小屋掛があり、芸人らが大勢おりますので、小屋に芸人らがいるのは間違いないと思われます」

「ふむ。見てはおらぬのか。まあよい。大江」

　鳥居は再び大江へ向いた。そして背後に着座する侍へ肉の垂れた顎をしゃくった。

「この男は樋口章吾《ひぐちしょうご》だ。腕が立つ。わが林家に所縁のある者の遠縁でな。奥女中の笛が仲介した。今後、わたしの用を務める。町家で何かあれば、おぬしに頼めと言うてある」

　樋口が大江に「よろしく、お願いいたす」と低頭した。

　大江は「はあ、こちらこそ」とかえしたが、あのいけ好かない笛の仲介と聞いて、面白くなかった。

「樋口、大江はな、細かく気を廻す廻り方だが、肝心なところの間が抜けておってどうしても手柄が立てられん」

「さようですか。それは甚《はなは》だ遺憾なことでございますな」

薄暗い中にも樋口の嘲笑が見えた。

遺憾だと、いけ好かねえ野郎だ、と思った。

「それでも今日明日中にはようやく手柄が立てられるところまで漕《こ》ぎつけた。大江、抜かるではないぞ」

大江はすぼめた肩に首をめりこませ、「へえ」と唇をへの字に結んだ。

五之章　果たし状

一

夜明けに白み始めた仲町一丁目、石置場と物置場の明き場一帯はひどく冷えこんで霜が降りていた。

南北両町奉行所の当番与力に率いられた当番同心と中間《ちゅうげん》、小者、同心らが各々《おのおの》従える岡っ引らを含めて四十名余りが、朝霜を踏んで、掘っ立て小屋が数戸固まった四周を取り囲んだ。

周辺のすべての小路、路地に鼠《ねずみ》一匹逃がさぬように捕り方を配置し、万全の態勢を整え、南町の与力の指図で踏みこむ手筈である。

町方の捕物出役は、南北両町奉行所の当番与力と当番同心が務め、配置は月番が正面、明番が搦《から》め手《て》に廻る役割になっていた。

その朝の捕物出役はさほど難しい役目には思われなかった。

ご公儀転覆を謀って火付けに及んだ洋学者・松井万庵捕縛の折りに逃走した、同じく火付け容疑の万庵の門弟・秋五なる医師を捕え、秋五の逃走を助け匿っている旅芸人一座をお縄にかけることだった。

火付けは大罪だが、首謀者である万庵はすでに捕えた。

後は門弟の若い町医者ひとりに、旅芸人数名の雑魚《ざこ》である。

それでも捕り方・四十名余りを動員したのは目付より両町奉行へ、旅芸人の一座とはいえ凶悪な一味の恐れありと内々の知らせが入ったことと、捕物出役のついでに明き場の体裁の悪い掘っ立て小屋を一掃する手配になったためだった。

ほのかに白んだ朝の冷気の中で、南町の当番与力が「かかれ」と十手をかざした。

それを合図に、捕り方は四方から数戸固まった小屋の一戸一戸を、壁や板戸を蹴破り打ち壊しながら踏みこんだ。

「起きろ起きろっ」

「外へ出ろ。ぐずぐずするな」

「ここはおまえらの棲《す》み処《か》ではねえ」

しかし、呼び笛を鳴らすまでもなかった。

小屋の住人らは、捕り方に追い立てられ戸惑いながら、みなまだ目が覚めず欠伸《あくび》をもらしつつ、大人しく引っ立てられていった。

住人らは、明き場の当番与力の前に引き据《す》えられ、寒さに震え白い息を吐き、ついさっきまで夢の中にいた自分らのねぐらが、無残に引き倒されていくのを、虚《うつ》ろな眼差《まなざ》しで眺めているばかりだった。

「今度こそ追いつめたぜ。叩き破れ」

目当ての小屋へ捕り方が踏みこんだとき、大江は十手をかざして叫んだ。

「いけいけいけえっ」

捕り方の半着に手甲、股引《ももひき》、脚絆《きゃはん》、鎖鉄入りの鉢巻に拵《こしら》えた同心・青木慎太郎が、奉行所の中間、小者や手先らに喚《わめ》き、真っ先に小屋の戸を蹴破り、中へ飛びこんだ。

わあああ……

手先の文彦と手下らも声を荒らげ、中間、小者らに雑《ま》じってなだれこみ、板戸が破れ、粗末な壁が崩れ、天井から木切れが崩れるように降ってきた。

「ひとりも逃がすな。逆らうやつは構わねえからぶった斬れ」

大江は薄暗い小屋の中をのぞいて喚いている。

隠密廻り方の大江は、役目では捕物出役はないが、「これだけはわたくしに」と、奉行へ直《じか》に申し出て許されていた。

ただし拵えは、白衣を裾端折りにして黒羽織の定服である。指図をするだけで、自らいって縄をかける気はない。世直党の恐ろしさは身に染みている。

当番同心の青木慎太郎は、秋五を匿っている旅芸人らが夏の米仲買商かどわかしの一件で痛い目に遭わされた世直党であることは知らされていない。

だが、先だっての松井万庵捕縛の際、失神するほどの拳を喰らったあのときの男を忘れてはおらず、野郎がいるはずだ、ふん縛っておれの拳を喰らわしてやる、といきり立っていた。

ところが勢いよく踏みこんだ捕り方たちは、あえなく肩すかしを食った。

小屋は、生木の柱に板壁や筵《むしろ》で囲い、ちぐはぐな板で覆った天井が残されているばかりの、もぬけの殻だった。

捕り方らは薄暗い小屋の中を、呆然《ぼうぜん》と、あるいは決まり悪げににやにやと見廻すしかなかった。

「どうしたんだっ」

事態に気付いて慌てて飛びこんだ大江は、もぬけの殻の小屋に唖然とした。それか

ら、

「逃げられたかあ」

と、ひと声呻《うめ》いて頭を抱えてその場に屈んでしまった。

「ちぇ、つまらねえ」

文彦が手柄を立て損ね、舌打ちした。

・

町方は石切場と物置場の境の掘っ立て小屋を、見る影もなく破壊しつくした。

石切場の大道芸人が演ずる小屋掛の、柱や葭簀や長腰掛なども同様で、明き場のその辺りは、木切れや石塊《いしくれ》、筵や布切れのぼろなどが、芥《ごみ》の山になった。

それを遠巻きにしている大道芸人らから離れた仲町一丁目と、明き場の方へ折れる小路との辻に、羽織袴《はおりはかま》に深編笠の二人の侍が佇んでいた。

二人の侍はやはり、明き場の芥の山を眺めていた。

「こういうところに身を潜めてしまえば、わからぬのは当然だな」

目付・甘粕孝康が深編笠をわずかに持ち上げ、言った。

「表の町ができれば裏にも町ができるのは物の道理です。普段は知らぬ振りをしていますが、とき折り、表の町の者がああやって裏の町を一掃するのです」

隣の小人目付・森安郷が応えた。

「しかし、あそこに積み上げられた芥の山を片付けるのは裏の町に住む者たち自身です。あの者たちが表の町の芥をいつも取り除いている。表の町は裏の町のあの者たちが居なければ成り立ちません」

孝康は森の皮肉な調子に、思わず笑った。

「肝心の門弟の秋五と旅芸人の一座は取り逃がした。町方はあの芥の山を作り出すために出役したことになる」

「まるで、町方の動きを読んでいたかのごとくですな」

相手が上だった——と思う一方で、孝康はかすかな落胆をも覚えた。

「旅芸人の一座が捕縛されたなら、あの男がとうとう町方の手に落ちるのかと、内心胸が鳴ったのだが、やはり無理だったか」

「わたしにはこれでよかった。町方の失態を喜ぶのではありませんが、斎乱之介と天保世直党を捕えるのは、お頭の手でなされませ」

「おれは乱之介に勝てるのか」

「お頭以外に、誰が乱之介に勝てますか」

森がさり気なく言ってのけた。

昨夜《ゆうべ》遅く、森が三年坂の屋敷を訪ねてきて、町方が洋学者・松井万庵の門弟で、秋五というおらんだ医者の潜伏先をつかみ、本日未明、秋五捕縛のため町方が出役するという知らせをもたらした。

洋学者でありおらんだ医師でもある松井万庵を町方が捕縛したことについては、江戸城中ノ口の御目付御用所でも、密かに取り沙汰されていた。

万庵捕縛は幕府転覆を謀って芝の町に火を放った嫌疑とされているけれども、それは町方が町火消を使ってでっち上げた口実にすぎず、じつは、洋学者・松井万庵を捕え、洋学者弾圧の見せしめにするのが本来の狙いだった。

そして、それを裏から画策したのが、洋学嫌いの目付・鳥居耀蔵さまらしい、鳥居耀蔵さまならやりかねん、という取り沙汰である。

万庵捕縛を裏から鳥居耀蔵が手引きしたのかどうか、真相はわからない。

だが万庵捕縛の折り、ともに縄にかける手筈だった門弟の秋五が逃走し、町方が追っている経緯《いきさつ》は知っていた。

「手の者が町方にかかわりがある筋より訊き出したのですが……」

と、森は門弟の秋五の逃走にまつわり、秋五の逃走を助け匿っている旅芸人の一座とは天保世直党らしい、という隠された内情を孝康に伝えた。

世直党が江戸に戻っているという知らせだけでも驚きだったが、のみならず洋学者の松井万庵や門弟の秋五と世直党がつながっていた意外さに、孝康は胸の激しい高鳴りを抑えられなかった。

「世直党が洋学者らと、一体どういうかかわりなのだ」

「さあ、どういうかかわりがあるのやら、わかりかねます。しいて申せば、一方は公儀の政に異議を唱える洋学者、片や、公儀に弓引く叛《そむ》き者。どこか相通ずるところがあるのかもしれませんな」

「森、明日未明、われらも出かける。秋五の潜伏先はどこだ」

孝康は報告が届くのを待ってはいられなかった。

自分の目で見届けたい、と思った。秋五を匿っているのは本当に世直党なのか。世直党なら、あの男が町方に縄を打たれるのか。

夜明け前の空が白み始めるころ、孝康は森とともに外神田仲町一丁目の捕物の場へそれを確かめにきた。

二人は仲町一丁目の辻を離れ、中通りより竹町《たけちょう》の小路を東へ取った。

「お頭、これからどちらへ」

「小伝馬町だ。牢屋敷の松井万庵に世直党の、いや、乱之介のことを訊いてみたい」

「なるほど。しかし万庵はわれらに話すでしょうか」

「万庵は学者であり、優れた医師でもある。話せることは話し、話せぬことなら話せぬと言うはずだ。それでいい」

「万庵の門弟に、秋五と今ひとり、町村という医師がおります。じつはその医師が師の万庵を裏切り、万庵捕縛の手引きをしたらしい、と町方から聞いた者がおります。一度、町村にも当たってみますのはいかがですか」

「ふむ。話を聞くのもいいが、そういう輩《やから》はどうも面白くないな」

二人は竹町の通りを和泉橋へと取っていた。

竹町は竹を商《あきな》う店が多い。軒先に竹の束を立てかけた店が続いていた。

朝の早い店では、そろそろ商いの始まる刻限である。

東の空に、朝の赤い日が昇っていた。

「森はどう思うか。世直党が江戸へ戻ってきたとわかっていて、誰がなぜ、われら目付にまで隠し立てしているのだ。これは誰の差金だと……」

孝康は通りの先へ向いたまま、背後の森に問うた。

「確かなことは、申せません」

「大江勘句郎がいたな。気付いていたか」

「気付いておりました。大江は今は隠密方に役目替えになったと聞きました」

「隠密は捕物出役はせぬはずだが、なぜか今朝はいた。森、確かなことでなくともいい。おぬしの考えを聞かせてくれ」

「はい。大江は町方でありながら、鳥居耀蔵さまとのつながりをいっそう深めております。医師の秋五を匿っておる旅芸人の一座が世直党と目星を付けたのは、大江かと推量いたします。大江は鳥居さまの指図により松井万庵と門弟らを探る中、万庵か門弟らが不審な旅芸人の一座とのかかわりがあって、しかも一座が世直党と気付かされる何かがあったのです。ですが大江はそれを町奉行には伝えなかった」

「鳥居さまに伝えたのか」

「おそらく。鳥居さまは世直党が江戸へ戻ってきたことは誰にも知られず、大江ひとりに隠密に探り捕えよと、命じられたのではないでしょうか」

「なぜだ。われらに世直党を追えと指示されたのは鳥居さまだ。われらにも知らせた方がよりよいではないか」

「さて、隠密に事を謀ろうとなさる真意はわかりかねますが。たとえば、世直党が江戸に戻ったことに気付いていないと思わせれば探索がやり易《やす》いと考えられたか、あるいは、江戸市中に世直党の噂がせっかく消えかかっている今、世直党が江戸に舞い戻って再び評判が人口に膾炙《かいしゃ》する事態になれば、翻ってご自分のお立場が面白くなくなる恐れがあると、考えられたからではないでしょうかな」

森は、孝康の伸びた背筋を眺めて言った。

「ご自分の立場を何よりも重んじられ、そういうことには用心深い方ですので」

孝康は黙って歩んでいるが、小さな笑い声をもらした。

「昨夜森が知らせてくれたとき、鳥居さまの差金ではないかと疑った。今朝、大江を見て間違いないと思った。森、手の者を鳥居さまの身辺、及び行動の見張りに配置するのだ。乱之介らは再び鳥居さまを、いつか、どこかで狙うだろう」

「鳥居さまはここのところ、吉祥寺の墓参にはいかれておられぬようです」

「次はいつ、どこでだ。森、また我慢較《くら》べだ」

「御意」

二

そのころ大江勘句郎と手先の文彦は、向柳原の通りを新シ橋へ向かっていた。

未明の仲町一丁目明き場の捕物出役で、万庵門弟・秋五と隠密の狙いだった世直党に逃げられたとわかってから、大江と文彦は捕り方と別れ、佐久間町四丁目残地と富《とみ》松町《まっちょう》元地の境の小路にある乞胸《ごうむね》古太夫の住まいへ急いだ。

大江は、仲町一丁目の掘っ立て小屋のひとつに寝起きしていた旅芸人の一座が、まだ暗いうちに旅立ち江戸を出た、と古太夫に教えられた。

あの旅芸人の一座は野州の誰それの配下で……

と、古太夫よりひと通り訊きこみはしたけれど、そんなものが世直党を追う手がかりに、今さらなるわけもなかった。

くそ、消えやがったか、と頭に血が上った。だが、

「そうかい。邪魔したな」

と、あっさり引き下がった。

向柳原の通りをゆく足取りは重かったし、昇った朝日がいやに眩《まぶ》しかった。

表の表情とは裏腹に、内心では腸《はらわた》が煮えくりかえっていた。

世直党捕縛《ほばく》失敗の報告をする際の、赤黒くなる鳥居の不機嫌面が目に浮かんだ。

鳥居のじろりと一瞥《いちべつ》する目が、無能なやつ、と蔑《さげす》んでいるようで、大江ですらすくみ上がるまさに蝮《まむし》の目だった。

町村から光七、光七から自分へと知らせが入り、文彦を呼んで手下らに町方が踏み

こむまで世直党のねぐらの周辺を見張らせたはずが、手際の悪いことに、文彦の手下らが外神田仲町一丁目の見張りについたのが子《ね》の刻近くだった。

こっちの動きを読まれたかどうか知らねえが、早い話が、鳥居屋敷へ知らせにいっている間に逃がしちまったってえことかい、と考えざるを得なかった。

大江は文彦の丸い腹を横目で睨み、いい年しやがって気が利かねえくそおやじだぜ、と手際の悪い文彦にも八つ当たりがしたくなる。

いずれにしろ、捕り方が踏みこんだことにより、秋五や世直党の一味は町村の裏切りに気付いたのに違いなかった。

町村はもう使い道がない。あの野郎はお払い箱だ。大江は考えていた。

そんな大江の背中に、文彦が妙なことを訊いた。

「旦那、前から気になっていたんでやすが、旦那と例の世直党の一味は、なんぞ、因縁でもあるんでやすか」

「なんでえ、藪《やぶ》から棒に。因縁なんぞ、あるわけねえじゃねえか」

大江は、ちらと文彦へ一瞥を投げ、面倒臭そうに言った。

「けど、夏の米仲買商のかどわかしの一件で、世直党は身代金をせしめたうえに、おれたちをこっそりかどわかして、身代金と人質の交換の場で取り囲んだ町方に、手を出すな、さもなくばこいつの命はないぞ、とおれたちを逃げる方便に使いやがった。ありゃあ、上手い手だった」

くっくっく……

文彦の笑い声が癇《かん》に障った。

「しかも、おれたちを日本橋の高札場《こうさつば》に放り出して、こけにしやがった。けどありゃあ、おれたちじゃねえ。旦那を狙ったんだ。おれは旦那の手下でやすから、一緒にかどわかされただけだ。やつらにはおれなんかどうでもよかった。あの弁天の穴蔵に閉じこめられたときも、やつら妙に旦那にいちゃもんを付けてたじゃねえですか。やつら、旦那となんぞ因縁があるんじゃねえかと、あのときそう聞こえやした」

大江は唇をひん曲げ、道の先の新シ橋を漫然と見た。文彦は大江の素振りにまったく頓着《とんちゃく》しなかった。

「どうも妙に思えてならねえ。旦那だけじゃねえ。お目付の鳥居さまに、かどわかされ身代金を奪われた仲買商の蓬莱屋《ほうらいや》、白石屋《しらいしや》、山福屋《やまふくや》……米相場を操る強欲な商人と商人の後ろ盾になっているお役人に天罰を加え世直しをする、は義賊世直党の表向きで、じつはそれだけが狙いじゃなくて、なんぞもっと深《ふけ》え因縁が旦那方にはあるんじゃねえんで」

さらに文彦はしつこく訊いた。

「それにですぜ、世直党が江戸へ舞い戻ってきたのは間違《まちげ》えねえのに、なんで旦那やおれたちだけが隠密に探索しなきゃあ、ならねえんです。やつら、とてつもねえ腕利きだ。おれたちだけじゃあ、手不足なんじゃねえんでやすか」

文彦の薄ぼんやりして理屈もなく、それでいて偶然、的に当たったかのような思い付きに、大江は苛立《いらだ》ちを覚えた。

けれどもここで癇癪玉《かんしゃくだま》を破裂させれば文彦は大人しくなるだろうが、やっぱり図星だぜ、と内心はにんまりする、文彦は鈍い反面、図太い男だった。

「文彦、おめえのまとまりのねえその頭でも、やっぱりそう思うかい。おめえの考えは当たってることもありゃ当たってねえこともある。よしわかった。今後のこともある。おめえにも大体の事を教えといてやろう。朝っぱらからとんだ無駄足で身体は凍えたし腹も減った。蕎麦《そば》でも食って温《ぬく》もろうぜ」

大江と文彦は向柳原の新シ橋の袂《たもと》、久右衛門《きゅうえもん》町《ちょう》の河岸地の朝の早い軽子《かるこ》らを相手に営んでいる蕎麦屋の油障子を開けた。

蕎麦屋は早朝の忙しいときがすぎて、その刻限はさほど混《こ》んではいなかった。

黄ばんで縁がささくれ立った琉球畳《りゅうきゅうだたみ》の座敷に上がり、「どうせ奉行所への戻りは夕方だ」と、葱《ねぎ》がぷんぷんと臭う熱いあられ蕎麦のほかに燗酒《かんざけ》を頼んだ。

二人して、ずる、ずる、っと蕎麦をすすり、ぐい飲みの燗酒を呷《あお》った。

「ふう、美味《うめ》え……」

文彦は言いかけた話をすっかり忘れたみたいに、蕎麦に夢中だった。

ふん、と鼻先で笑った大江は、ぐい飲みをゆっくり呷りつつ言った。

「いいか文彦、よく聞くんだぜ。昔な、おめえがおれの手先を務める前の、そう、十二年くらい前だった。伊勢町《いせちょう》の米河岸で、米屋のちょいとした打ち毀しがあった。そんなことはあってはならねえと、上の偉《えれ》え方々の判断で、表向きは真っ昼間から米河岸の米屋を襲った押しこみ強盗の仕業ということになっているが、本当は米の値が上がって腹を立てた貧乏人どもの米屋の打ち毀しだった」

大江はぐい飲みに自分で酒をついだ。

「米の値段を高値に操る米屋は許せねえ、ってわけだ。おれたちの間ではその打ち毀しを、米河岸《こめがし》一揆《いっき》と言い伝えてる。知ってたかい」

文彦は蕎麦をすすりながら、大江に向けた上目使いの太い顔を横に振った。

「ゆっくり食え。蕎麦代はてめえが払うんだぜ」

鉢にかぶり付いた文彦が、目を剝《む》いた。

「くくく……冗談だ。心配すんな。二杯でも三杯でも好きなだけ食え」

人の悪い冗談で大江は、仕かえしに文彦をからかった。

「でな、貧乏人どもの打ち毀しの鎮圧に、おれたち町方は言うまでもなく、お城から小人目付や徒目付、伊賀組、甲賀組、町火消なんぞも駆り出されたってえわけさ。逆らう者は斬り捨てよ、ってえお達しだ。打ち毀しは二刻ほどで鎮まった。米河岸の米問屋がだいぶやられたが、死人は出なかったし、打ち毀しが江戸中に広まることもなかった。表沙汰にせぬよう計らえと上からのご命令だ。わかりやした、ってなもんよ」

ところがよ——と、大江は酒に濡れた唇を舐《な》めた。

「その騒ぎの中で、ちょいとだけ妙なことが起こった。打ち毀しの鎮圧に当たった下っ端の役人が、頭がおかしくなったかどうかで、打ち毀しの貧乏人どもに同情しやがって、鎮圧に当たっていた伊賀組相手に逆にひと乱戦に及びやがったのさ」

「え？　役人同士が喧嘩をおっ始めたんでやすか」

「そうだ。そいつあ小人目付の組頭で、あのころ十六歳くれえの、やけに腕の立つ倅を手先に使っていやがった。その二人で伊賀組何十人かを相手に大奮戦さ。挙句、倅が伊賀組のひとりを手にかけちまった。命は取り留めたものの、当然、二人はとっ捕まった。米仲買の蓬莱屋の土間に、この野郎、と据えられた。そこへお城からもお目付さまになる前の中奥番だった鳥居さまが遣わされ、直々《じきじき》の取り調べになった」

文彦は亭主に「おやじ、お代わりだ」と二杯目の蕎麦を頼んだ。

「ついでに酒もだ」

大江は空《から》の徳利を振った。

「鳥居さまのそのときの取り調べで、どういうわけか、小人目付と倅が打ち毀しの首領にされちまった。それをその場にいた蓬莱屋と白石屋と山福屋が、いい加減にこの二人が首謀者に間違えありやせんと証言した」

「なんで、そうなったんでやす」

「わからねえ。鳥居さまがとにかく、二人が首領だと言って譲らなかった。腹の虫の居どころが悪かったのか、上からの命令で、ここは二人がやったことにした方が都合がいいと企んだか」

「へえ。そんなことで……」

「そんなことでさ。後で聞いたが、小人目付は陽明学とかいうくだらねえ学問をやっていやがった。鳥居さまは、洋学蘭学であろうと陽明学であろうと大《で》え嫌《きれ》えときた。それで鳥居さまの指図で、陽明学なんぞをやっているような不届きな輩は打ち毀しの首謀者と決まりよ。それを蓬莱屋と白石屋と山福屋が、見やした間違えありやせんとお詮議の場でも繰りかえした」

文彦は話が見えてきたかどうかはわからないが、はあ……と大きく頷いた。

「結局、小人目付はお裁きで打ち首になった。けど倅は父親に従っただけという判断で死罪は免れ江戸払いになった。父親が自分の命じたことで、責任はすべて自分にあると言い張った。それに倅を倅ではなく使用人だとも言った。と言うのも、倅は小人目付の実の子ではなく、餓鬼《がき》のころに深川の人買から買った養子だったんだ。どこの誰からいつ買ったかはわからねえが。とにかく、倅の命を救うのに必死だった」

「深川の餓鬼？　ああ、も、もしかしたら、その倅が天保世直党で」

「しっ、声がでけえ」

店の客や亭主が、文彦の声に驚いた顔を向けた。

「するってえと、その倅が世直党の頭になって、仕かえしに舞い戻ってきたってんでやすか。父親を打ち毀しの首領に仕立てて、打ち首にした鳥居さまと蓬莱屋と白石屋と山福屋に、父親の恨みを倅が晴らしにきたってえんでやすか」

「そうだ。だからかどわかして身代金を要求した相手が蓬莱屋と白石屋と山福屋の三人の仲買商だった。それに駒込の吉祥寺で鳥居さまの命も狙った」

九月、翁、般若、鬼、烏の面で顔を隠した世直党と思われる一味が、鳥居耀蔵の駒込吉祥寺への墓参の折りに急襲し、目付・甘粕孝康の救援で一命を取り留めた一件は、表沙汰にはなっていないものの、目付衆のみならず町方手先にまで知れ渡っていた。読売がそれを瓦版にしないのは、町方の厳しい締め付けがあったからである。

「驚いたかい。世直党の一味の羊太ってえ男をふん捕まえたのは、おめえの手柄だ。残念ながら奪いかえされたがな」

南茅場町の大番屋で羊太を責めて世直党のねぐらを吐かせようとしていたさ中、一味に大番屋を襲われ、羊太を奪いかえされた。

その折り、大江は歯が数本折れて失神させられ、文彦は弓矢で足を射貫《いぬ》かれ川へ転落し、溺れ死にそうになった覚えは、まだ生々しい。

「おめえの覚えているところじゃあ、羊太は深川の浮浪児で、兄きと永代寺の床下で寝起きしてたんだったな。つまりだ、羊太の兄弟と世直党になった小人目付の倅は、ちびだったころ、深川の浮浪児仲間だったかも知れねえってことさ。誰ぞ思い当たる餓鬼はいねえかい、おめえが深川の地廻りだったころによ。ふふふ……」

文彦は、そういえばそのことは世直党が江戸から姿をくらました後、甘粕孝康という男前の目付に細かく訊かれたことを思い出した。

羊太の兄きの顔は思い出せないが、兄弟のほかにもうひとり、永代寺の床下で寝起きしていやがった小僧がいた、と文彦はそれを思い出した。

その小僧の顔も思い出せないのに、妙にすばしっこくて、しかもえらく可愛げな顔立ちをしていやがった、という思いだけが残っている。

どうせ、どっかで野垂れ死にしやがったに違《ちげ》えねえ、とそう考えると文彦の頭の混乱が少し収まるのだった。

あ、そうだ――と、文彦は肝心なことを思い出した。

「ところで、それがなんで世直党に旦那が狙われたんでやす？　旦那は何をなさったんでやすか、その気の毒なおやじと倅に打ち毀しの濡《ぬ》れ衣《ぎぬ》を着せたときに……」

「人聞きの悪い。おれは罪もねえ親子に濡れ衣を着せたりするような非道な仕打ちはしてねえ。ただよ、おれはなぜか鳥居さまにえらく気に入られてよ。いろいろ目にかけていただいているから、鳥居さまのお気に入りだからと、おれを狙ったんじゃねえか。で、おめえはおれのとばっちりを受けた」

大江は言ったが、あの騒ぎの折り、蓬莱屋の土間に偶然居合わせ、鳥居耀蔵の機嫌を取るため、小人目付の父親と倅を南茅場町の大番屋で地獄の責問《せきもん》をやってのけたのは大江だった。さらに江戸中の読売屋に、あの米河岸一揆が白昼堂々の米問屋への押しこみ強盗であり、首領は元・小人目付の……という内容の瓦版をまかせ、江戸市中の関心を誘導したのも大江だった。

それを契機に、大江は鳥居耀蔵との結び付きを得て定町廻り方になり、今は隠密廻り方に就いている。

朋輩の中には大江のことを、北町奉行所・御目付役方、と皮肉るやつもいるが、言いたいやつには言わせておけ。能のないただの犬に能ある鷹《たか》の生き方はわかるめえ、と嘯《うそぶ》いてはばからない。

「ここまで言ったんだから、ついでに教えといてやる。打ち首になった小人目付の名は斎権兵衛、伜は斎乱之介。おそらく、世直党の頭の名は乱之介だ。斎乱之介、翁の面をかぶっていやがる。今度、世直党の翁を見たら言ってやれ。おい乱之介、おめえは深川の浮浪児だったろう。浮浪児が世直党かい。笑えるぜってな」

大江はそう言ってひとりで、けたけた……と笑った。

文彦は二杯目の蕎麦をすすりながら、あのおっかねえ世直党に面と向かってそんなことが言えるもんかよ、と思っていた。

三

その夕刻、上野池之端・新土手の瀟洒《しょうしゃ》な料理茶屋で鳥居耀蔵は、林家奥女中の笛との逢瀬《おうせ》のときをすごしていた。

鳥居は近ごろ、笛の欲望にいささか疲れ濃厚な肉体にも飽きを覚えていたものの、女体の色香を大胆に利用した搦《から》め手《て》より朋輩への手廻しや根廻し、あるいは上役の評判や噂集めの笛の働きに重宝して、ただれた仲は止められなかった。

それに、今朝の町方の捕物が不首尾だった報告も入っているため機嫌は悪かった。

「なかなか上手い具合に、始末がつきませぬなあ」

と、笛がねっとりとした媚態《びたい》を見せ酌をするままに、盃を重ねていた。

だが心地よく酔えぬし、膳に並んだ料理にも箸《はし》が進まなかった。やがて、

「……お連れさまがお見えでございます」

と、女将《おかみ》の声が部屋の外でかかり、大江、光七、町村の三名が神妙な面持ちで入ってきた。

殊《こと》に大江は、両肩をすぼめた決まり悪げな素振りで、畳に目を落としていた。

笛はうな垂れる三人へ、無遠慮な冷笑を投げていた。

「離れていては話しにくい。近くに寄れ」

鳥居が唇を尖《とが》らせて言い、大江を前にして三人は膝を進めた。

「大江、今朝の始末は報告を受けておる。昨夜の話とはだいぶ違うな」

何分にも……と、言いかけた大江の言葉が続かなかった。

「何分にも、どうした」

「その、われらが受けました報告に、正確さが足りぬようでして」

「正確さが足りぬ？　そのために首尾が上手くいかなかったのか」

「はあ、どうも、そのように考えざるを得ません」

鳥居は大江の後ろに控えている光七と町村へ向いた。気色の悪い音をたてて盃をすすった。

「光七、そうなのか」

「正確さが足りぬと言われやしても、あっしらはちっとでも早く大江の旦那にお知らせしなきゃあ、とお知らせしただけでございやす。ねえ、町村さん」

「は、はい……」

町村は慣れぬからか、三人の中で一番おどおどしていた。

　鳥居は町村を睨んだ。

「町村、どこに粗漏があった」

　不機嫌そうな口調に、町村は震え上がった。

「わわ、わたくしは、昨夜申しました通り、秋五が入った石置場の掘っ立て小屋の中の人数を確かめようと、ひ、日暮れまで見張っておりましたが、暗くなって人の見分けが付かなくなり、それで、お知らせすることが先と考えましまして」

　町村が小声で言った。

「殿さま、わたしらは一刻でも早く、大江の旦那にお知らせし、お知らせすれば旦那が手抜かりなく始末をつけられるだろうと、ひと安心いたしておりやした。ご番所の出役の支度が整うまで、手廻しよく見張りを付けておけば、こういう失態にならなかったと思いやす」

　光七が言い足した。

「手廻しよくと気安く言うが、そう簡単ではないのだ。まず手先に命じ、手先が人手を揃え、それから外神田へ向かう。外神田までは遠い。ときがかかるのはやむを得なかった。光七が機転を利かせて、配下の者を先に見張り役に立てておれば、だな」

「旦那、それはねえでしょう。あっしら、いつでも旦那の指図に従い、出すぎた真似《まね》はしねえように気を配っておりやす。昨夜だって、あっしと町村さんがお知らせに八丁堀へうかがった折り、でかした、よく見付けた、後はこっちに任せろ、と仰《おっしゃ》ったじゃねえですか。ねえ、町村さん」

「それはだな、捕物出役の手配は任せろと言ったんだ。あの刻限の知らせでは、見張り役が付けられるのは、わたしひとりの力ではあれ以上早くは無理だった。光七の手助けがもっとあれば……」

「だったらなぜ、昨夜それを仰らなかったんです。昨夜仰ればよかったんじゃねえですか。光七、手を貸せって」

ほほほほ……

笛が大江と光七のやり取りに、甲高《かんだか》い嘲笑を響かせた。

「みなさま、お務め、大変でございますわねえ。ほほほ……」

言葉に皮肉がこもっている。

「すぎたことはもうよいわ。町村、秋五という門弟の気性を話せ」

鳥居の蝮《まむし》の眼差しが町村を睨んだ。

「き、気性で、ございますか」

「一徹者か。それとも尻の軽い男か」

「頑固者でございます。やると言ったことはやるまで止《や》めません。野州黒羽の元は百姓ですが、祖父の代に近在の貸元になり、やくざな稼業に手を染めたそうです。そういう育ちのせいか、妙に男気の出すぎるやくざな気性で、医者らしい慎重さに欠けるところのある男です」

「秋五は、やると言ったら必ずやる男か」

「はい。そ、そういう男かと……」

「師の万庵を救い出す、と言ったのだったな」

「も、申しました」

「命を賭《か》けても、やると思うか」

「斬った張ったを恐れぬ向こう気の強い男です。あの男なら、やると思います」

「ということは、秋五は万庵を救い出すまで江戸にいるということだな」

「どこかに潜んでいるかと」

鳥居は沈黙し、何かを考えた。

笛が鳥居の盃に酒を満たした。

どこかの茶屋で奏でる三味線の音が、艶《なま》めかしく聞こえてきた。

「大江、秋五という男は世直党の一味と似たところがあると思わぬか」

鳥居が大江へ眼差しを向けた。

「似ているかもしれません」

「あいつらは命知らずだ。こっちには油断があった。だからやられた」

鳥居が盃を音を立ててすすった。

「殿さま、よなおしとうとは、この夏の天保世直党のことでございやすか」

光七が好奇心を見せた。

「そうだ。世直党がまた現れおった。光七には話さなかったが、秋五を助け匿った掘っ立て小屋の旅芸人の一座が、じつは世直党だ。大江に隠密に探らせていた。秋五の兄の遺言を伝えに秋五を訪ねてきたのだったな」

「ささ、さようです」

鳥居に睨まれた町村が、身体を縮めた。

「ふふ……それがまことなら、悪党のくせにお人好《ひとよ》しな一味だな。頭の悪いやくざの義侠心《ぎきょうしん》に似ているだろう。秋五が江戸にいる限りは、世直党も江戸におるはずだ」

はあ――と頷いた大江は、鳥居の目に世直党への憎悪と怯《おび》えがこもっているのを読み取った。世直党が鳥居襲撃を諦めていないのは明らかだった。だから一味はまた江戸へ戻ってきた。そうだ、それしかない。

「いい機会だ。秋五とともにうっとうしい蛆虫《うじむし》どもをひねり潰す。策がある。大江、江戸中の読売屋に瓦版を出させろ。江戸市中に隈《くま》なく知らしめるのだ。世直党がまたしても現れたと」

「はあ。そうしますと、江戸の庶民はまた世直党に喝采《かっさい》を送りましょうな。また悪徳商人や役人どもにひと泡吹かせてくれよと」

「だからおぬしが瓦版に書かせるのだ。万庵と世直党が共謀し火付けをやったとな。江戸の住人に世直党憎しと誘導するのだ。おぬしの得意なことだろう」

それから鳥居は策を授けた。鳥居の策に誰も異議を挟まない。

笛が退屈そうにひとりで盃を呷り、朱の長煙管《ながギセル》を吹かした。

とき折り、うなじの後れ毛をくねる指でかき上げ、男たちの誰彼へとなく濡れた眼差しを投げた。

「殿さま、そのようなことができるのでございやすか」

やがて光七が言った。

「できるとも。できぬことは言わぬ。わたしはご老中の水野さまの右腕ぞ。水野さまは遠からずご老中首座に就かれる。そうなればいっそうわたしを頼りになさるだろう。水野さまはわたしと同じ考えだ。間違いなくこの策に賛同してくださる」

鳥居は赤黒い顔を歪《ゆが》め、ふふ……と酷薄な笑い声を立てた。

四

天保九年の師走《しわす》半ばころより、江戸中にその瓦版が売り出され始めた。
それも、どの読売屋の瓦版も同じ種を扱い、同じ趣旨の文句を並べ、置手拭《おきてぬぐい》に字突《じっ》きで売り歩く読売もあれば、三味線付きの流行唄《はやりうた》に乗せて辻々を囃《はや》して廻る読売もあった。その趣旨は、
《芝の洋学者・火付けの松井万庵に共謀者の存在発覚。なんとあの天保世直党が再び江戸の町に牙《きば》を剝いた。身代金狙いに罪なき町民をかどわかし、巨額の金を奪ってもなお飽き足らず、次は松井万庵と共謀し、火付けをもって江戸町民の命を狙う》
《世直党の狙いは万庵の秘薬、人の臓物より作り出す長寿の丸薬でひと儲《もう》けの企み。その飽くなき強欲が鬼畜の所業に走る。事情通の明かすところによれば、世直党が松井万庵の背後より糸を操ることなきにしもあらずと》
《さて共謀者・松井万庵が捕縛された今、鬼畜・天保世直党の次なる標的はどこに》
と、概《おおむ》ねこう言った類の風説種が、今日はあの読売屋、明日はあの読売屋、その次

は……と、とっかえひっかえ師走の江戸市中へ売り出されたのだった。

　この夏、悪徳商人と商人らと癒着する役人にひと泡吹かせた江戸庶民の痛快事は、

「世直党は恐《こわ》い」

と口伝えに広まり悪行に変貌していくのに、師走の十日足らずで十分だった。

　そうして、歳《とし》の市が平川天神境内で賑わう二十五日と二十六日、松井万庵のお裁き申し渡しが正月明け奉行所仕事始め早々の十七日に内定と、幾つかの読売が四枚立て瓦版にして二日続けて売り出した。

　のみならず、瓦版にはどれも万庵に下される裁断までが推量されており、

「北御番所詮議役の内々に語るところによれば、悪運つきた鬼畜・万庵の死罪免れがたく火罪、もしくは磔刑《たっけい》が申し渡されること間違いなし。場所は浅草小塚《こづか》っ原《ぱら》。世直党は手も足も出ずだ。詳しい事情はこれを読めばわかる。評判評判、買った買った」

と、置手拭に字突きの売子が江戸市中の辻々へ売り廻った。

「火焙《ひあぶ》りか磔《はりつけ》かい。まあ火焙りは酷《むご》いからね。お上のせめてものご慈悲で、磔になるんじゃないかい」

「まったく、病を治す医者が火付けなどと、とんでもない所業でございますねえ。何が万庵をそうさせたのでしょう。洋学などにたぶらかされた者の心底が、わたしなど

には計りかねます」

「万庵の人の臓物から拵えた精を付け長寿になる秘薬、あれはまことでしょうか」

「さあ、どうですか。以前、読売の挿絵で見たことはございますが。万庵ならやりかねませんよ。ああ、気味が悪い」

「とにかく後は世直党だな。お上が早く世直党をお縄にしてくれなきゃあ、枕を高くして寝られないよ」

「ごもっとも、ごもっとも……」

住人の間では、新年を迎える支度が忙しい年の瀬のさ中、そんなやり取りが交わされ、しかもそういう噂話の陰で世直党がこのまま引き下がっていまい、と言った物騒な話題も取り沙汰されるほど万庵のお裁きについての関心が静かに高まっていた。

その日、馬喰町は柳城店のどぶ板に、三和が赤い鼻緒の中折り下駄をからころと鳴らした。

「ただいま」

三和は長屋の奥から二軒目の腰高障子を引いた。

九尺二間の店は、竈《かまど》と流しが土間にあって、土間続きの四畳半には障子の仕切りはない粗末な造りである。

四畳半に乱之介と秋五が向かい合い、四枚立ての瓦版を間に置いて何やら話し合っていた。

「戻ったかい」

乱之介と秋五が三和へ向いた。

三和はその日売り出された新しい瓦版を手にしていた。

「乱さん、これを。あら……」

四畳半へ上がるなり差し出した瓦版と同じ瓦版を、乱之介と秋五の間に見付けた。

「おれもさっき手に入れてきたばかりだ。ずいぶん細かく記してある。まるで万庵先生はここだぞ、鬼さんこちら、と鬼を呼んでいるみたいにだ」

秋五は膝の上に拳を作り、難しい顔を瓦版に落としている。

「お三和、代助兄さんたちを呼んできてくれ。みなの考えを聞きたい」

はい――と、三和は路地の奥隣の店へ、代助、羊太、惣吉の三人を呼びにいった。

柳城店の奥二軒を借り、奥より二軒目は乱之介と秋五と三和が使い、奥の一軒に、代助羊太兄弟と惣吉が寝起きした。

粗末な九尺二間の裏店だけれども、それまでの旅から旅の宿や、石置場の掘っ立て小屋のねぐらと較べれば、これでも贅沢な住まいだった。

乱之介たち五人と秋五は、この柳城店に身を潜め、松井万庵救出の策を立て、機をうかがっていた。

乱之介は万庵に裁きがくだされるまで、おそらく数ヵ月のときがかかるだろう、と見越していた。詮議が始まるまで二、三ヵ月、詮議が始まってからも申し渡しまでにときがかかるはずだった。

ところが瓦版は、十一月晦日《みそか》に捕縛された万庵の詮議がこの師走にはすでに始まっており、年の明けた年始の仕事始めの十七日に申し渡しが内定として、師走のうちに万庵の詮議が終わっている事情を伝えていた。

「これが本当なら、万庵先生の裁断は、詮議の前からすでに決まっていたということです。詮議など、詮議を行ったという形を整えただけなのです」

乱之介は秋五に言った。

「乱さん、なんでこんな瓦版が売り出されるんだろう。おれは初めてだ。お上はこんな瓦版を売り出す読売屋を普通は厳しく咎めるはずだ。なぜ咎めねえ」

代助が首をひねった。

「読売屋の後ろで糸を引いているのがお上、たぶん鳥居耀蔵だからだ」

「鳥居耀蔵が後ろで……何が狙いでだ」

「狙いは、秋五さんと、秋五さんとともにいるおれたち世直党をおびき出すためだと思う。鳥居はおれたちに狙われていることを知っている。だから万庵先生の処刑を機に、おれたちをも一気に殲滅《せんめつ》する手に出たのだ」

「でも、秋五さんやわたしたちの目を小塚っ原へそらして、本当は鈴ヶ森で万庵先生を処刑する策略なのでは？」

と、短い沈黙をへて三和が疑念を口にした。

「万庵先生を処刑することだけが狙いなら、読売屋に書かせたりはしない。読売屋に書かせたのは、秋五さんには万庵先生を救い出しにこいと、おれたち世直党にはお上にひと泡吹かせたくばかかってこいと、ある意味で果たし状を突き付けたのだ」

「果たし状……」

「鳥居は焦っている。おれたちと早く決着をつけたがっている意図が、瓦版にこんなことを書かせた謀《はかりごと》で、逆にばれている」

「乱さん、どうする」

「わたしはやらねばなりません」

秋五が気が急《せ》くように言った。

「秋五さんやおれたちをおびき出す謀なら、やつら、きっと厳重に備えてくるぜ」

代助が慎重な口振りになった。

「それでもわたしは……」

「秋五さん、前にも言いましたが、この戦《いくさ》はもう秋五さんと万庵先生だけの戦ではありません。わたしたち世直党とお上の戦でもあるんです。元々、仕かけたのはわたしたちです。兄さん、向こうが攻めてこいと言うなら攻めてやろうじゃないか」

「端《はな》からそのつもりさ」

代助が軽々と言った。

三和と羊太と惣吉の三人が、秋五へ頷きかけた。

「ときは正月の十七日。場所は小伝馬町の牢屋敷から小塚っ原の刑場までのどこか。兄さん、明日から実際に歩いて見て、場所選びをする」

「よしきた」

「三和、羊太、惣吉、それから秋五さん、四人には揃えて欲しい道具がある……」

乱之介は四人に支度を整える細かな指示をした。それから秋五に言った。

「秋五さん、万庵先生を無事救い出せるか、あるいはわれらが倒されるか。勝負はこの一撃で決まります。次はありません。いいですね」

秋五は、ごくり、と喉《のど》を鳴らして頷いた。

しかし、そう言いながら乱之介は、兄・周蔵から三途の川の渡し賃の六文銭をはたいて頼まれた弟・秋五を郷里の余瀬村へ帰す使命をやり遂げねば、と考えていた。

同じころ、番町三年坂の甘粕邸の克衛の居室に、克衛、孝康、森の三人が、前日とその日売り出された二冊の瓦版を囲んでいた。

克衛は早や裏庭の畑でひと仕事をすませたのか、いつもの野良着で孝康の淹《い》れた茶を喫していた。

「手の者が調べましたところ、間違いなく、北町の大江勘句郎が江戸中の読売屋を奉行所へ集め、今月半ばよりの一連の瓦版を売り出させております。瓦版の種は大江が各読売ごとに細かく計らい、売れ残りが出れば奉行所が買い取るという取り決めにしたそうです」

森が克衛の問いに応えていた。

「で、これが昨日と今日、昨日は馬喰町の書物問屋の吉田屋《よしだや》の出します読売、今日は浅草の地本問屋・文殊堂《もんじゅどう》の出しております読売です。両者とも内容はほぼ同じ、松井万庵お裁きの申し渡しが正月十七日の内定と、火罪か磔の処刑、場所は小塚っ原において、というものです。大江勘句郎の計らいですので、裏で鳥居さまが指図なさっておられると思われます」

孝康が森の後に続けた。

「わたくしの方では、ご老中・水野忠邦さま周辺にそれとなく訊きこみをいたしました。それによりますと、奉行所のそれらのお裁きは水野さまより北町奉行・大草能登守《おおくさのとのかみ》さまへ内々にお達しを出されて、ゆえにそういうお裁きに決まったことがわかりました。どうやら、お裁きが決まったのは松井万庵の詮議が始まる前のようです」

「なんたることだ。ならば、奉行所の詮議は手順と形式を整えた狂言か」

「万庵の処刑は、万庵を捕えたときから決まっておったのです」

「手順形式さえ守っておれば、法を犯したことにはならぬと考える尊大な愚か者の小細工だ。法をおのれらの狙いに合わせて扱い、公正な詮議もせずに人を罰して恥とも思わぬのか。法に従うという意味が、わかっておらぬ」

珍しく克衛が厳しい口調になったので、孝康と森は顔を見合わせた。

「お上の政《まつりごと》に異議を唱える洋学者弾圧を狙った見せしめに、松井万庵を捕縛し罰するためだけなら、裏からそこまで画策をする必要はありません。すでに狙いは十分達せられております。父上は鳥居さまがそこまでなさる意図を、どう読まれますか」

「鳥居の魂胆は見え透いておる。おぬしらも気付いておるだろう。牢屋敷より万庵を救い出すのはほぼ無理だし、たとえできたとしても長いときを要する。機会があるとすれば、牢屋敷から出て詮議のために奉行所へ向かう途中、あるいは牢屋敷内の斬罪ではなく、小塚っ原か鈴ヶ森の刑場へ向かうときだ」

克衛は茶を喫し、ひと息ついた。

「鳥居はその機会を、裏から手を廻して作り出したのだ。松井万庵の処刑の場所と日取りを江戸中に知らしめ、門弟の秋五というおらんだ医者をおびき出すためにな。だがそれは表向きの狙いで、真の狙いは門弟の秋五を逃がし匿っておる乱之介らが秋五とともに万庵救出の挙に出るところを、もろともに捕縛するか討ち取る。それだ」

しかし――と森が言った。

「門弟の秋五と乱之介らが、警戒の厳重な処刑の列を襲う危険を冒すでしょうか。自らの命を危うくする、あまりにも無謀な挙であることは明白です。乱之介らだとて、この瓦版が謀と気付かぬはずはないと思うのですが」

「ふむ。謀と知ってなお、乱之介らが襲ってくるというわれらの知らぬなんらかの根拠が、鳥居にはあるのではないか。鳥居は世直党は必ず現れると思いこんでおる。現れれば一網打尽にできると高をくくっておる。本当にそうか。乱之介は手ごわい。人はおのれの都合のいい方にばかり考える。打った手が吉と出るか凶と出るか、終わってみるまでわからん」

そのとき孝康は思った。

万庵を救い出せたとして、執拗《しつよう》な追手を逃れ乱之介らは、どこをどのような手段で逃げるのだ。そこだ――と孝康は、ふと、思った。

六之章　小塚っ原の襲撃

一

師走、松井万庵の詮議《せんぎ》は北町奉行所詮議所において一度、行われただけだった。

詮議所お白洲で詮議方に火付けの罪科を問われ、そのような罪に問われる謂《い》われはないと応えた。

詮議方は「さようか」とひと言だけ言って、それで詮議は終わりだった。

証拠調べも、証人が呼ばれることもなかった。

次の詮議の呼び出しがないまま師走の日がたち、大牢に万庵のお裁きの申し渡しが正月十七日に決まったという噂だけが流れた。

それによって万庵には初めてわかった。

詮議はもうない。気に入らぬ洋学者を抹殺する、という狙いなのだ。

それもよかろう。もう十分に生きた。万庵はそう思った。

そのときまで大牢の囚人たちの診療に、医療の道具はないけれども医者としての最後の務めをつくそう、と考えた。万庵の心に澱《よど》みはなかった。

万庵は浪人とはいえ士分であり医師でもあったから、牢屋敷では揚屋《あげや》に収容されるのだが、差料も帯びない贋医者《にせいしゃ》は士分にあらず、との奉行所のお達しにより町民が入る大牢に収容された。

奉行所の牢屋敷へのお達しの裏には、これも公儀高官より火付けの万庵には厳しき対応を、という申し入れが奉行所になされていた。

その大牢で囚人の中に医師・松井万庵を見知っている者がおり、

「万庵先生じゃござんせんか。なんで先生がこんなところに」

と、万庵が優れたおらんだ医師であり、芝の診療所で貧しき庶民の医療に力をつくしていたことを牢内役人へ伝えた。

高名な医師ということで、新入りが入牢の折りのきめ板で受ける手荒な仕打ちは免れたのを、

「わたしだけが特別な扱いは潔しとはせぬ。構わぬから打て」

と、尻を出していきなりの折檻《せっかん》に耐えた。

さらに折檻の後、隅役につるを出せと言われ、「つるとはなんだ」と問いかえし、牢内に密かに持ちこむ命の蔓《つる》である金のことだと知らされた。

「そんなものは持ってはおらぬ」

と万庵は応え、またしても仕置を受けることになった。

牢名主は四十すぎと思われる壮漢だった。六十をすぎた豊かな白髪を総髪にして一《いち》文字髷《もんじまげ》を結い、優れた骨柄の体軀《たいく》を凜《りん》と伸ばした万庵を、四、五人の平囚人に取り押さえさせ、

「われはつるもなしにきて、ここをなんと心得る。日本一の大牢二間牢揚屋なるぞ。牢を軽んじ命の蔓も持参せずは、命は惜しくねえものと見たがどうだ……」

と、折檻仕置を始める口上を述べ始めた。

だが、そのときだった。

牢名主はだいぶ以前から持病があって、それを隠して大牢を指図していた。

その持病による痛みが急に腹を襲い、畳を十枚以上積み重ねた見張畳で倒れ伏し、呻き声を上げ始めた。

万庵は取り押さえた平囚人らの腕を振り払い、

「牢名主どの、痛いのか。わたしは医者だ。診て進ぜる。よろしいな」

と、見張畳の牢名主へ寄り添った。

牢名主は突然の苦痛に苦悶《くもん》し、万庵を退ける余裕などなかった。

万庵の触診を痛みに身をよじりうめきながら受け、問われるままに応えた。

ここだな、どんなふうに、いつから、こうすれば具合はましか……と、万庵は牢名主の腹部から背中を触診し、やがて耳元でささやいた。

「このしこりはいつからできておる」

「に、二年、くれえ、めえから、二年くれえ……」

「ここをこう押せば、痛みはどうだ。楽になるか」

「おお、いい。ら、楽になる。ありがてえ。痛みが退いて、いくぜ」

牢名主の腹の奥には、大きな硬いしこりがあった。

やがて万庵は触診を終えて言った。

「牢名主どの、この病は難しい。わたしには手に負えぬ」

「手に負えねえ？　治す薬は、あるのかい」

「この病を、治す薬はない」

「治せなきゃあ、どうなるんでえ」

「だんだん悪くなる」

「だんだん悪くなって、おっ死んじまうのけえ」

万庵は黙って頷いた。

牢名主は、険しいが不思議そうな目で万庵を見上げた。

囚人たちは万庵と牢名主を、何もできずじっと見守っていた。

「それでも、養生はした方がいい。悪くなるのを遅らせることができる」

牢内で重い病を患った囚人は溜預《たまりあずけ》になる。だが、溜で特別な医療が施されるわけではない。牢名主が訊いた。

「いつまでだ」

「次の桜の花を見るのは、難しい。わたしの方が牢名主どのより先に、三途の川を渡ることになるかもしれぬがな」

背中に万庵の指圧を受けて痛みがやわらいだ牢名主は、身体を起こして言った。

「わかった。はあ、先生、楽になったぜ。おらこのままでいい。このまま、いけるとこまでな。おめえたち、先生につるは必要ねえ。折檻も仕置も許さねえ。誰ぞ、先生の世話をして差し上げろ。めでてえじゃねえか。大牢に、こんな大先生がいてくださることになった」

「へええ」

囚人たちが一斉に応えた。

それから囚人たちのふる舞いは一変し、尊崇の目で万庵を見るようになった。

その日より万庵は、医療道具は何もない中で、病を得た囚人たちにできる限りの医療をつくした。

日がたって牢内の暮らしがわかってくると、牢内生活なりの養生法、病気の予防法を牢名主に進言した。

「みな、万庵先生のお指図に従うんだ」

牢名主は万庵の医術と人柄を心から信頼し、敬った。

囚人たちは、先生、せんせえ、と万庵の周りに集まり、身体の診療だけでなくそれぞれの苦しみ、悲しみ、煩悩をも打ち明けた。万庵は囚人らのそんな心の悩みとて疎《おろそ》かにせず、慈愛のこもった言葉で癒したのだった。

師走がすぎ、年が明け、天保十年になった。

万庵は一日一日とすぎてゆく正月の残り少ない日を、囚人たちの医療と、どんな話にも熱心に耳を傾けることで、心静かに送った。

そして正月十七日がきた。

春は名のみのその朝は殊のほか寒く、冷たい風が吹き荒《すさ》び、灰色の雲が江戸の町を覆っていた。

裁きの申し渡しは朝五ツ（午前八時）である。

奉行所大白洲でお奉行さまが直々に「打首獄門」などと、裁断を下すことはない。

前日、囚獄に通知があり、当日、平当番の牢役人が《お仕置物書付《かきつけ》》をきめ板に書いて牢名主に渡すのである。

死刑の執行がない朝は「お沙汰はない」と、牢役人が牢屋中に触れ廻る。

そのときどの監の囚人たちも「ああ」と、安堵の歓声を上げた。

囚人たちのその歓声が響き渡る牢屋敷周辺の町地は、地代が安かった。

「お仕置物がある」

牢役人が万庵の名を告げた。

「おりました。北ご番所青木慎太郎さまお掛で……」

と、牢名主が応えた。

「先生、お世話になりやした」

万庵が牢を出るとき、牢名主が目を潤ませて言った。

「牢名主どの、やはりわたしの方が先になった。またな」

それから万庵は囚人たちを見廻し、

「みな、養生を怠るな。おのれの命、大事を心がけよ。さらばだ」

と、別れを告げた。

囚人たちの咽び泣きと嗚咽《おえつ》が、獄舎に長く響き渡った。

「これを舌にのせて、途中で人足に渡せば、首を洗ってくれやす」

牢名主が一分金を万庵の口の中に入れた。さらに、紙で作った数珠《じゅず》を首へかけた。

「すまぬ」

万庵は微笑んだ。

大牢を出た万庵は、胴縄、襷縄《たすきなわ》と、後手《うしろで》に結わえられ、馬上へ乗せられた。

刑場までの列は、六尺棒を持った人足二人、次に捨札、そして朱黒千段巻二間半の朱槍《しゅやり》をかざした六人の同心が続く。同心は丸羽織に股引、脚絆の拵えである。

槍の次が馬上の万庵だった。

馬には口取りひとりと左右にひとりずつ、介添えが付いた。

それから、正副検使役として南北与力がひとりずつ、陣笠野羽織、袴に帯剣の拵えですでに騎馬にあった。

騎馬の後ろには四人ずつの槍持、挟箱持、従者が従った。

与力の騎馬にも中間の口取りと従者らのほかに、左右二名の同心が付いた。

さらに後ろに同心が四名従い、そのまた後ろに本来ならば十数人の人足が罪科の次第を記した紙幟《かみのぼり》を持って付くが、その日は人足ではなく、捕物装束に物々しく拵えた同心と手先ら二十数名が付き従った。

その中には、二丁の鉄砲が火縄の煙を燻《くゆ》らせていた。

またしても奉行の許しを得た大江勘句郎と世直党への雪辱に燃える青木慎太郎は、与力の騎馬の後ろの四人の同心に雑じっていた。

秋五なんぞはどうでもいい。今日こそ世直党の始末をつけるぜ。大江ははやる気を抑えかねていた。

「いけ」

検使役与力の正使が指図して、行列は進み始めた。

刑の行列は牢屋敷の裏門から出る。

裏門には今日の万庵のお裁きを知っている野次馬が、大勢集まっていた。

馬上に縛《いまし》められた万庵を見ると、「わあっ」とどよめきが起こった。

そんな万庵に涙を流す者もいれば、「鬼」「人殺し」と罵声《ばせい》を浴びせる者もいた。

芝はめ組の頭取・光七と光七の息のかかった火消らは、みな手鳶《てとび》を腰に差し、その中にまぎれていた。

空には灰色の雲がたちこめ、冷たい風がその朝は綺麗に結った万庵の白髪のほつれを震わせた。

二

行列は浅草・西方寺《さいほうじ》で最後の休息を取った。

西方寺を出てより山谷堀の三谷橋を渡り、左手の町並と田圃《たんぼ》の向こうに見える山谷堀の土手と次第に別れつつ、新鳥越町《しんとりごえちょう》の四丁目まで町地をゆき、四丁目の寺町、次に山谷浅草町《さんやあさくさちょう》を抜けた。

山谷浅草町を抜けると千住《せんじゅ》街道は、一面の田野の中をゆく小塚原縄手である。

小塚原縄手の先、中村町《なかむらちょう》から小塚原町《こづかはらまち》の下宿、長さ六十六間、幅四間の千住橋を越えて、掃部《かもん》宿、橋戸町、河原町、千住一丁目から五丁目までの上宿、十ヵ町を合わせて千住宿と言われている。

千住宿をすぎれば、日光奥州街道である。

小塚原の刑場は、千住宿は下宿までの途中、小塚原縄手の西にあった。

間口六十間、奥行三十間の原野に、夥しい遺体の埋まった盛り土が波打ち、惨々と広がる雑草が、吹き荒《すさ》ぶ春の寒風に打ちひしがれていた。

刑場の一角には石像坐身の地蔵と高さ一丈余の題目を刻んだ石碑が、街道の彼方、灰色の空の下に寂々《せきせき》として見えた。

街道の両側、南西と北東に広がる田野には黒い地肌を見せる田圃や、野菜畑が連《つら》なり、竹藪や、小楢《こなら》、栗、樫《かし》や椎の林や森が散在し、遠くの百姓家の茅葺屋根《かやぶきやね》が樹林に隠れて眺められた。

南西側は吉原《よしわら》の折り重なる田圃を越した彼方に下谷通新町《したやとおりしんまち》の町並が見はるかせ、北東側にはるばるとうねる田面の畦道《あぜみち》をいけば、汐入《しおいり》の小溝を越え隅田川堤に出ることができる。

灰色の空の下に吹きすさぶ風がうなり、道端の葉を落とした欅《けやき》がゆれていた。

刑場のある原野にも、野次馬が大勢集まっていた。

磔《はりつけ》の十字柱を立てる穴がすでに掘ってあり、六尺棒を持った奉行所雇いの下男らが刑場の周辺に立って野次馬の警戒に当たっていた。

凍《い》てつく風の中に万庵の行列が浅草町の方よりくるのが見えてくると、興奮した野次馬のざわめきが湧き上がった。

ゆるやかに街道を進む行列の中、牢着の万庵は厳しく縛められて馬上にあって、死を恐れぬ達観と、堂々とした風格を失っていなかった。

「やけに堂々とした科人《とがにん》じゃねえか」

「そうだな。瓦版の絵とだいぶ違うねえ」

などと、野次馬が言い合った。

行列は刑場へ数町までのところまできていた。

そのときだった。六尺棒を手にした行列の先頭の人足が、道の先に止まっている荷車を認めた。

うん？

行列が荷車の数間手前まできて先頭の人足が足を止め、続いて行列が止まった。

荷車は道の真中に置き捨てられたみたいに人の姿が見えず、行列の方へ荷台を向けて、荷台に積んだ薪や木切れを筵茣蓙《むしろござ》で覆ってあった。

持主はどこにいる、と人足は周辺を見廻した。

その様子を刑場の方からも野次馬らが見て、また言い合った。

「おいおい、あんなところに荷車が置き忘れてあるぜ。どうせ浅草の間抜けな百姓に違いないよ。行列の邪魔だっつうの」

「あそこにぼさっと突っ立ってる間抜けが見えるぜ。鼠色《ねずみいろ》に菅笠《すげがさ》をかぶったのが、ひいふうみいよう……なんだい、ありゃ百姓じゃねえな。侍かね。差料を帯びているもんな。全部で五人か。何をしてるんだろう」

「なんでもいいが、ちゃっちゃっとすましてもらわないと寒くて仕方がないよ。邪魔だからさっさとどけろ」

行列先頭の人足が荷車を道端へ退《ど》かせようと走りかけた。

するとそのとき、荷車の筵莫蓙がすっと天に持ち上がった。

筵莫蓙の下に人影が見えた。

それから筵莫蓙が風に吹かれたように落ちた。

長身痩軀とわかる菅笠の人影が、荷車の積み重ねた薪の上に立っていた。

人足はその人影に戸惑った。

どうやら人影は、薪や木切れと一緒にうずくまっていたらしかった。

菅笠に隠れた顔はわからなかったが、鼠色の筒袖の着物、同じ鼠色の細袴を脚絆で絞り、草鞋を着けた足袋《たび》も同じ全身鼠色で、胸襟の間から黒い鎖帷子《くさりかたびら》が見えた。

腰に帯びた黒鞘《くろさや》の二本が、曇り空の下に重たげだった。

人足に代わって、朱槍を携えたひとりの同心が進み出た。

すると、荷車が車輪を軋《きし》らせ、ゆるやかに行列の方へ動き始めた。

進み出た同心は、首を傾《かし》げ歩みを止めた。

人影は、動き出した荷車の上でも微動だにせず、胸元に両腕を組んで佇《たたず》んでいた。

「おい、どかぬか」

同心が、手を振って脇へ寄れと荷車の人影へ指図した。

あはははは……

突然、人影が胸を反らせて笑った。

菅笠の下の顔がようやく見え、同心はその翁《おきな》の顔に「あっ」と息を飲んだ。

翁が面の下のくぐもった声を、行列へ投げた。

「役人どの、われら、罪なき囚《とら》われ人をいただきにまいった。理不尽なる仕打ちを即座に改め囚われ人を置いて立ち去れ。さすれば無駄な怪我人、死人《しびと》を出さずにすむ。さもなくば、役人どのは理非なき行いの罰をこうむることになるぞ。われら、天保世直党である」

行列は止まっていたが、荷車はなおも車輪を鳴らして進み続けている。

天保世直党のひと言に、捨札や囚人の馬の口取り、介添えの人足らは行列の後ろへ走って後退した。囚人の馬の口取りを木刀を帯びた中間が代わった。

万が一、万庵救出の一味の襲撃があった場合、乱戦に足手纏《あしでまと》いの人足は後詰《ごづめ》に廻る手筈を事前に交わしてあった。

人足らと入れ替わる形で後方に付いていた同心と手先らが、検使与力の両側から前方へ即座に駆け出した。

その集団を率いるかのように、青木慎太郎は早くも先頭に立っていた。

「よし、かかった」

大江はひと声叫び、騎馬の検使与力に言った。

「賊はわれらが引き受けます。検使どのは万庵の周りを固めてくだされ」

「相わかった」

検使与力の騎馬が前足を跳ね、いなないた。

大江は、同心と手先らの後ろに位置を占め、向かってくる荷車と翁に相対した。

あの翁だ。忘れはしない。南茅場町の大番屋で大江に刀を突き付けた。そして、

大江は折れた歯を舌先で確かめた。

「くそ鼠、年貢の納めどきがきたぜ」

と翁に叫んだ。

翁が大江を見付けた。翁の顔が笑ったかに見えた。

「また会ったな、大江。おのれの務めをおのれ自身で汚してそれで満足か。万庵先生がこの世にどんな害をなした。正しき者はどちらか。間違いをおかしているのはどちらか。おのれの胸に問うてみよ」

「うるせえ。鉄砲、いけえっ。撃ちもらすなあ」

大江が二丁の鉄砲に命じた。

鉄砲を担いだ同心が前へ進み出て、じりじりと接近を止めない荷車に対して片膝ついた。火挟みの火縄を確かめ、地板を鳴らした。

荷車の翁は動じなかった。

「放てえっ」

火花が銃口に走った。乾いた音が風の中ではじけた。

しかし火縄が火薬に着火されるより早く、翁は荷車の後方へ高々と華麗な蜻蛉《とんぼ》がえりを打っていたのだった。

鉄砲の白い煙が北西からの風に吹き払われたとき、翁の消えた荷車が速度を上げて突っこんでくるのがわかった。

車輪が地面を激しく咬《か》んだ。

「荷車の後ろへ隠れやがった。包んでひっ捕らえろ」

二十数名の同心と中間、小者、手先、六本の朱槍が、荷車を囲む態勢を取って両側へ廻りこんでいく。

荷車は止まらず、捕り方の足音が荷車の周りに轟いた。

途端、ぴぃぃぃっ、と小塚っ原の田野が、閃光《せんこう》によって引き裂かれた。

灰色の雲間に火柱が一閃《いっせん》した。

瞬間、真っ赤な火花と炸裂音が田野をつんざいた。

同時にすべての光景が真っ白になった。

次の瞬間、爆風が捕り方に襲いかかり、先頭の数名を薙《な》ぎ倒した。

吹き飛ばされた者もいた。

悲鳴や叫び声を上げる刹那《せつな》の間もない出来事だった。

舞い上がった黒煙が北西の風に乗り、南東に位置する行列を包んだ。

煙と一緒に、吹き飛んだ木切れや薪が、行列へおびただしい破片となって降りかかった。

なんだ、これは。何が起こった。

と、爆風の威力よりも受けた驚愕《きょうがく》の方が捕り方を動転させた。

万庵を乗せた馬と二人の与力の馬が驚いていななき、地面をかいて後退《あとじ》さる。

口取りの中間が、懸命に万庵の馬を押さえていた。

大江は爆風に耐えて、煙がようやく切れた前方を見て、一瞬、ぞっとした。

爆発の後の炎に包まれた荷車の周りで、捕り方の半ばが転げたり尻餅《しりもち》をついたりして、半ばが呆然と佇んでいる。

そしてそのゆらめく炎の両側より、菅笠の下に見える翁と獅子口《ししぐち》、烏《からす》と猿と般若《はんにゃ》、そして忘れもしない、大江の歯を折ったあの巨漢の鬼の顔が突進してくるのが見えたのだった。

みな、鼠色に揃えた扮装《いでたち》に、刀や槍をかざしている。

翁が走りながら、閃光《せんこう》を走らせたかのように抜刀する。

甦《よみがえ》る恐怖が大江をすくませた。

震える手で刀に手をかけたが、なかなか抜けない。

後退する大江の足がもつれて転倒した。

わわわわ……と、喚きながら上体を起こし、刀を半ばまで抜いたとき、六人は大江には目もくれず、後方へ退く万庵や与力の騎馬へ突き進んでいった。

「立てえっ。怯《ひる》むな。こんなこけ威《おど》しのひとつや二つ、屁でもねえぞ。いくぞ。町方の意地を見せてやれ」

煤《すす》だらけの青木慎太郎が喚き、捕り方を奮い立たせた。


馬上の万庵の周りを、二騎の与力と抜刀した同心四名、同じく太刀をかざす従者四名、木刀の中間や小者六名、さらに数名の六尺棒の人足らが囲んでいた。

与力は二騎ともに長槍を手にしている。

万庵の馬が暴れるのを、中間が口へ取りすがって押さえていた。

ひゅん、ひゅん、ひゅん……

最初に続けざまの石飛礫《いしつぶて》が同心や与力を襲った。

一個の石飛礫が与力の陣笠に跳ね、頭をすくめた与力の動きに騎馬が前足を大きく跳ねた。

矢継ぎ早の石飛礫は、束の間、守備側に怯みをもたらした。

その隙へ翁が真っ先に突っこんだ。

左右から打ちかかる同心の一撃を易々と両側へ撥《は》ねかえし、前に立ちはだかった従者の打ちこみを受け止め、長い足で蹴り飛ばす。

羽織に野袴の従者は、くわあっ、とひと声上げ、与力の騎馬の足元へ横転する。

翁の後ろに獅子口が続いていた。

獅子口は態勢を立て直した同心らと斬り結び始めた。

そのため獅子口の前進が阻まれた。

一方、与力は騎上より長槍を翁へ突き立てる。

「下郎っ」

それをかいくぐり、上段から翁は一撃を加えた。

しかし、与力の手綱《たづな》捌《さば》きと槍捌きも練達の腕前だった。

素早く騎馬を廻して一撃をそらし、長槍を上から叩き付ける。

翁は大きく横へ飛んで、騎馬の尻を刀の峰でしたたかに打つ。いななく馬が与力の押さえも利かず、土煙を巻き上げ駆け出した。

与力の騎馬を追い払うと、翁はさらに後方の馬上の万庵へ突き進む。

木刀をかざした中間が馬の口を取っている。

一気に踏みこんで、一刀の下に中間の木刀を真っ二つにした。

刀身をうならせ脅しの二の太刀を浴びせると、中間は馬の口を離し転んで二の太刀から逃げた。逃げる中間を追うつもりは毛頭ない。

翁は馬の口を取り、「万庵先生」と馬上へ叫んだ。

わあっ、と四方より寄せる新手の攻撃を、道をはずれて原野へ馬と万庵を導きつつ、縦横無尽に撥ねかえす。

後ろで獅子口が同心らの攻撃を懸命に防いでいる。

その同心らのこめかみや口元を石飛礫が襲った。

「あちっ」

こめかみを打たれた同心が顔を歪めた。

烏と猿と鬼、そして般若は、もう一騎の与力へ襲いかかっていた。

それを守ろうと、従者らのほかに木刀の中間、小者、さらには六尺棒の人足らが騎馬の左右から逆襲を仕かけてくる。

見上げるほど巨漢の鬼の得物《えもの》は、鬼の手にあっては棒切れみたいに見える二間半の素槍だった。

先頭に立ってそれを振り廻し、矢継ぎ早に叩き付け、逆襲を防いだ。

猿と般若は脇差を振るい、廻りこむ相手と打ち合い、堪《こら》え、そして押しかえす勢いだった。

「賊は小勢だ。叩き潰せえっ」

与力が槍を振るって叫んだが、烏の石飛礫が数に任せて包囲しようとする者らへ容赦なく浴びせられた。

烏の石飛礫と鬼の叩き付けを浴びて、うずくまる者、転倒する者が次々に出て、逆襲の勢いは萎《な》え始めた。

一瞬、烏は方角を転じて、獅子口と斬り結ぶ同心らへ石飛礫を飛ばした。

ひゅん、ひゅん……

ひとりの同心が、石飛礫を浴びて横転した。

その隙を捉え、獅子口は今ひとりの石飛礫によろめいた同心の腕を薙ぎ、翁が口を取る万庵の馬へと身を翻した。

獅子口に追いすがり打ちかかる追撃を、口を取った翁が片手の刀で防ぐ。

「乗れっ」

翁のひと声に、獅子口は万庵の後ろへ飛び乗った。

「先生、わたしです」

獅子口は背後から万庵を抱きかかえ、馬のたてがみをつかんだ。

「おお、おまえはっ」

万庵が叫んだ。

馬を廻した与力の槍が万庵を襲った。それを翁が傍らより撥ね上げ、

「走れ」

と、馬の尻を叩いた。

馬はひと声いななき、田野へ駆け出していく。

「逃がすな」

与力は翁を捨てて万庵の馬を追う。

続いてもう一騎が田野へ飛び出した。

その展開を浅草町の方より、野次馬に雑じって眺めていた光七は、

「くそ、万庵を逃がすんじゃねえ。みなついてこい」

と、手下らに喚き、手下らとともに小塚っ原の田野へ突撃を始めた。

それより先に、態勢を立て直した青木慎太郎率いる捕り方が、翁を始め五人を押し包みにかかった。

五人はたちまち捕り方に包囲された。

「鉄砲は万庵を討ち取れ」

青木慎太郎の指図で、万庵と獅子口を乗せた馬を追うのは二騎の与力とその従者、火消の光七の一団、そして朱槍の同心数名と二丁の鉄砲になった。

「翁が頭だ。翁を捕えろ」

喚きながら青木が投げた投げ縄を、翁が左手で搦《から》め捕った。
投げ縄が続いて飛んでくる。
それを一身に浴びながら、翁が叫んだ。
「兄さん、いけえっ」
「おお、任せろっ」
烏がかえし、巨漢の鬼が雄叫びを上げ、包囲の一角へ槍を叩きこんだ。
石飛礫が飛び、猿と般若が斬りかかる。
たじろぐ包囲陣を、まず鬼が突き破った。
猿と般若が包囲陣を抜け鬼を追い、烏が続いた。
追い打ちをかける捕り方へ烏が反転し、石飛礫を飛ばす。
石飛礫を浴びせられ、捕り方の追い打ちが止まる。
咄嗟に、烏はまたもや身を反転させ、鬼と猿と般若の後を追った。
ひとり包囲の中に残った翁は左手に絡んだ縄を引き付け、鮮やかに断ち切った。
青木が一歩、後ろへよろめいた。
翁は小刀を左手で抜き放ち、囲みの中で二本を高々とかざした。
そうして、逃げる仲間を追うのではなく、

「勝負はこれからだ。いくぞ」

と、青木目がけて駆け始めたのだった。

左右から槍が突きこまれたが、翁は二本同時に槍を掬《すく》い上げて虚空へ泳がせ、そのまま突進して青木の打ち落とす十手と、鋼《はがね》の音も高らかに打ち合った。

次の瞬間、青木の肩へ小刀を打ちこむ。

上着の下に鎖帷子《くさりかたびら》を着けた青木の肩が歯軋《はぎし》りの音のように鳴った。

「かあっ」

青木は叫んでくるくると舞い、道端の草むらへ転倒した。

躊躇《ためら》いもなく翁は、青木の後ろにいた大江へと突き進んだ。

「いくぞ、大江」

翁は二刀を左右上段へかざし、大刀を廻して大江へ突き付けた。

しかし大江はすでに戦意を失っていた。

道端へ転げ逃げた。

そして、翁が目の前を走り抜け、燃え盛る荷車の傍ら、刑場の前、そしてたちまち千住宿へと縄手道に躍動する後ろ姿を目で追った。

それから、はっとして、それを追う二十数名の捕り方らへ、

「逃がすなあっ。翁が頭だ。翁だけは逃がすなぁぁぁ」

と、虚しく叫んだ。

三

田野に銃声がはじけた。

風の中でその音は、虚空を舞う鳥の儚《はかな》い鳴き声のようだった。

だが、銃声よりも早く、弾丸は馬上の秋五の肩へ咬み付いていた。

たてがみをつかむ秋五の身体が傾《かし》いだ。

「秋五っ、やられたか」

秋五よりも大柄な万庵は、後手のまま秋五の腕の中にあり、崩れかかる秋五を助けることができなかった。

馬がいななき、疾駆する足並みが乱れた。崩れ落ちる秋五と万庵、そして馬がもろともに田面へ、土を蹴散らし叩き付けられた。

秋五と万庵は原野に投げ出された。

うなる風が、秋五の獅子口の面を弄《もてあそ》ぶように転がした。

風の中を二騎の与力が迫ってくる。

「先生、逃げてください」

秋五は万庵にすがり、刀で万庵の縄を切った。

縄目を解かれた万庵は、力つきて横たわる秋五を抱き起こした。

「しっかりしろ。おまえがここで倒れてなんとするか」

万庵は叫び、怪力を見せて秋五を肩に担いだ。

秋五の大刀を杖にする。

そこへ二騎が槍を突き立て、万庵と秋五を馬蹄《ばてい》で蹂躙《じゅうりん》する勢いで迫ってくる。

万庵は秋五の刀を振り廻し、二騎の槍をはじき、防いだ。

「ええい、止さぬか」

与力らは、もはやこの場で万庵と秋五を貫き討ち取るべし、と狙っているかのようだった。

しかしながら、万庵は医者でありながら練達の武士だった。

秋五を肩に担ぎ、しかも六十をすぎた万庵の剣は今も与力たちの槍を寄せ付けず、騎馬の与力らは万庵の鋭い切っ先を逃れて、逆に追われる展開になった。

そこへ与力の従者や朱槍の同心、さらに光七率いる火消の一団が追いつき、万庵と秋五を取り囲んだ。
鬼、猿、般若、烏の四人はそれよりも遅れた。
四人は二丁の鉄砲を襲い、蹴散らした。
二丁の鉄砲は弾丸を籠《こ》める間はなく、四人に追われめ組の集団へ逃れていった。
それを追いかけ、四人はめ組の集団の背後から突っこんでいく。
「うおおおお……」
鬼の吠え声が田野に響き渡った。
見上げる鬼の振り廻す槍を恐れ、包囲は潮が引くように左右に割れる。
先頭を走る鬼は囲みの中の二騎と牢着の万庵、万庵の肩に担がれた秋五を認めた。
鬼の吠え声に二騎の馬は怯えた。
振り廻す槍が棒切れのようだった。
地を轟かせ突進する鬼が、一騎の背を槍で突く。
一騎は槍から逃げながら、前足を大きく跳ね上げいなないた。
その後ろ脚で立った一騎の胴体へ、鬼が体当たりを喰らわせた。
鬼と騎馬は激しく衝突し、肉が鳴り、骨が軋んだ。
いななきと与力の悲鳴とともに、騎馬が横転する。

さらに烏の石飛礫が、もう一騎の与力の眉間にはじける。

「あっ」

と、与力は仰向けに馬上より転げ落ちていく。

指図する与力があえなく倒され、

「旦那さまっ」

と、従者らは与力を助け起こす方に走った。

束の間の思わぬ展開に、圧倒するほど多勢の追手の間から悲鳴のような喚声が上がった。同心らは逡巡《しゅんじゅん》を見せた。

これじゃあ、おびき出した方がやられているじゃねえか――光七は歯ぎしりした。

「め組の男を見せろ。いけいけえっ」

手鳶をかざした命知らずの火消らが同心らに代わって、獰猛《どうもう》に襲いかかった。

四人は秋五を担いだ万庵を囲み、襲いかかる手鳶を躱《かわ》しながら田野の先の椎や桂の植わった林の中まで後退した。さすがにみな、疲れ切っていた。

「逃げられねえように囲め」

光七が火消らを指図した。

火消らが林の周りをぐるりと取り囲み始めた。

弾丸を籠めた二丁の鉄砲が、林の中へ撃ちこんだ。

椎の枝が乾いた音をはじけさせ、枯葉と土を舞い上がらせた。

「いけえ、いかねえか」

光七が叫んだ。

度胸を決めた火消の数人が林の中へ突っこみ、二方から「わああ」と続いた。

だが、一方の先頭がひとり二人と鳥の石飛礫を浴びて倒され、片方の先頭を鬼が槍で叩き伏せると、火消らはたちまち退きさがった。

また鉄砲が撃ちこまれた。

ぱちん、ぱちん、と木の幹がはじけ、枝が落ちた。

林の周りを取り囲んだ火消や同心や中間らは、四人の闘いぶりを見ているので、先頭を切って林の中へ飛びこむ者はもう居《い》なかった。

「この人数では無理だ。応援が要る。応援を呼んでこい」

同心のひとりが叫び、中間が踵《きびす》をかえし走った。

うなる風が林の木々をゆらしていた。

「兄《あん》ちゃん、囲まれたぜ。どうする」

羊太が木陰より、ぐるりと周囲を見廻して叫んだ。

「どうするもこうするもねえ。いくしかねえ。万庵先生、もうひと走りしやすぜ。いいですね」

代助が烏の面を取り、荒い息をついて万庵に言った。

「おお、やはり火助さんか。そうだと思っていた」

万庵は、鬼と般若と猿が面を取ったのを見廻し、

「みな若い。その若さで、老いぼれのために命を賭けるか」

と、張りのある声を絞り出した。そして胸をはずませている三和に言った。

「娘さん、あんたまで、勇ましいのう。すると、さっきの翁は木太郎さんだな」

「そうです。先生、突っ走るしかねえ。いきやしょう。秋五さんは惣吉が担ぎやす。惣吉、秋五さんを頼むぜ」

「任せろ」

間を置いて放たれる弾丸を避《よ》け、惣吉が身体を屈めて秋五の側まで這った。

「次の鉄砲が放たれた後だ。いいな。おれが合図したら走るぞ」

おお――三人が応じた。すると、

「待て。わたしが先にいく。捕り方はわたしを追いかけ、囲みは解ける。捕り方がわ

たしを追いかける間に秋五を連れて逃げてくれ。いいな」

と万庵が言った。

「何を仰るんです。それじゃあ、先生をお助けするためのこの襲撃が無駄だったことになりやす」

「無駄ではない。意味はみなが生き延びることだ。みなはわたしの感謝の思いを胸に仕舞っていってくれ。頼む。もう十分やってくれた。わたしのために若い命を散らすな。木太郎さんに伝えてくれ。最後の最後まで、わたしはよき門弟、そしてよき友に恵まれたと」

「せ、先生。駄目です。逃げてください。逃げて……」

横たわる秋五が、万庵の袖をつかんだ。

「秋五、おまえは生きて医師の務めを果たせ。天がお前にその力と使命を授けた。それを果たしにいくのだ。悲しむには及ばぬ。わたしは死にはせん。おまえが生きる限り、おまえの胸の中にわたしは生きておる。さあ、手を離せ」

万庵は秋五の手を静かに離させた。

秋五が、見る見る涙をあふれさせた。

「大丈夫だ、先生。何があっても、必ずお助けしやす」

代助が息をはずませた。

「火助さん、それこそ無駄だ。どうかわたしが若い命を救う機会を奪わないでくれ。若い命のためにもうひと働きができるのだ。最後の最後まで、なんと華々しいではないか」

林の外で二丁の鉄砲がはじけ、空を引き裂いて弾丸が飛んだ。

万庵がみなを見廻し、笑みを浮かべた。それから、

「さらばだ」

と、すっくと立ち上がり、代助たちが呆然と見守る中、林の外へ駆け出した。

「先生、せんせい……」

上体を起こそうとする秋五を、惣吉が軽々と肩へ担ぎ上げた。

「秋五さん、先生の気持ちを無駄にはできねえ。これまでだ。すまねえ。逃げるぜ」

代助は言い、惣吉、三和、羊太と頷き合った。

万庵は林を走り出た。

囲みへ向かって両手を高々と上げ、

「わたしはここだ。捕まえにこい」

と、万感をこめた声を大空へ投げた。

灰色の雲が覆う下、風が颯々《さっさつ》と吹き荒び、田野や原野が折り重なり続く彼方の小塚原縄手に、野次馬が帯を作っていた。

黒く焦げた荷馬車が細い煙を上げ、風が煙を右や左に巻いている。

「刀を捨てろ」

同心らが朱槍を構えて万庵へ迫ってきた。

光七と火消らが、万庵を取り巻くように展開した。

万庵は刀を捨てず、速やかな足取りで小塚原縄手の方へ田野を戻り始めた。

「刀を捨て、神妙に縛に付け」

同心がまた叫んだが、万庵は止まらなかった。

「止まれ、止まらぬか」

火消や同心、中間、それに六尺棒の人足らが、遠巻きに万庵を取り巻き、万庵の動きに合わせて移動した。

二丁の鉄砲を構えた同心が片膝つき、向かってくる万庵へ狙いを定めた。

「万庵、これが最後ぞ。止まれ。止まらぬと撃つ」

やはり万庵は止まらなかった。

高々と上げた両手は、構わぬ、どこからでも撃て、と言っているかのようだった。

そして、銃声が乾いた音をはじかせた。
速やかな万庵の歩みが、少しずつ遅くなった。
やがて、高々と上げていた両手を下ろし、万庵は刀を杖にした。
それから膝をついた。
牢着の胸と腹に、血の染みが大きく広がっていった。
ふうむ、とうなって万庵は眉間に皺《しわ》を寄せた。
取り囲んだ男らが万庵の方へ近付いてくるのが見えた。
「これでよい。まずまずの一生だった」
万庵は呟き、眉間に皺を寄せたまま笑った。
刀身を両掌《りょうて》で握り締めた。
風が呼んでいた。
刀身を首筋へあてがい、万庵は自刃《じじん》した。

四

遅い午後に、灰色の雲は春の冷たい雨を降らせた。

雨になって代わりに風が止んだ。

乱之介は汐入の小溝を鏡ヶ池の方へ身を屈め、急ぎ足に急いだ。水飛沫《みずしぶき》と泥が跳ねた。

まだ春先の、小溝を流れる水は少ない。

降りしきる雨が、小溝の水面《みなも》を叩いていた。

捕り方を十分引き付けて小塚原縄手を千住宿へ走り、千住宿中村町と小塚原町の辻より小塚っ原の田野へ転身した。

農道を右に曲がり左に折れて逃げながら、捕り方をひとりか二人ずつ引き付けてはしたたかな峰打ちを喰らわせた。

続く捕り方が怯む隙に、また反転して逃げる。

乱之介を追う捕り方に恨みはない。峰打ちとて重い疵《きず》を与える。だが、殺したくはなかった。鳥居耀蔵をのぞけば。

田を走り、林道をすぎ、百姓家の庭を駆け抜け、草地をかき分け走りに走った。

小塚っ原の地勢は代助らと繰りかえし歩いて確かめた。

乱戦で得物が折れるもしものときを想定し、逃げ道とあらかじめ決めた草むらや溝のそこここに備えの刀を隠しておいた。

田野や樹林の間を躍動する乱之介に、捕り方らは長くはついてこられなかった。

しかし、できる限り捕り方の多くを引き付けておかなければならない。

捕り方が手薄になったその間に、秋五と代助ら四人が万庵を救い出し、逃げる算段だった。

乱之介は汐入の土手への野道を疾駆していた。

追う捕り方の真っ先に、丸い腹をゆすって懸命に駆ける文彦がいた。

深川の浮浪児だったころ、地廻りの赤鼬《あかいたち》の文彦に追われた覚えがある。

乱之介は懐かしさに笑いたくなった。

翁の面の下で、くぐもった笑い声を上げた。

文彦が笑い声を聞き付けたかどうかわからないが、

「逃がさねえぞ」

と、喚き追いすがってくるのが振りかえって見えた。

乱之介は前へひとっ飛びして宙で身を翻し、突進する文彦に相対した。

「赤鼬の文彦、達者だな」

乱之介が言った。

「ああ?」

翁に名を呼ばれて文彦は、一瞬、怪訝《けげん》な思いに捉えられた。

次の瞬間、文彦は大江からあずかった十手を翁へ浴びせた。

しかし翁は、軽々と風に乗ったように十手を躱《かわ》し、文彦の丸い大きな腹へ峰打ちを打ちこんだ。

丸い腹が震えて鳴った。

文彦は息ができなくなった。喘《あえ》ぎ声をもらし、野道へつんのめった。足が止められず、もつれた。そのまま地面に潰《つぶ》れた。

「達者にすごせ、文彦」

翁の足袋と草鞋が倒れこんだ顔の前を走っていくのが見えた。

乱之介は追手をとうに引き離していた。

足を止め、小溝に屈んで周囲の気配を確かめた。

南北両奉行所の町方が総動員され、小塚っ原一帯を隈なく探し廻っているのは間違いないだろう。追手を引き離しても油断はできなかった。

空はいっそう黒くなり、雨は冷たかった。

だが、夜が更けても月明かりがなく雨にまぎれられるのはかえって好都合だった。

乱之介は再び小溝を走り出した。

水面を鳴らし、水飛沫《みずしぶき》を上げた。

やがて、小溝の土手の草むらの側で身を屈めたまま息を殺した。

「翁だ。中にいるか」

短い沈黙があり、さわさわと降る雨の音が聞こえた。

「烏だ。待ってた」

乱之介はいっそう身体を屈めて草むらを分けた。

小溝の土手に枯草に覆われて人が数人、肩を寄せて座れるほどの小屋があった。

下調べをしていたとき、小塚原に長く住む物乞いから教えられた小屋だった。

以前、物乞いの一家が住んでいたが、その一家はいつの間にかいなくなり、小屋だけが放っておかれた。

そのうちに小屋は草生して、雑草や木々に覆われてしまい、周りからは見えなくなってしまった。

襲撃の後、この小屋に一旦身を潜め暗くなってから脱出する。そう手筈を決めた。

あらかじめ筵茣蓙や寒さを防ぐ綿入、疵薬、包帯用の晒《さらし》、干芋などを備えておいた。

小屋の中は外の明るみがわずかに差して、代助、羊太、三和、惣吉、そして惣吉と三和の間で二人に抱きかかえられるようにうな垂れた秋五がいた。

晒を肩にぐるぐると巻き付け、秋五は負傷しているのがわかった。

乱之介は一人ひとりを見廻し、無事を確かめ、頷き合った。

けれども、万庵の姿は見えなかった。

「乱さん、よかった」

代助が言った。暗い中で仲間たちの表情は見えないが、襲撃が失敗したことを乱之介は知った。

「秋五さんの疵は……」

「鉄砲で撃たれたの。弾《たま》が入ったままです」

三和が言った。

「秋五さん、おれだ、わかるか」

「ああ、乱之介さん……よく、ご、ご無事で」

「万庵先生は……」

「わたしが、わたしが不甲斐ないために、先生を、助けられず……申しわけないことに、なってしまいました」

秋五が咽《むせ》び泣いた。

襲撃の顚末《てんまつ》を代助から聞かされた。

「われわれの力及ばず、すまない。なら秋五さん、あなたが生きて、万庵先生の志を継がねばなりませんね。あなたがここで挫《くじ》けたら、万庵先生の志も挫けることになります。今少しの我慢です。いいですね」

秋五の無念の咽び泣きが応えだった。

「みな、後《あと》四半刻もすれば暗くなる。手筈通り隅田川を渡る」

「けどその後はどうする。この疵じゃあ、秋五さんはひとりじゃあ無理だぜ」

「兄さん、柳橋の河岸から馬喰町の柳城店へ一旦戻ろう」

「ええっ」

みなが一斉に乱之介を見つめた。

「りゅ、柳城店に戻るのか。あそこは危ないいんじゃないか」

「大丈夫だ。柳城は金に執着する男だが、金さえ払えば信義をつくす。あの男は金にしか世の値打ちを見出していない。金のためなら権力にも歯向かう。だから信用できる。梅の花がいっぱい咲くころまで柳城店に身を隠す。町方はわれらが江戸から逃げ出すと思っている。まさか江戸の町中に身を潜めているとは考えもしないだろう」

乱之介の言葉に四人の頷く影が、暗がりの中でもわかった。

「羊太、日が暮れたら渡し場の様子と船を探ってきてくれ。いけるとわかったらすぐに出る。ここには長くはいられない」

「おおし。任せてくれ」

羊太は小屋の戸口から草むらをわずかに分け、外の様子をうかがった。

六人が汐入の小溝の小屋を出たのは、それから半刻後だった。

外はすっかり暮れ、雨はしおしおと降り続いていた。

乱之介を先頭に、秋五を背負って綿入を頭からかぶせた惣吉、三和、羊太と続き、代助がしんがりに付いた。みな菅笠に旅姿へと替えている。

橋場から向島寺島村《むこうじまてらじまむら》へ渡す渡し場がある。

文禄に千住大橋ができるまでは、奥州筋への旅は山之宿より橋場、橋場の渡しから隅田川を越えていく道筋だった。

橋場の渡しから北へいくらかそれた川縁《かわべり》に、渡し用の船も隠しておいた。

万庵と秋五が無事ならば、日光道中へ入るあたりまで二人を見送り、そこから那須へ向かうつもりだった。

那須温泉の宿で旅芸人の一座として留まり、しばらく江戸の様子を探りつつ、次の手を立てる考えだった。

六人は暗い墨田堤に佇んだ。

夜空の向こうに、橋場の寂しげな町明かりが点在していた。

川縁の水草が、暗がりを透かしてかろうじて見える。

雨が水草をうな垂れさせていた。

漆黒《しっこく》の川向こうに灯る小さな明かりは、寺島村の渡し場に違いなかった。

草むらに隠しておいた川船を押し出し、乱之介らは船上の人となった。

櫓《ろ》は乱之介が握った。

雨のしおしおと降る以外、夜の隅田川は静まりかえっていた。

乱之介の操る櫓《ろ》の軋みが、小さな喘ぎ声を川筋へ残した。

ふと、乱之介は今しがた離れた暗い堤のどこかから自分たちへそそがれている眼差しを感じ、振りかえった。

振りかえったそこには静寂の夜のほかには何も見えず、船のゆれに任せて闇がゆれているばかりだった。

けれども、乱之介が振りかえった堤の暗がりの中には、確かに二つの人影が佇んでいて、隅田川を密かに渡っていく船影を目で追っていたのだった。

ひとつの影は馬上にあり、もうひとつの影は馬の口を取っていた。

「なるほど、船まで用意しておりましたか。備えは万端でしたな」

馬の口を取った小人目付・森安郷が、馬上の目付・甘粕孝康へ言った。

「推量は当たっただろう」

孝康が、小さな笑い声と一緒にかえした。

「ご推察、お見事でした。しかし、このまま見す見すいかせて、よろしいのですか」

「よいのだ。今日、われらがなすべきことは何もない。乱之介は必ず戻ってくる。われらの務めは、そのときでいい。それに……」

と、孝康は物思わしげに続けた。

「あの男をもっと知りたい。わたしには歯が立たん。今のままではな」

孝康は、ひがき、という言葉を頭の中に思い浮かべていた。

森は馬上の孝康を見上げ、この年若いお頭の中に静かに燃える純情を感じた。

「森、今宵《こよい》はこれで終わりだ。戻ろう」

孝康が言った。

「はっ」

森は応えた。そして思った。

思う通りにおやりなされ。十分に備えて闘われよ。きっと、お頭の目指すところにあの男はおりまする、と。

結　花の宴

一

白梅、紅梅の花々が野山を彩り始めた一月末、越後新発田藩《しばたはん》溝口家・江戸家老より幕府へある要請がなされた。

新発田藩のおらんだ医師であり洋学者でもある松井万庵が、去年十一月、火付けの廉《かど》で町奉行所に捕えられ、年の明けたこの正月、磔獄門《はりつけごくもん》の裁断が下され、面立《おもてだ》っては処刑されたと伝えられている一件の再調べの要請だった。

と言うのも、松井万庵は新発田藩の浪人の身ではあったが、藩随一の優れたおらんだ医術の医師、そして洋学者として知られていた。

万庵は身の栄達よりも、庶民の医療につくし、医術の研鑽《けんさん》のためにおのれの生涯をささげ、一時期、溝口家でも藩医として招へいしたが、藩医はわが任にあらず、と応じなかったほどの硬骨漢で、今なお多くの信奉者が新発田城下にはいた。

そんな松井万庵先生が火付けの廉《かど》で捕えられ処刑されたという知らせが、一月下旬になって遠く越後の新発田城下にも届き、城下の洋学を志す者や医術を志す学徒らの間で、大きな騒ぎが持ち上がった。

あの万庵先生が事もあろうに火付けの科《とが》で処刑されただと。何を馬鹿な。悪ふざけにもほどがある。

と、初めは誰もが悪い冗談と聞き流した噂が本当だとわかって、なおかつ刑場への護送の途中、逃亡を計り空しく自刃した、という風評が流れ、新発田城下は騒然となった。

城下の学徒らの騒ぎはすぐにお城に伝わり、報告が当主へ上がると、松井万庵先生の藩医招へいを命じたことがあり、先進の気性あふれる当主は、

「松井万庵先生は国の誇りぞ。偉大なる松井万庵先生に着せられた汚名は、我が国に着せられた汚名も同然である。即刻調べをいたし、その汚名が誤りと判明したならば、断固たる処置を公儀に申し入れ、汚名をそそぎ、先生の名誉を回復するのだ」

と、江戸家老に命じた。

公儀においても執政の間で溝口家の要請が取り上げられ、評議の結果、溝口家の申し入れはもっともであり、調べてみる必要がある、という意見が多数を占めた。

その必要なし、と意見を述べたのは老中の水野忠邦ひとりであった。

それから五日ほどがたった二月の上旬、虎之御門内鳥居家屋敷へ北町奉行所隠密廻り方同心・大江勘句郎が内密に呼ばれた。

その日、大江はいつもの庭先でもまた客座敷でもなく、鳥居耀蔵の八畳の居室に導かれ、二重顎のでっぷりとした体軀《たいく》の鳥居耀蔵と向き合ったのだった。

鳥居の傍らには、去年の師走、光七と町村の二人をともない秋五と世直党のねぐら発覚を知らせに屋敷を訪れた折り、鳥居の内々の用を務める雇い人として紹介を受けた樋口章吾なる浪人者が着座していた。

大江は、顔色の浅黒い頰のこけた樋口より会釈《えしゃく》を投げられ、虫が知らせるのか、何やら気持ちがよくなかった。

それに、その日の鳥居の様子は普段と変わらぬ不機嫌面だったものの、言葉付きに鳥居独特の生臭い灰汁《あく》が感じられなかった。

珍しく茶菓が出され、大江は半刻ほど鳥居家屋敷に留まった後、辞去した。

さらに数日がたったある日の昼下がり。

木挽町《こびきちょう》一丁目は三十間堀の土手通りに並ぶ船宿の一軒に、芝め組の町火消頭取・光七が上がった。船宿の女将《おかみ》が、

「どうぞ。お連れさまはもうお見えでございます」

と、光七を二階の座敷へ案内した。

座敷は三十間堀が見下ろせる、小綺麗な六畳だった。

川面をのどかに水鳥が滑空していた。

光七を待っていたのは、林家奥女中の笛《ふえ》だった。

笛は打掛《うちかけ》を脱ぎ捨て、出格子の窓に寄りかかり、うっとりと外を眺めていた。

光七と目を合わせ、笛の真っ赤な口紅がねっとりと光った。

六畳には赤い模様の布団がすでに敷かれてある。

「光七さん……」

笛は嫣然《えんぜん》として言った。

「お笛さま……」

何もかもを承知顔で、光七が笛を呼んだ。

笛が赤い牡丹の布団の方へ目配せを投げ、後はもう昼日中から言葉はいらなかった。

笛は窓の障子戸を閉め、布団へしな垂れかかり、潤んだ目で光七を見上げた。

「帯が苦しい。解《ほど》いてくだされ、光七さん……」
笛が言った。
一刻がすぎ、障子に差す昼の明かりが衰え出した刻限だった。
土手通りに豆腐屋の売り声が聞こえていた。
川向こうで、子供を呼ぶ母親の声がした。
だが、船宿二階の六畳間では光七と笛のそれはまだ続いていた。
笛の飽くなき欲求に、逞《たくま》しい光七は十分に応えた。
ああ、鳥居さまとは較べ物にならない……
笛は光七の強靭《きょうじん》な身体に組み敷かれ、はしたない喘《あえ》ぎ声を抑えられなかった。
夢中の二人は、そのため六畳間に忍び入った二つの人影にも気付かなかった。
あっ、あっ、あっ、と布団が上下し、畳をゆらすほど高まりつつあったそのさ中、
光七の動きがぴたりと止まった。
「はん、まだよ。光七さん、続けてくだされ」
笛が光七を、もっともっと、と突き上げた。
なのに光七は応えず、固まっている。
笛は薄《う》っすら目を開け、光七を見上げて、声を失った。

光七は背後から口をふさがれ、血走った目を剝《む》き、笛を睨《にら》んでいた。
固まった身体が小刻みに痙攣《けいれん》していた。
光七の背後に、見覚えのある樋口章吾の浅黒い顔が見えた。
きゃあぁぁぁぁ……
と笛は叫ばなかった。
傍らから誰かの掌《てのひら》が笛の口をふさいだからだった。
掌は顔が動かせないほど笛の口を押さえた。
光七の身体が重たく笛へかぶさった。
目を傍らへ向けると、町方の大江勘句郎が片膝立っていた。
大江の顔は笛を見下ろして、にい、と笑っていた。
笛は石仏のような樋口の顔を見上げ、また大江へ見かえった。
「無礼者」
と言いたかったが、ふさがれた口からは呻《うめ》き声が絞り出されただけだった。
「おめえ、いけ好かねえ女だったが、惜しいよな」
大江が、声を低く這わせた。
直後、布団の上から突きこまれた樋口の刃が、光七の背中より貫き通し、光七の身体の重みに組み敷かれた笛の身体をも串刺しにした。

笛は激しくもがいたが、身体は動かせず、声も出せなかった。

「おめえらは知りすぎた。こっちにいられちゃあ困るんだ。二人で手に手を取ってあっちへいって、思う存分、続きをやりな」

豆腐屋の売り声が聞こえてから、土手通りをゆきすぎるまでの間だった。

用がすんでから大江は、樋口を店土間に待たせて階下の内証へ顔を出した。

女将と亭主が、何かを察して震えていた。

「いいか、勘違えするんじゃねえぜ。これはお上の御用だ。二階のあの座敷はしばらくほっとけ。それから座敷をのぞいて、見たままを奉行所へ届けろ。ただし、おれと連れのもうひとりは、おめえらは見ていねえ。何があったのか、さっぱりわかりませんと、ありのままに言うんだ。ちっとでも余計なことを喋《しゃべ》ったら、後でお上のきつい お咎《とが》めがあるかもしれねえから、気を付けるんだぜ」

女将と亭主は震えながら頷《うなず》いた。

その二日後の早朝。

芝は露月町《ろうげつちょう》の常助店の四畳半で、医師・町村広助が土間の天井の梁《はり》に帯を使って首を吊っているのが見付かった。

町村の物と思しき書き置きが残してあった。

書き置きには、先夜、木挽町の船宿で光七と笛の殺害をほのめかした内容が認《したた》められてあった。

笛を廻る光七との情痴のもつれが理由であった。

しかしその前夜、町村は木挽町七丁目のいき付けの引手茶屋で女と戯れ、「もうすぐおれの診療所を開く」と、上機嫌で呑み浮かれていたと言う。

二

それから十日ほどがたった。

虎之御門よりお濠端を汐留川の方へ取り、幸《さいわい》橋《ばし》御門をすぎた二葉町《ふたばちょう》の煮売屋の軒を、お杉はくぐった。

五台ばかり並んだ長腰掛にかけた客が立て混んだ中に、鳥居家の紺看板を着けた中間《ちゅうげん》風態の男がひとり胡坐《あぐら》をかき、箱膳を前にしてちろりの燗酒を呑んでいた。

「六助《ろくすけ》さん、お久し振り。あっしのこと、覚えてる？」

六助と呼ばれた中間は、お杉を見上げて束の間ぼんやりと口を開けていたが、ああ、お、お杉さん……

と、五十代の半ばをすぎたであろう嗄《しゃが》れた声をもらした。

「ふふ……思い出した？　光陰矢の如し。あんなにいい男だった六助さんも、年を取ったわねえ」

お杉は六助の前に腰かけ、ちろりを持ち上げ六助の猪口に「一杯、つがせて」と酌をした。それから、

「親方、新しいのをつけて。それとこっちにもお猪口をね」

と、ちろりをかざして調理場の亭主に燗酒を頼んだ。

「深川の安達だったっけな。あの見世でお杉さんが遣り手をやっていたとき以来だでな」

六助は猪口を呷り、またお杉の酌を受けた。

「六助さんはあっしより三つ四つ年下だったわね。新内の流しで、若いのにいい喉《のど》してたから、女郎たちに人気があって。ふふ……」

「若かったなあ。あの頃の仲間ともばらばらにはぐれちまった。おらあ、若いときの不摂生がたたっちまって、喉をやられちまって、もう唄えなくなっちまったのよ」

お杉は六助に、ねばりつくように笑いかけている。

鉄漿《おはぐろ》が、天井の吊り行灯の薄明りに無気味に映えた。

「おらあ、お杉さんはてっきりおっ死んじまったと思ったたで。何人もからそう聞いたでよ。順番に、みんなおっ死んじまうんだなあって、おらあ、思ってた」

小女が新しいちろりを運んできて、お杉は先に、

「六助さん、新しいのを」

と、六助の猪口に差した。

「すまねえ」

六助は猪口を乾し、それからお杉の酌を受けた。

「地獄は見たんだけどね。おまえはもうちょっと後にしろって、追っかえされたのさ」

お杉は自分の猪口に酒をついだ。

「お杉さん、この店にはよくくるのかい」

と、六助は猪口を舐《な》めながら聞いた。

「やだね。違うんだよ。六助さんがさ、お武家の中間奉公をしていて、二葉町のこのお店に毎晩呑みにきてるって、人伝《ひとづ》てに聞いたもんだから……」

「だから？　だからわざわざきたのかい」

「そう。懐しくって。六助さんに会いたくって。けけけ……」

「よせよ。気色の悪い」

「て言うのは冗談さ。でもね、六助さんに会いにきたのは本当なんだよ。ちょいと六助さんに用が……」

お杉は鉄漿を光らせる。

「お、おらに用？」

「六助さん、お目付さまの鳥居さまのお屋敷奉公なんだって？」

「そうだ。よく知ってんな。誰から聞いたんだ」

「そんなの、誰だっていいじゃないの」

お杉は六助の猪口に差した。

「半季？　一季？」

「一季さ。この三月で出替りになる」

小女の運ぶ煮物の甘辛い匂いが流れていく。

お杉は、ふっと周りをそれとなく見廻した。それから袖《そで》よりひとつまみの布袋を取り出し、六助の箱膳の脇に、ことん、と音をたてた。

「お金になる用さ。用をしてくれたら、それをあげる」

またねっとりと笑った。

六助は布袋をつまみ、指先で袋を開けた。

中身をのぞいて、しばらくじっとしている。袋の中をのぞいたまま、何か思案しているふうだった。

「やばい用かい」

六助が袋から顔を上げた。

「やばくなんかないさ。だって六助さん、この三月で出替りなんでしょう。鳥居家とも縁もゆかりもなくなるんでしょう」

六助は上目使いにお杉を見つめた。

深川の女郎屋の遣り手をやっていたあのころから、お杉には金になるなら危ない仕事も引き受けるという評判が絶えなかった。

危ねえ、危ねえ……と思いつつ、袋の中の金色の輝きに六助は抗し切れなかった。

「やれるかやれねえかわからねえが、昔馴染《むかしなじ》みのお杉さんの用だで、話だけでも聞いてみねばな」

六助は布袋を懐にしまいこんで、猪口をひと息に呷った。お杉は六助の猪口にちろりを差し、

「簡単な用さ。ある事を教えて欲しいのさ。ちょいとご予定なんぞを……」

と鉄漿を光らせた。

「教えるって、おらのご主人のことかい」

六助は猪口を濡れた唇で舐めた。

翌日の午後、お杉は両国は浅草御門橋から馬喰町《ばくろちょう》へ向かっていた。

馬喰町一丁目、表通りから横町へ折れた一角に《損料貸・柳城屋》の看板が屋根にかかげてあるのが見えた。

お杉は柳城屋の店表をすぎ、隣の路地へ入っていった。路地の奥に柳城店の四軒長屋が二棟並んでいる。

どぶ板を踏み、そのうちの一棟の奥から二番目の腰高障子《こしだかしょうじ》の前に立った。

「ごめんなさい。あっしです」

しばらくして中に人の気配がし、表戸が、建て付けの悪い音をたてて三寸ばかり開けられた。

表戸を開けた背の高い男が、愛嬌のある笑みを浮かべた。戸を二尺近く開き、お杉の後方、路地の出入り口の方へ奥二重の目を投げた。

「よお、お杉さん。無事で何より」

「ふ……乱さんも。みなさん、ご無事？」

お杉がそっとした声をかえした。


同じ刻限、江戸城御本丸東側城壁の二重櫓《にじゅうやぐら》になった御小人目付部屋で、小人目付頭・森安郷が配下の小人目付よりある報告を受けていた。

二人は同部屋の朋輩《ほうばい》に聞こえぬよう、声を潜め静かなやり取りをしばらく交した。

やがて森が言った。

「この日、鳥居さまは新梅屋敷の梅見に出かけられるのだな。内々の供を連れただけのお忍びの梅見か」

「はい。梅見の後は料亭の武蔵屋にてお食事の手筈が、すでに整うております」

新梅屋敷は向島である。

向島の梅見の後は墨田堤の桜の花見。よい季節が近付いている。

「狙いどころだな。危ない」

森は呟《つぶや》き、お頭にお知らせせねば、と思った。

三

向島の名産は幾つもある。

葛飾《かつしか》の菜、小松菜、請地村《うけちむら》の夏菊、小梅村の石竹、寺島の紫蘇《しそ》、綾瀬川《あやせがわ》の蜆《しじみ》、向島のと評判の鯉《こい》、三囲《みめぐり》下の白魚、寺島村や隅田村ではほうろくや火鉢の素焼きなどの隅田焼があるし、小梅村には瓦師が多く住んでいる。

日本橋から一里十八町、寺島村の新梅屋敷・百花園は、紅梅白梅が春の盛りに色鮮やかに馥郁《ふくいく》たる花を添えていた。

寺島村の渡し場より墨田堤を取って、法泉寺と白髭《しらひげ》神社の間の道を百花園へ向かう田圃道《たんぼみち》を、深編笠に銀鼠《ぎんねず》の羽織の鳥居耀蔵が歩んでいた。

供をするのは、環《たまき》という近ごろ鳥居の用を密かに承《うけたまわ》っている林家の奥女中、従者二人と挟箱を担いだ中間、それから後尾に深編笠をかぶった侍の五人だった。

田植えの季節にはまだ早いが、穏やかな日和《ひより》に青い空には白雲が浮かび、小鳥のさえずりが心地よいひとときであった。

田圃の中にも梅林があり、白い帯を村の野に結んでいた。

鳥居の機嫌は悪くはなかった。

公儀幕閣の中で鳥居ら守旧派と結び領袖《りょうしゅう》に立てる執政・水野忠邦が、老中首座に就くことが確実な情勢であり、水野が幕閣の実権を握れば、鳥居が町奉行職に就いて江戸市中の綱紀粛正の実務を執る談合が密かに進んでいた。

洋学者・松井万庵の一件はさしたる見せしめにならなかったし、万庵捕縛について新発田藩溝口家より思いもよらず、再調べ要請などが出されて危うく躓《つまず》きかけたものの、それはそれでどうにか切り抜けた。

この天下より洋学者どもを根こそぎにして、古《いにしえ》よりの由緒正しき政《まつりごと》を粛々《しゅくしゅく》と進めるのみである。

開明派と自称する幕閣のあのしたり顔の者どもに、今にもっと思い知らせてやる。

鳥居は深編笠の下で、尖らせた厚い唇から嘲笑をもらした。

一行は広々とした百花園の土塀を彼方に認め、なだらかにくねる野道をたどっていた。遊山《ゆさん》の人影が、ちらほらと、同じ道をのどかにたどっている。

と、数羽のきじばとが、慌ただしく羽音を立てて、行く手の道端の小藪《こやぶ》より飛び立った。

きじばとは野面すれすれに飛翔《ひしょう》し、それから鳥影を青空へ舞わせた。

鳥居の一行がその鳥影に目を奪われた束の間だった。

行く手へ視線を戻した一行の前に、編笠の士《さむらい》が立ちはだかっていた。

すっと佇《たたず》んだ士は痩軀で、細袴に黒の脚絆と黒足袋草鞋、臙脂《えんじ》に蝶模様の鮮やかな袖なし羽織を黒い扮装《いでたち》の上に纏《まと》っていた。

羽織の間から腰に帯びた黒の撚糸《ねんし》の両刀の柄《つか》がのぞいている。

その姿は、不穏よりも先に梅が匂い咲く向島の野の光景に、芝居絵のような一幅の風流を添えていた。

鳥居は立ち止まり、深編笠の下の唇をいっそう突き出した。

生唾を飲みこんで、二重顎の肉がかすかに震えた。

「待っていたぞ、鳥居耀蔵」

編笠の士がさらりと言った。顔見知りに言うようなさりげなさだった。

士と鳥居との間は、五間ほどだった。

士はたっぷりとしたときをかけて、おもむろに一歩を踏み出した。

「慮外者《りょがいもの》が……」

鳥居が呟いた。

その呟きが終わらぬ間に、後尾に従っていた深編笠の侍が鳥居の前へと疾駆した。

侍は駆け抜けながら二人の従者に、

「後ろに備えよ」

と、叫んだ。

なんと後方には、いつの間にか四つの編笠が道に態勢を整えていた。

三つの編笠が横隊に構え、槍を手にした大男の編笠がその後ろに位置し、二段に備えて道を固めているからだった。

侍は深編笠を捨て、鳥居の前へ走り出た。

その侍・樋口章吾は後方の四人よりも、前方のひとりからより大きな威力が伝わってくるのを感じ取ったからだった。

樋口は主人を庇《かば》うように、踏み出した足を止め、背後の主人に言った。

「殿さま、左手に梅畑が見えますな。斬り合いが始まればあちらへお走りください。そのまま渡し場まで走れば人がおります。われらに構わず、船でお戻りください」

「よし」

鳥居が応えた。

「あれ、殿さまっ」

奥女中の環が金切り声で、鳥居にすがった。

編笠が一歩、また一歩と進んでくる。

樋口は鯉口《こいぐち》を切り、従者らに言った。

「二人は殿のお側から離れるな。防ぐだけでよい。わたしはこの男を倒してからすぐ追いかける。わたしがいくまで、堪えよ」

女は捨てろ。

樋口は言わなかったが、そうなるのはやむを得ぬ、と思っていた。

「下郎、顔を見せろ」

樋口は一喝《いっかつ》した。

編笠はのどかに歩みつつ、その編笠を鳥を放つかのごとくに空へ捨てた。

翁《おきな》が悲しげな微笑《ほほえ》みを浮かべていた。

「噂は聞いている。やはりお前らだったか。埒《らち》もない者どもよ」

樋口は言い、抜刀の体勢に腰を沈めた。

「おぬしと所縁《ゆかり》はないが、斬り合うのが定めなら、存分に斬り合おう」

翁は微笑みを絶やさず、応えた。

「下郎の血で刀を汚したくないが、相手になってやる」

鳥居も女も、中間も従者も、後方の四人も動かなかった。

遊山の客が、不穏な気配に気付いて、二人三人と遠くから取り巻き始めた。

翁と樋口の間が三間になった。

樋口は雄叫びを上げた。

それを合図に、両者、ほぼ同時に突進を開始した。

先手を取る。常に優位を保つ。見下して闘う。八分の力に二分の力を残して闘う。

そしておのれを捨てて斬りこむ。ただ斬る。ひたすら斬る。それで終わる。

それが樋口の実戦剣だった。

互いの息吹《いぶき》が交錯した刹那《せつな》、樋口の抜刀が翁を斬り上げ翁の抜刀と火花が散った。

かあん……。

と高らかに刃が鳴り、両者はいきすぎた。

位置が入れ替わり、即座に反転して袈裟懸《けさがけ》に打ち合った。

再び火花が散った。

続け様に右左右と袈裟懸に三度、膂力《りょりょく》をこめて打ち落とし、火花を散らし、牙を剝いて斬り結んだ。

途端、優位にある樋口は身体を沈め、翁の四合目の袈裟懸を胴抜きに応じた。

翁の一撃が空を斬った。

それだ、と樋口は先手を確信した。展開を導くのは常に自分でなければならぬ。
「せえぇいっ」
しかし、翁は紙一重の間を保って樋口の胴抜きより身体を翻した。
樋口の胴抜きはなぜかわからぬが浅い。
惜しい、と心を後ろへ残した刹那が樋口の先手の優位を失わせた。
胴抜きで身体を逃がした樋口に、素早く体勢を直した翁が追い打ちをかけてくる。
即座に反応し、やむを得ず一旦は守勢に徹する。
樋口は翁の追い打ちを半身の体勢で左へ払った。
そうして右へ素早く踏みこんだ。
踏みこみ様に身体をかえし、袈裟懸の逆襲を浴びせた。
そのとき翁の痩軀がなびいたかに見えた。
樋口はおのれの一刀が翁の傍らを泳いだのが、一瞬、わかった。
翁の背が自分より一寸ほど高いことを、樋口は初めて知った。
翁の微笑みが樋口の傍らを逃げていく。
逃がさぬ。一瞬で先手を取り戻した。
樋口は翁の背を追い、上段に取った。逃げる翁を背後からの袈裟懸だった。

終わった、と思った。

刹那、樋口は上段のまま、翁の背にかぶさっていた。

翁は逃げたのではなく、体勢を入れ替えただけだった。

それに気付いたとき、逆手に持ち替えられた大刀が樋口の脾腹《ひばら》を貫いていた。

「あああ……」

誰ぞの声が樋口の耳に届いた。

なんだこれは。樋口は自分の間違いを認めたくはなかった。

せめて下郎にひと太刀《たち》、と未練にかられた。

だが、翁は背を樋口にひたと合わせ、樋口が上段の構えから斬り落とす間を作らせなかった。

やむを得ず、樋口は身体を後ろへ逃がした。

わずかな間でよかった。

すると翁は、一歩二歩と退く樋口から離れ、樋口の脾腹を貫いた剣を引き抜いた。

間ができた。上段からひと太刀浴びせる。樋口は柄を強く握った。

翁は大刀を逆手のまま垂らしふわりと身を反転させ、樋口の正面へ立った。

さあ、打て、と言っているかのように。

上段より、翁へ面打ちを見舞った。

だが、血飛沫の中に落とした一撃は翁に届くことなく空を力なく泳ぎ、樋口は道端の野の草むらへ仰向けに横たわった。

樋口は青空とそこに飛ぶ鳥影を見て、自分の犯した間違いに気付いた。


乱之介は、従者がひとり黒い田圃に転がり、奥女中が鳥居とはまったく違う方向へ悲鳴を上げながら走り去っていくのを見やった。

代助の鳥、羊太の猿、惣吉の鬼、三和の般若の四人が、鳥居と従者と中間を、田圃の向こうの梅畑まで追っていた。

乱之介は二段に重なる田面へ身を躍らせた。

駆けながら代助らが、鳥居の銀鼠の羽織へ追い付いたのを認めた。

今こそ討て、お三和、討ち取れ……乱之介は疾駆する。

ところが、梅畑の中で鳥居に追い付いた四人の動きを阻むように取り囲んだ黒い一団の人影があった。

鳥居の銀鼠の羽織は、後ろを見向きもせず逃げ去っていく。

乱之介は四人を囲んだ一団を指揮する男を忘れていなかった。

森のおじさんが見えた。

森のおじさんは小人目付・組頭だった父の斎権兵衛の組下にいた。

森のおじさんは幼い乱之介を可愛がってくれた。

大好きなおじさんだった。

父・斎権兵衛と森安郷は、目付甘粕克衛の配下だった。

そうだあの男、甘粕克衛の倅で甘粕家の家督を継ぎ、若くして目付となった甘粕孝康は今、槍を携えて乱之介らの前に再び立ちはだかった。

乱之介は、孝康に狙いを読まれたことを悟った。

草原を飛翔するきじばとのごとく、乱之介は地を蹴った。

息ひとつ乱さず、梅畑へ躍り上がった。

孝康と森に率いられる小人目付らは、烏、猿、般若、鬼の動きを阻止した両者の間の空虚を、きじばとが滑空したかのような幻影を見た。

いや、それはもっと獰猛《どうもう》で知恵と勇気にたけた赤と黒の狼《おおかみ》の幻影だった。

小人目付らは、狼を恐れ、用心し、左右に分かれ、狼を包むように態勢を立て直していく。ゆるぎない習練の跡が見えた。

優れた猟犬には、狼も用心しなければならない。

乱之介は孝康へ警戒の眼差しを投げつつ、ゆっくりと代助らへと進んでいった。

「兄さん、鳥居はもういい。今はここを逃れる。それのみだ」

「わかった。みないいな。頭の側を離れるな」

代助が言った。

おお——三人が応じた。

孝康が脇に携えていた槍を、乱之介へ穂先を向け身構えた。

傍らに森が八相に構えている。

孝康は乱之介が仲間とひとつになり、態勢が整うまで待っているかに見えた。

小人目付らは、じりじりと包囲を狭めていく。

だがここは梅畑である。

木々に梅が咲き匂う中、包囲する側も逃げる側も動きは単調ではない。

どこぞでのどかな鳥の声もする。

「甘粕孝康、去年の九月以来だな」

乱之介は青眼に構え、先に言った。

「違うぞ、斎乱之介。先だっての一月十七日、夜の隅田堤で顔を合わせた。おぬしもわたしに気付いて振り向いたではないか」

孝康が槍を構えたまま、先に踏み出した。

「はは、互いに知らぬ振りをしてゆきすぎたのは、この日のためだったか」

乱之介は孝康の動きに応じ、青眼の構えを孝康を誘うようにやや右下へ引いて、孝康との間を保つ足の運びを見せた。

代助ら四人も乱之介の後ろを進み、取り囲む小人目付らも移動していく。

「小岩村の人買が捕えられたと、風の噂で聞いた。甘粕、おぬしだろう。おれの頼みを聞いてくれたのだな。礼を言うぞ」

「法を守る者の、当然の務めを果たしたのだ。おぬしに助けられた命の借りをかえしたとは思っていない」

乱之介と孝康は睨み合いつつ、ゆるやかな動きを止めなかった。

両者の眼差しはすでに打ち合い、繰りかえし火花を散らしていた。

「ならば今日、それをかえせ。われらをこのままいかせてくれぬか」

「それはできぬ。おぬしにどのようにかえすか、それはわたしが決める。おぬしの翁の面を、この手で剝《は》ぐ」

「そうか。ならばそれもよかろう。先は知らぬ。二人でともに、死出《しで》の山に舞うとしようではないか」

乱之介が、からからと笑った。

孝康が急速に間を詰めた。

乱之介はその間を詰めさせなかった。

両者は睨み合ったまま、颪のように梅の木々の間を駆け始めた。

森は孝康の背後を走っていた。

代助らも乱之介から離れず、懸命に駆ける。

包囲がたちまち縮まり、四人へ襲いかかってくる。

ひゅん、ひゅん……

代助の石飛礫が飛んだ。

包囲陣は手に手に竹の小さな盾を携えていた。

去年九月の駒込吉祥寺での闘いで、烏の石飛礫に悩まされた教訓を生かしていた。

代助の石飛礫は竹の盾に防がれ、乾いた音を立てた。

鬼の惣吉が槍を棒切れのように振り廻す。

猿の羊太は変幻自在の動きを見せて追撃を攪乱《かくらん》し、三和の般若も懸命に防ぎながら駆けていた。

そうして梅畑が果てに近付き、再び田面が広がり、彼方に神社の杜《もり》と社《やしろ》の屋根が見えるところまできたときだった。

「いけえっ、兄さん」

乱之介が叫んだ。

よしきたっ——代助がかえし、四人は躊躇《ためら》いもなく乱之介を残し、丑寅《うしとら》の方角、百花園をすぎて中川と結ぶ綾瀬川の支流の方角、それを越えて水戸街道へ通ずる方角へ転じたのだった。

包囲陣は、その動きに惑わされた。

鬼が槍を振るい、烏が石飛礫を浴びせ、猿と般若が命を捨てて突進してくる。

四人は包囲陣を蹴破り、逃走を図る。

包囲を破られた小人目付らの動きは乱れ、追跡にわずかな遅れが生じた。

「いくぞっ」

乱之介は包囲の乱れを逃さなかった。

孝康の追撃に、一気に身を翻し立ち向かっていった。

おおっ——孝康の傍らの森が叫んだ。

だが孝康は少しも怯まず、それを待っていた。

「こいっ」

孝康の二間半の素槍が、翻った乱之介の胸を、瞬時に貫いた。

槍がうなり、乱之介はそれを、鋼《はがね》を鳴らして跳ね上げる。

だが孝康の槍は即座に引き戻され、第二撃、第一撃よりも苛烈《かれつ》な必死の一撃を見舞った。

たあっ。

すわあっ。

二人の雄叫びが谺《こだま》し、その必死の一撃に気付いた小人目付らは一斉に振り仰いだ。

孝康の華麗な一撃を躱した乱之介の痩軀が、大地と空の間を躍動し、咲き誇る梅の花を背に飛翔した。

梅の花が散り、乱之介を包み、孝康へ降りかかる。

その一瞬、誰の目にも天と地の狭間《はざま》に、二人の男の舞姿《まいすがた》が焼き付いた。

四

それから何日かがたって、梅に続いて桜の花が咲くころ、谷中道に沿う堀に架かった組合橋を渡り、宮永町から根津門前町《ねづもんぜんちょう》の大鳥居をくぐったお杉は、賑やかな岡場所である門前町は中坂横町《なかさかよこちょう》の一軒の料理茶屋の表暖簾《のれん》をくぐった。

「ご免なさい。ご亭主の井八郎《いはちろう》さんはいらっしゃいますでしょうか。わたくしはお栗《くり》と申します。こちらの地主さんの文左衛門《ぶんざえもん》さんのご紹介でまいりました。お取り次ぎをお願いいたします」

お杉は応対に出た茶屋の仲居に愛想よく言った。

「あ、文左衛門さんのご紹介と仰いますと、あの件で。主人よりうかがっております。ただ今主人をお呼びいたします。まずはどうぞ、お上がりくださいませ」

お杉は「それはどうも」と頷き、仲居に案内されて茶屋へ上がった。

古い茶屋と聞いていたけれど、これなら手ごろでいいじゃないか。

少々手を入れれば、違った様子にも造り替えられる。

お杉は茶屋の店先を見廻しながら、
乱さんや、あのやんちゃ坊主たちも気に入るよ、これなら……

と、小さくそう呟いた。

野州那須郡《なすぐん》黒羽、那珂川《なかがわ》西岸の余瀬村で医業を始めた秋五は、この山深い土地にもようやく春が訪れたことを感じさせる日差しを、家の縁側でのんびりと浴びていた。

医業を始めたと言っても、一月のあの日の鉄砲疵《きず》が癒えたばかりの身体は、まだ無理が利かなかったし、それに何よりも、おらんだ医者ということで、殆どの村人は秋五を恐れて、診療にやってこなかった。

また古い百姓家を改装して診療所を造りたかったが、足かけ十二年ぶりに戻った郷里の家には、そんな余裕はなかった。

家を出る前は、貸元の父親が一家を仕切り、兄の周蔵がいて、大勢の子分を抱え、客の出入りも途絶えなかったけれど、衰え朽ちた一家にその面影はなかった。

数年前、卒中で倒れた父親は、今は秋五の後ろの座敷に横たわり、寝床の中から訪れた春の息吹を感じているのだろう。

秋五はすぎ去った十数年に思いをはせ、そして江戸より心に仕舞って持ち帰ってきた、ときめきに似た、輝きに似た、やるせなさに似た思念に、思いを廻《めぐ》らせた。

あのとき秋五は、大男の惣吉の肩に担がれ追手から逃げながら、小塚っ原の野の彼方に、師・万庵の小さな姿が崩れるのを見たのだった。

秋五は惣吉の肩で泣き、今またそれを思い出して涙が頬を伝わるのを止められなかった。

秋五に、命の意味を、ただけなげに生きること、それが人の命の意味だと、教えてくれた師だった。

乱之介、代助、羊太、惣吉、三和、それからお杉、ほんの短い間だけれども、あの人々とともにすごし、人の情けと深い契り、言葉につくせぬ恩義に心震わせた夢のようなときが甦《よみがえ》った。

北の茶臼岳の峰々へ鳥影が飛んでゆく。

秋五は縁側から青空を見上げ、頬に伝わる涙を乾かした。

台所の土間の方から、母親と妹の話し声が聞こえてきた。さっき、那珂川の土手で摘んだ土筆《つくし》を笊《ざる》に一杯抱えて戻ってきて、それをこれから茹《ゆ》でると言っていた。

夕刻には、茹でた土筆の三杯酢で酒が呑めるだろう。

江戸からは、幕府に謀反を企てたおらんだ医者の大それた噂が、黒羽の城下にも入っていた。

秋五は、その噂が村に届いたころ、噂とともに家に帰ってきたのだった。

母親と妹はその春二十六歳になった秋五の姿を見て、声を放って泣いた。

寝たきりの父親は、寝床の中から痩せた手を差し出し「ああ……」と声をこぼして、目に涙を浮かべた。

母親も妹も、江戸ではどのような暮らしだったのか、そして何があったのか、秋五が話さない限り、何も訊かなかった。

ただ、伜が、兄がこの家に居るだけで、もう十分だったのだ。

そのとき、村人が数人、庭に慌ただしく駆けこんできた。

木こりの女房が秋五の方へ駆けてきて、

「うらのおとうが、沢へ落ちて大怪我をしただ。助けて、助けてくだせえ」

と叫んだ。

そのすぐ後から疵付いた木こりが戸板に乗せられ、運ばれてきた。

秋五は縁側から裸足で飛びおり、木こりの側へ走った。

母親と妹も台所の土間より庭へ走り出てきた。

「怪我人を看る。ここへ下ろしてくれ」

秋五は戸板を下ろさせ、木こりの傍へかがんだ。

村人が大勢ついてきていて、秋五と木こりの周りを取り囲んだ。

木こりは片腕が折れているのがはっきり見えるくらいねじ曲がり、足も折れていて、腿《もも》が裂けて血まみれだった。

激しい苦痛に、獣のようなうめき声を上げていた。

「すぐに疵を縫合しなければならん。だがその前に折れた腕と足をまっすぐにする。みなで患者を暴れぬように押さえてくれ。いいな」

「ええ?」

と周りの男らが怪訝な表情を交わし合った。

「押さえるんだ。腕を引っ張って、まっすぐにするぞ。いいか。早くしろっ」

戸惑いつつ、男らは木こりを押さえた。

「それっ」

「ぎゃあああ……」

木こりの悲鳴が村中に響き渡った。

周りの村人たちが一斉にざわめき、しかしすぐに秋五の行動を固唾《かたず》を呑んで見守った。

「次に足だ。これは力がいる。そっちからも引っ張れ」

男らは秋五に言われ、啞然としつつも、こくこくと頷いた。

犬が吠え、村人の周りを駆け回っていた。

万庵先生、ここがわたしの生きる場所です。この道をいけば、いいのですね。乱之介さん、みんな、また会える日まで……

秋五は木こりの折れた足を両腕に抱えた。

「いくぞ。それっ」

ぎゃあああ……

木こりの悲鳴がまた響き渡った。

この作品は2012年6月徳間文庫として刊行された
『叛き者　疾風の義賊㈡』に補筆した新装版です。

徳間文庫

疾風の義賊㈢

叛《そむ》き者《もの》

〈新装版〉

2019年1月15日 初刷

著者 辻《つじ》堂《どう》魁《かい》

発行者 平野健一

発行所 東京都品川区上大崎三－一－一 目黒セントラルスクエア 〒141－8202 株式会社徳間書店

電話 編集〇三(五四〇三)四三四九
販売〇四九(二九三)五五二一

振替 〇〇一四〇－〇－四四三九二

印刷
製本 大日本印刷株式会社

ISBN978-4-19-894430-8 (乱丁、落丁本はお取りかえいたします)

徳間文庫の好評既刊

辻堂 魁

仕舞屋侍

青《あお》紬《つむぎ》の女

書下し

　女渡世人おまさは宿場で親子三人連れと同宿。その夜、何者かが来襲し両親が殺害された。危うく難を逃れた娘のお玉は不相応な小判を所持していた。追手が再びお玉を襲うが、九十郎が窮地を救う。九十郎も内済ごとの絡みからおまさを捜していたのだ。

辻堂 魁

仕舞屋侍

夏の雁

書下し

　九十郎を地酒問屋三雲屋の女将が訪ね、七雁新三という博徒の素姓を調べてほしいと大金を預ける。新三は岩槻城下にいるらしい。二十一年前、藩勘定方が酒造の運上冥加を巡る不正を疑われ藩を追われた。三雲屋が藩御用達になったのはそれからという。